Contents

あなたの未来を許さない 下

I will not forgive your future

Syousa. 著
jimao イラスト

PB PASH!ブックス
Shufu to Seikatsu sha

第五夜：02【アクセレラータ】

伊勢《いせ》フェオドラはしゃがんだまま「県民の森」公園管理事務所のドアノブに、そっと手をかけた。

運良く鍵がかかっていなかったのだろうか。ドアノブは抵抗なく回り、扉は小さな音を立てて開く。彼女は敢《あ》えて全開にはせず、そのままそろそろと音を殺して事務所の中へと侵入。身体《からだ》を全部室内へと入れたところで、ゆっくりとドアを閉じる。

事務所の中には六台ほどの事務机が置かれていた。フェオドラは姿勢を低くしたまま歩み寄り、机の引き出しを開け物色していく。

(武器……武器を探さなきゃ)

伊勢フェオドラの能力【アクセレラータ】は、直接相手を攻撃する術《すべ》を持たない。

彼女に与えられたこの能力は一時的にフェオドラ自身の運動速度を数倍まで高めるものであり、それ自体に敵を殺傷する力がある訳ではないのだ。【アクセレラータ】という母親の故郷ロシアの言葉が意味する通り、この能力は純粋に「加速装置」なのである。

そのため彼女は対戦ごとに毎回武器を現地調達して、敵と戦わねばならないのだ。

(ないよりはマシ……かな？)

ごそごそと漁《あさ》った引き出しの中には、幅広のカッターナイフ。無論、殺傷力といい耐久力と

いい、敵に向けるのに適した武器では決してない。

が、【アクセラータ】には能力発動中でも比較的扱いやすい、貴重な軽量の刃物である。

フェオドラは音を立てぬようそれを持ち上げ、白いセーラー服の上着の胸ポケットへゆっくり忍ばせていく。

その後に引き出しを閉める際、うっかりと自身の金髪まで巻き込んでしまい、思わず小さな悲鳴を上げてしまう。慌てて口を塞いだが、これは今更意味が無いだろう。

そのまま同様に他の机も調べ、カッターナイフをもう二本調達することに成功する。これらは、スカートのポケットへ収納した。

だが事務所で手に入ったのはこの程度で、他に彼女が武器として使えそうなものは見つけられなかった。

（包丁があるかも）

姿勢を低くしたまま給湯室へと向かう。散らかり気味のシンク下を調べるが、残念ながら包丁の類は見受けられない。

（果物ナイフくらい、あっても良さそうなのに）

そうフェオドラが考えて事務所へ戻ろうとした時、目当ての物が見つけられなかった理由を理解した。

デスクを漁っていた時は間仕切りの死角で気付かなかったが、応接スペースの脇にある窓ガラスが一枚、割られているのだ。丁度鍵に手が届くように割られた窓ガラスは、鍵を開けた上でスライドして開かれていた。

明らかに、何者かが侵入した跡である。そしてこの戦場で「何者」かなど、一人しかいない。

(【スカー】!? 【スカー】もここに入ってきて、ドアの鍵を中から開けて出て行ったというの?)

だが一体何のために……と考えを巡らせた彼女は、すぐに答えを導き出した。

散らかり気味の給湯室シンク下。いや、あれは「散らかされた」シンク下なのだ。

(ということは、【スカー】も武器を探しに来ていたの!?)

包丁の類が全く残っていなかったのは、スカーが持ち去ったためかもしれない。

そう考えたフェオドラは、周囲を警戒しつつ事務所の物置部屋らしきものを覗《のぞ》いてみる。すると、そこにもやはり物色された形跡が見受けられた。どうやら「武器探し」の線で正解のようだ。

(先を越されたのね。でも慌てていたみたい。まだ、使える物があるかも)

念のために物置部屋を物色するフェオドラ。少しして床に散乱した工具類の中から、一本の千枚通しを発見できた。

(これは使える)

刺突武器は【アクセレラータ】と最も相性が良い。実際彼女が倒したうちの二名は【アクセレラータ】による全力疾走からの刺突攻撃が決め手となっていた。

木槌《きづち》も落ちているが、これは逆に相性が悪いため拾わないでおく。遠心力を利用する重量系の打撃武器は、高速行動中には重心制御が難しい。同様に高速運動を利用しての投擲《とうてき》攻撃も、腕を大きく振ることで照準がひどく困難になるため適さない。

習熟の時間がたっぷりあれば、投擲は強力な武器と成り得ただろうが……これは対戦専用の特殊能力なのだ。現実では、試行することすらも敵《かな》わない。またここまで回戦が進み「優良選手」ばかりの状況になってしまえば、対戦時間中の練習など自殺行為に等しい。

(……駄目ね、後はノコギリみたいな戦いには向かない工具しか残ってない)

結局彼女がこの管理事務所で入手できた武器は、カッターナイフ三本と千枚通しが一本だけであった。

……ポケットの中にある武器の感触を確かめつつ思う。

(これで倒せるでしょうか。ブルイキン)

倒せなければ、「総括」が待っているだろう。

恐怖でフェオドラの心臓は、身体を揺らさんばかりに激しく鼓動するのだった。

◆

『人は苦痛と恐怖で従えるのが一番合理的で、かつ確実なのだ。それは、歴史が証明している』

フェオドラの監督者であるゲラーシー＝ブルイキンは、そう言って憚《はばか》らない男である。

彼は選んだアバターこそ可愛《かわい》らしい子熊の見た目だったが、その実は嗜虐《しぎゃく》性が強く、独善的で冷酷な人物であった。

そしてその言葉通り、ブルイキンは初接触時から神経干渉を多用したのである。

まず、未来人の存在を納得させるために使用した。次いで初戦から相手を殺しにかかるよう、言うことをきかせるためにも使用している。

その一方で対戦ルール以外の説明は、ほとんどフェオドラに行われなかった。大学授業の教材に使われているという事情すら、四日目になって初めて教えられたほどだ。

初戦の【マンアットアームズ】との対戦。戦果を挙げることができず引き分けに終わったフェオドラに対し、ブルイキンは翌日面談時に「総括」と称して痛覚神経を蹂躙《じゅうりん》した。

痛みから逃れるため二戦目の【オッドアイビーム】とは必死に戦い、辛うじて少女は相手を殺害。人を殺すという躊躇《ためら》いは、恐怖があっさりと凌駕《りょうが》した。だが彼女の懸命の戦いに対しブルイキンは、『手際が悪い』とこれも翌日に「総括」を実行する。

三戦目の【デスサイス】では自分の能力の把握も進み、朧気《おぼろげ》ながらとるべき戦法が見えてきた。これに対してブルイキンは『君には期待しているのだ。努力せよ』と軽めの「総括」を行ってその日を締めくくった。

四回戦の【パペットメーカー】。この戦いでフェオドラは「小さなダメージを蓄積させ動きを鈍らせた後、死角からの高速接近、急所への全力刺突による致命打」という彼女なりの戦術パターンを確立させることになる。

そして今度は「総括」はなく、フェオドラはブルイキンから賞賛の言葉を贈られた。

少女はその時、不覚にも「嬉《うれ》しい」と思ってしまったのである。

痛みから逃れられたからなのか、褒められたからなのか。

フェオドラ自身にも、それは分からない。

だが発狂寸前の苦痛と恐怖に脅かされ続けた彼女の精神は、もうそんな判断などつけられなくなっていたのだ。

第五夜：03【アクセレラータ】

（あれからどのくらい、経《た》ったのだろう）

窓際でカーテンの隙間から外の様子を窺《うかが》っていたフェオドラは、「【残り時間確認】」と小さく呟《つぶや》いた。

するとフェオドラの眼前に、「1時間15分35秒」と文字が浮かび上がる。それを見た彼女の表情に差す、影。

（もう四十分以上も経ってる……）

闇夜で視界も悪く相手の能力も分からないため、フェオドラは敢えて敵の出方を待つことにしていた。

だが【スカー】に動きはない。いや動いているのかもしれないが、それが掴《つか》めない。微《かす》かに何かを叩《たた》くような音が聞こえたような気もするが、窓から見ただけではそれが何なのかの判断もつかなかった。

しかしこのままじっとしていれば、対戦時間は終わってしまう。そうすればフェオドラはどうなるか？　また、ブルイキンによる「総括」が待っているに違いないのだ。

あの気が狂いそうになるほどの痛み。気絶も許されぬ激痛。死んだほうがマシだ、と初めて思った惨苦。折角、もう受けずに済むようになってきたと思ったのに。

（またあれは、嫌だ。嫌だ。嫌だ！）

奥歯がガチガチと鳴る。冷や汗が吹き出し、顎まで伝う。

（こうなったら、見つけ出して始末するしかない）

今までの敵は能力の内容もあり、何もせずとも彼女へ向かってきた。だから待ちに徹する敵を探し出して倒すのは、フェオドラにとって今回が初めてである。

不安は、ある。

だがフェオドラは唇を嚙《か》み締めながら立ち上がり、何かに背中を押されるように事務所の扉を開くと……外へ向け、歩き始めたのだった。

◆

「『総括』は嫌だ。嫌だ。嫌だ。嫌だ」

繰り返し呟きながら、歩き続けるフェオドラ。そのまま事務所隣に建つ自然学習展示館へと足を向け、周囲を見て回る。

窓ガラスも入り口も、どこにも破壊された形跡は無かった。施錠もされたままだ。

（ここの中には入っていない……【スカー】は武器を漁りに回っているのではと思ったけど）

そう考える間にも、時間切れへの焦りが彼女から冷静さを奪っていく。

「【対戦領域確認】」

フェオドラの視覚に投影される、オレンジ色のバリア壁。三百メートル四方の直方体。彼女はそのほぼ中央付近にいる形になる。

勿論《もちろん》、闇夜ではっきりと視認できるわけではない。が、自然学習展示館の壁面に掲示された公園内の案内図と照合しても、その範囲内に事務所と展示館、そして屋外トイレ以外の建造物があるようには思えなかった。

(一体何処《どこ》に行ったの)

周囲を見回す。

防犯のため入り口に明かりが点《つ》けられた事務所と展示館。やや離れた屋外トイレ。それ以外は、まばらに街灯が立っているだけだ。

月明かりは乏しく、電灯で照らされた場所以外は、そこかしこにある植え込み、ブロンズ像や謎の近代芸術オブジェといった屋外展示物のシルエットがぼんやりと見えるかも……という程度である。

(まさか、相手は時間切れを狙っているの?)

公園内の案内図を見ながら、そうフェオドラが疑った矢先。彼女の眼前を何かが掠《かす》めて、展示館の壁に衝突した。

がしゃん!

という音を立てて、飛び散る破片。驚き思わず左を向いたフェオドラへ、次弾が飛来する。

ごっ。

「うぐっ!?」

脇腹を打つ、何か。フェオドラは即座に【アクセレラータ】を発動。立っていた場所から五メートルほどを、高速でバックステップした。だが能力に、彼女の感覚が追い付かない。ややバランスを崩し、よろめいて地面に手をつく。

(こっ攻撃を受けたの!?)

次の瞬間だ。彼女の回避行動で照準しきれなかったのだろう。【スカー】の新たな攻撃が壁へと衝突する。同じく砕け散る、投擲物。

「ひっ!」

そこでフェオドラはさらに【アクセレラータ】を発動させ、ステップを重ねて大きく後退。何かがまた壁にぶつかり砕ける音を聞きつつ、展示館の前から離れた。そして闇の中に立つブロンズ像の一つ、その陰へと身を隠す。

(攻撃を受けた……受けちゃった……!)

呼吸が乱れる。恐れ慌てつつ、脇腹をまさぐる彼女。

負傷による血が手指にべったり付くかと思っていたが……予想に反し、何も付かない。それどころか攻撃を受けた脇腹は、服も破れていなければ傷も何もないのだ。

「怪我《けが》してない……?」

その通り、無傷である。確かに何かがぶつかりそれなりの痛みはあったが、それだけだったらしい。些《いささ》か拍子抜けした彼女は、先程まで自分が立っていた場所へ視線を移す。

展示館入り口の心細い電灯に照らされ、コンクリート上に散らばる欠片《かけら》がきらきらと茶色く光っている。そしてその近くには、おそらくフェオドラに命中したことで砕けなかったであろう飛来物も転がっていた。

（瓶⁉）

それはただの小瓶であった。自販機でよく置いてあるような、エナジードリンク風炭酸飲料の茶色い小瓶。ゴミ箱からでも拾ったのだろうか。茶色い破片はおそらくそれが砕けたものであり……つまりフェオドラは、あの小瓶を連続して投げつけられていたということになる。

（一体こんなものをぶつけて、何がしたいというの？）

確かに当たれば痛い。痛かった。だが痛いだけだ。当たり所が悪ければ怪我もするだろうが、それだけで人を殺せる代物ではない。

「【能力内容確認】」

浮かび上がった文字列を目で追うが、【スカー】の能力内容は不明のまま。あの程度では、能力の発動条件は分からないということか。

しかし貧弱な威力からして高速投擲能力ではなさそうだし、破片から何かを行う力でもない様子である。そして一発被弾しても何もなかったところをみると、連続で命中させる必要があるのか、それともその場から動かれると発動できないのだろうか。

何にせよ【スカー】の能力は、【アクセラレータ】の加速には対応しきれないらしい。

（そういえば、何処から仕掛けてきたの）

瓶が飛んできたと思《おぼ》しき方向へ、像の陰から顔を半分出して覗く。しかし見えるのは、植え込みや謎のオブジェだけ。視界が暗過ぎて、【スカー】の姿は全く確認できない。

だが次の攻撃があり次第フェオドラは【アクセレラータ】を発動させ、その方向へ駆け反撃に出るつもりであった。

（大丈夫。私の【アクセレラータ】なら、【スカー】の狙いを十分振り切れる）

能力性能差や相性という不確定成分も、この番組における重要なエンターテインメント要素だ。だが極端に強い力は制限や弱点が設けられるよう、運営のＡＩが調整を施している。

そのせいだろう。【アクセレラータ】による運動速度の倍加は本人の精神集中次第で二から五倍にはなるものの、感覚は倍加されないため、速過ぎれば身体コントロールが追いつかない。

また加速して動いた疲労は蓄積されるので、あまり続けて使用すれば息も切れるし四肢への負担も大きい。加えて先述のように、能力自体に直接的な殺傷力は無い。

しかし、その程度だ。【アクセレラータ】は他の対戦者のように特撮映画じみた破壊力を持たないが故に、制限がかなり緩いのである。

【アクセレラータ】に再使用時間は設定されていない。本人の集中力と体力が続く限り、小刻みではあるが連続しての発動が可能なのだ。他の対戦者に比べ攻撃力は大きく劣るものの、この隙の少なさは強力なアドバンテージといえる。

『破壊力の低さは何も問題ではない。人間は鉄骨やコンクリートで作られているわけじゃない。破壊力と引き換えで得たリスクや隙の大きな能力より、使い勝手が良い小回りの利く力のほうが有利に決まっている』

具体的な戦術指南に当たらぬよう、以前ブルイキンは言葉を選びながら彼女の能力をそう評したものだ。

『人間は苦痛に弱い。傷を負えば動きも鈍る。そして生身の人間に傷をつけるのは、容易だ』

彼の言は的を射ており、今までの実戦においてフェオドラもそれを実感していた。

(たとえどんなに強力な能力を持っていたとしても、所詮本体はただの人間。見つけて、躱《かわ》して、近付いて、直接仕留めるだけ)

武器を千枚通しからカッターナイフへと持ち替え、チキチキチキ、と刃を伸ばす。

「さあ。早く次の攻撃を仕掛けて来なさい、【スカー】」

……だが。

【スカー】からの攻撃は、それ以降ぷっつり止《や》んでしまったのである。

第五夜：０４【アクセレラータ】

「【残り時間確認】」

フェオドラの眼前に表示される、「35分12秒」という猶予。つまり結局あれから五十分近くもの時間、【スカー】に動きはなかったのだ。

（一体、相手は何を考えているの？）

少女は最初の二十分弱を、瓶を投げつけられた現場付近で警戒し続けた。だが何の変化もみられなかったため、十分ほどかけて展示館の周りを何度もぐるりと偵察する。しかしこれまた、何も発見できず。そして今に至るまでの残り時間、彼女は今度は遊歩道沿いにゆっくりと索敵を行っていたのだ。

（まるで、やる気がないみたい）

どんな人間でも、緊張を維持し続けることはできない。フェオドラの行動は時間の経過に合わせて、徐々に大胆になりつつあった。

見回し、耳を澄ませ、何もないことを確認する。何もない。

移動し、立ち止まり、また周囲を窺う。何もない。

時折敢えて明かりの下に立ち、ことさらに隙を見せつけすらもした。やはり何もない。

傷つけられず、戦いもなく、敵の姿も見えない。動く気配も感じられない。

何もない時間が続き過ぎたのだろう。そんな時間が続けば、必ず人間の集中力は低下するものだ。そして当然、油断も生じる。

修羅場を数度くぐり抜けたとはいえ、彼女はそもそも軍人でも警官でもない。自身のそういった精神状態を管理する訓練など、受けてもいないのである。元々は、ただの女子高生にすぎないのだから。

(やっぱり、【スカー】は時間切れを狙っているんだ)

開始直後のアナウンスによれば、【スカー】は既に二勝しているはずだ。だからこの試験自体に、「やる気」がないとは思えない。しかしこの対戦、当初からスカーの行動には積極性が見られないのだ。これは、どういうことなのか。

(……きっと【スカー】の能力は、この戦場には適さないのね)

闇夜は都合が悪いのか、はたまた開けた屋外という環境が適さないのか……それはフェオドラには分からないが、とにかく【スカー】は手出しができないらしい。

(瓶を投げてきたのは、何か能力の発動条件っぽいと思うんだけど)

だが瓶投擲以降、結局何も仕掛けてこなかったところをみると、攻撃は失敗に終わっていたのだろう。それで【スカー】は今回の対戦を捨てて、生き延びることのみを優先したに違いない。そのため、あれ以降はずっと闇に隠れているのだ。

(引き分け狙い……【スカー】にはそんな選択肢だってあるの……いや、普通はそうか)

戦術的撤退が許される【スカー】の立場を、フェオドラは羨ましく感じていた。

(でも私は、引き分けでは終われない)

引き分けに終われば、また「総括」が待っている。その未来図だけで、彼女の膝はがくがくと震え始める。諸手《もろて》で膝を押さえつけるようにしながら、フェオドラは自身を必死に奮い立たせた。

「……やってこないなら、こっちからやってやる」

闇に隠れ続けるなら、いいだろう。戦う気がないなら、好きにすればいい。だがそちらの都合が悪いことなど、知ったことではないのだ。

(でも、しかしどうやって探そう？)

戦場はあまりにも暗すぎる。明かりだ、明かりが欲しい。いっそ管理事務所に戻り、懐中電灯か何かを探してくるか。

と、そこまで考えたところでフェオドラは、はっと閃《ひらめ》いたのである。

簡単な話だ。実に簡単で、単純な話。

光源がないなら作ればいい。それも、とびきり大きい奴《やつ》を。

◆

事務所の中へ戻ったフェオドラは各窓のカーテン、壁近くの可燃物、そういったものへ徹底的に放火して回った。燃やすものがないところには、雑誌や新聞紙を運んできて焚《た》き付ける。

倉庫の中には板切れも何枚か転がっていたので、それも薪代わりに燃やしていく。

当初は灰皿の横で見つけたライターで行うつもりだったが、事務員の机とおぼしきものの中に着火専用の小型器具があったので、彼女はそれを手に火を点けて回った。引き金を引けば筒の先から火が出るのだから、ライターより数倍楽で、早い。

そうして奥から順に火を放ち、天井まで燃え広がり始めたのを確認しつつ、入り口から外へと向かう。

一般家屋で火災が起きてからもっとも火が強まるまで、おおよそ七、八分程度と言われている。この事務所がそれに比べて火に弱いのか強いのかまではフェオドラには分からないが……木造部品をふんだんに使った建屋は、しっかりと火の勢いを強めていった。それも、加速度的に。

(灯油でもないと厳しいかと思ったけど、いらなかったな)

建屋から脱出したフェオドラは事務所の脇、火の粉を被《かぶ》らない程度の位置に立ちながらそう考えていた。

(十分。これで、十分)

燃え上がる炎は、巨大な光源として煌々《こうこう》と周囲を照らしている。そしてこの明るさは火勢と共に、これからもっと強くなるだろう。

その赤い光を利用してゆっくりと、だがしっかりと全周を見回していくフェオドラ。

……あれは、裸の少女のブロンズ像。

……あれは、水鳥の彫像。

……あれは、作者の正気を疑うような現代アートの金属作品。

……あれは、立っている人影。

（人影だ！）

距離がある。どんな顔をしているかは分からない。だがあれは展示の芸術作品などではなく、間違いなく、人間だ。黒っぽいセーラー服を着た少女が、赤く照らされながら草むらの中に立っているのだ。

「見つけた！」

フェオドラの唇が、意識せず吊り上がる。

（これで「総括」は免れる）

彼女の思考は、その一点だけで占められていた。

第五夜：05【アクセレラータ】

素早く行動に移るフェオドラ。

右手には刃を出したカッターナイフ。左手に千枚通し。この二刀流の状態で、彼女は【アクセレラータ】を発動する。そして【スカー】へ向けて、大回りに移動を開始したのであった。

両手にそれぞれ持ったのは、高速行動中にはポケットに手を入れて武器を持ち替えることができないからだ。彼女は攻撃に移る最後のタイミングで、どちらを使用するか決めるつもりなのである。

相手の隙が少ないなら、そのままカッターで四肢を狙ってダメージを蓄積させていけばいい。一撃で勝負を決められる状態なら、カッターを捨て両手で千枚通しを固定、全力で相手の急所へと突き立てるのだ。カッターはまだ予備があるから、一つなくしても問題はない。

頭の中で一つ一つ勝利への手順を再確認しつつ、フェオドラは【アクセレラータ】の力で疾走する。

【スカー】の背後に回りこむため、遊歩道から草むらに足を踏み入れた。アスファルトから草の上へ足場が変わり、彼女は足を滑らせぬよう、バランスを崩さぬよう、歩幅を広げ過ぎぬように注意して駆けていく。

そしてその頃ようやく、【スカー】が彼女の接近に気付いたようだ。手に何か長細い棒を握って、身構えるのが見えた。

（だが遅い）

フェオドラは速度を上げて【スカー】の十五メートルほど横を高速で横切り、そして今度は速度を下げて弧を描くと、スカーの十メートルほど後方へ回る。

【スカー】がそれを追うように向きを変えるが、【アクセレラータ】の速度に比べれば遙《はる》かに遅い。まるで間に合わない。

（背中が、がら空き！）

【スカー】の背後に回り終えたところで足を踏ん張り、急停止、急転回を行う。右足に大きく荷重がかかるが、想定の範囲内だ。

（決める！）

フェオドラはカッターナイフを投げ捨て、両手で千枚通しをしっかりと固定。無防備な【スカー】の背面へ、全力疾走を開始した。

その距離約十五メートル。最大加速の五倍速を行えば、瞬く間に【スカー】の背中へ千枚通しを突き立てられる。視界外から急所への全力刺突。フェオドラの、【アクセレラータ】の必勝パターンだ。

相手の旋回はまったく間に合わない。その背中へ駆ける。距離を縮める。照準を定める。そしてフェオドラが勝利を確信した、その時。

ばくん！

という音とともに、彼女の視界が三十センチほど真下へ下がった。

何かを踏み、かつ踏み外したような違和感。足首に走る、みしりとした感触。同時に、腹部へ何かが高速で叩きつけられる。フェオドラの突進はその合わせ技で急停止し、強い衝撃を受けた胃からは内容液が逆流、「ごぷり」と口より漏れ出す。

(え……何?)

何事か確認すべく、視線が下へ向く。

(板……?)

彼女の腹部を強打した正体は、板であった。その動力は、フェオドラ自身。

仕組みは簡単だ。横長の穴を掘っておき、そこに板の端を被せるようにして上に置く。その辺の草を上にかぶせて、カモフラージュは完了。

穴の上にかかった板の端を踏めば、その重量と速度を利用してシーソーの要領で板が持ち上がり、反対側が罠《わな》にかかった者の腹部を叩く……そんな仕掛けである。

だが板は、彼女の腹を打っただけではなかった。

苦悶《くもん》の声を上げつつ、後ずさりするように板から身を離すフェオドラ。その腹部からは、ずるりと尖《とが》ったものが血と粘液を伴い抜け出てくる。板が胴を一撃した箇所には、無数の長い釘《くぎ》が打ち付けられていたのだ。

「うぞ……」

ここへきて、混乱していたフェオドラの意識が現状を認識した。

立場は、一気に逆転したのだと。

「ひぎっ！」

すぐさま能力を発動させ、離脱を図るフェオドラ。【アクセレラータ】は彼女の運動速度を一気に跳ね上げ、そして同時に、内臓まで達していた傷への負担も、相応に引き上げる。

「はぁう!?」

発動した能力は十分な力を発揮することなく、激痛で阻害された。一気に離脱しようとしていた彼女は二歩ほど進んだだけで停止し、よろめく。

……そして、新たな悲鳴を上げた。

右足を襲う、鋭い痛み。見ると、これまた無数の長い釘。その内二本が、彼女の靴を突き破り上向きに飛び出ている。釘を打ち付けた板が、草むらに隠れるよう地面に据えられていたのだ。フェオドラは、それを勢いよく踏み抜いたのである。

（だめ、だめ、だめ！　ここで止まったら、ここで動かなかったら、殺される！）

それでも気力を振り絞り、再度【アクセレラータ】を発動する。足を貫いた釘板ごと踏みしめる覚悟を決め、背を向けて駆け出した。

……その足が、何かにとられる。

前のめりに転倒する彼女の左肩と右腕、そして左膝に、新たな釘板が刺さった。悶《もだ》えながら身体をよじり、足元を見たフェオドラ。その目に映る、半円の何か。

（く、草!?）

地面から生える草を数本まとめ、その上部を結んだだけの輪だ。幼児が手慰みに作ったような、粗末なもの。しかし彼女の足はこれにかかり、引き倒されたのであった。

極めて原始的なトラップだが、かかればこのように効果は大きい。特に、彼女の場合においては。

「何、何なのこいつ⁉」

そう叫びながら、【スカー】へ顔を向ける。そしてフェオドラは視界を動かす最中、周囲に同様の罠が多数仕掛けられていることに気が付いたのだ。

数々の釘板、草の輪、植えこみ同士を結んだワイヤーによる転倒トラップ。地面から刃を生やすように突き刺された包丁やナイフ、ドライバー。先程腹を打ったような板の罠。そういったものが無数に、まるで敷き詰めるかのように設置されていた。

【スカー】を中心とした半径数メートルに及ぶ草むらには、びっしりとそれらが張り巡らされていたのである。

誘い込まれたことを理解して、彼女は戦慄した。

それでも彼女は再び【アクセレラータ】の力で逃げ出そうと、懸命に試みる。が、臓腑《ぞうふ》を抉《えぐ》られた痛みがそれを許さない。恐怖が精神の集中を妨げ、能力の発動もおぼつかない。足がもつれ、また転倒するフェオドラ。

「あっ、あっ、あっ、やだ、やだ、やだ、やだ」

脳裏に、ブルイキンの言葉が蘇《よみがえ》る。

『人間は苦痛に弱い。傷を負えば動きは鈍る』

ああ。ああ。

ブルイキン。その通りでした。

【オッドアイビーム】も【デスサイス】も【パペットマスター】も。

皆、傷を負うと途端に動きが悪くなりました。

そして、私も。

散々あなたに「総括」されましたが、痛みにはちっとも慣れませんでした。

やはり、人間は苦痛に耐えられるようには作られていないのです。

「でも、だめ、逃げないと、また、『総括』される」

苦悶の息を吐きながら、それでも必死に這《は》いずるフェオドラ。だが地面を搔《か》こうと振り下ろしたその右手も、新たな釘の餌食となった。悲鳴を上げ、身体を捻《ひね》り悶える。

ずっ。

ずっ。

ずっ。

フェオドラの耳に入る、地面を擦り進む足音。すぐにその視界に、自分を見下ろす【スカー】の姿が入った。

手には、ハンマーが握られている。釘を打つためのものではない。杭《くい》を叩くような、大きなハンマーだ。

顔を見上げる。黒く、まだらに塗りつぶされた【スカー】の顔を。眼鏡越しに爛々《らんらん》と光る目が、フェオドラの瞳を見据えていた。そしてゆっくりと狙いをつけながら、ハンマーが振りかぶられる。

「あっ」

フェオドラは、自分がこれから彼女に殺されるのだと理解した。

震える唇と舌で、絞るように声を出す。

「やめて、【スカー】。お願い、やめて」

ああ。ああ。ああ。

ブルイキン。ブルイキン。ブルイキン。

怖いです。恐ろしいです。私はまだ、死にたくありません。

あのハンマーが、あのハンマーが、きっと、きっと私の頭を、頭を。

ああ。ああ。でも、でもブルイキン。

……貴方《あなた》に「総括」されるよりは、痛くはなさそうです。

第五夜：06【スカー】

振りかぶって。

振り下ろす。

持ち上げて。

叩きつける。

繰り返し、それを行う。

その度に「ごきり」「ぐちゃり」という湿った音が、赤く照らされた周囲に響いていた。

まだか。

まだか。

まだなのか。

胃からこみ上げる熱いものを必死に抑えつつ、小夜子《さよこ》は「作業」を続ける。

ぱんぱかぱぱぱぱーん。

やがて鳴り響いた貧相なファンファーレ。

『Aサイド【アクセレラータ】死亡！　勝者はBサイド【スカー】！　キョウカ＝クリバヤシ監督者、おめでとうございます！』

(終わった)

ハンマーを下ろし、杖代《つえ》わりにして体重を預ける小夜子。両膝はがくがくと震え、彼女自身を支えきれない。締め付けから解放されたかのように、肺腑《はいふ》が荒い呼吸を繰り返した。

(うまくやれた)

戦場に恵まれた。

夜間だったのは大きかった。

武器にも困らなかった。

罠の材料も、十二分に手に入った。

考察のため、相手能力を発動させることにも成功した。

何より、相手との相性が良かった。

(……とにかく、色々な条件が揃《そろ》ったおかげだわ)

そのことに感謝しつつ、ハンマーを強く握りしめる小夜子。

途端、相手の頭蓋を打ち砕いた感触が手に蘇り、再び酸味が口まで押し寄せる。人を殺《あや》めた実感は、【モバイルアーマー】の時を遥かに上回るものであった。

『六回戦は明日の午前二時から開始となります。監督者の方も、対戦者の方も、それまでゆっくりとお休み下さい。それでは、お疲れ様でした!』

口腔《こうこう》まで遡ってきた胃液を感じつつ、小夜子の視界は暗転。意識は、闇へと沈みこんでいく。

◆

どくん。

心音に似た鼓動。復活する視界。嘔吐《おうと》寸前で維持されていた感覚までもが蘇り、小夜子の口は酸液で満たされる。

『サヨコ！　生き残ったんだね！』

部屋に帰還した彼女へ飛びつくキョウカに向けて、

「おぼるええるえええ！」

膝から崩れ落ちながら、吐いた。

『フ〇ッキンマーライオン！』

叫びつつ吐瀉物《としゃぶつ》を緊急回避するキョウカ。小夜子はそれに対し、

「……六百年後でも……マーライオンってまだあるの？」

息も絶え絶えに尋ねる。

『あるよ。シンガポールは世界大戦で核の直撃を受けず、健在だからね』

「あぁ、そう」

自分で尋ねておきながら、興味なげに相槌《あいづち》を打つ小夜子。

そして少女はすー、はー、すー、はー、と数十秒かけて呼吸を整えた後、

「【対戦成績一覧】」

と荒く、低い声を発した。

すぐに小夜子の眼前へ投影されるいつもの画面。生存者は白地に黒字の枠。脱落者は黒地に白字の枠。それらが、彼女には分からない規則性で並んでいる。

（少ない）

昨日見たものと比べても、生存者の枠はぐっと減っていた。そのことが、小夜子の不安を掻き立てる。嘔吐による消耗からではなく、恐怖と焦燥感が彼女の呼吸を乱し、鼓動を速めていた。

今のところ【ガンスターヒロインズ】の名前はない。

小夜子は震える右手を左手で懸命に支えながら、画面を下へとスクロールさせた。

動かして、止める。視線を走らせて、また指でなぞる。それをもう一度。

「あっ」

対象を発見したのだろう。小夜子の視線が止まり……やや動いた後、大きく見開かれた。

そして、

「うううううう！」

悲痛な呻《うめ》きを上げながら、少女は額を床に打ち付けたのだ。

口を押さえ、声を必死に殺しながら。涙を溢《あふ》れさせて。

「嘘《うそ》よ。嘘よ。嘘よ！」

何度も何度も何度も。彼女は、フローリングへ額を叩きつけていた。

尋常ではないその様子に、ある可能性を察したキョウカ。すぐさま小夜子の傍《そば》へ飛び移り、投影された画面に視線を移す。

『まさか、エリ＝チャンが!?』

慌てて一覧を上から順に確認し、ついにキョウカは対象へ辿《たど》り着く。

能力名【ガンスターヒロインズ】。監督者レジナルド＝ステップニー。

その枠の色は……。

……白地に、黒の文字であった。生存を示す希望の配色だ。

キョウカはふぅ、と胸を撫《な》で下ろし、床に伏したままの小夜子へ向けて言う。

『何だよ、エリ＝チャンはちゃんと生き残っているじゃないか。質《たち》の悪い冗談は止めてくれよ！』

だが小夜子は顔を上げない。いやいやとでもいうかのように、床に額をつけたまま首を振る。

そしてその姿勢で右手だけを上げ、画面を指差したのだ。

『だからエリ＝チャンは生き残っているってば！　見間違えでもしたのかい？』

再び首を振る小夜子。指はまだ、画面を差している。

『ひょっとしてエリ＝チャンじゃないのかい？　じゃあ、何だっていう……』

そこまで言いかけたところで、キョウカはびくりと動きを止めた。もう一度一覧を注視して、気付いたのである。小夜子のその、押し殺された慟哭《どうこく》の理由に。

能力名【ガンスターヒロインズ】。監督者レジナルド＝ステップニー。

対戦成績、一勝〇敗四引き分け。

……長野恵梨香《ながのえりか》が、人を殺したのだ。

第五夜：07【ハートブレイク】

青い力場に包まれ飛来したそれは、確かに河内樹里亜《かわちじゅりあ》を直撃するはずであった。

だが手をかざした彼女の眼前にてその物体は細かく分解され、塵《ちり》と化す。風圧だけがウェーブの掛かったセミロングの茶髪と短いスカートをなびかせ、揺らめかせた。

【ホームランバッター】の「打球」は、樹里亜の能力【ハートブレイク】によって分解されたのである。

（んー、ヴァイオレットの言う通り、あの攻撃は中の物を分解しちゃえば、周りのバリアも消えちゃうのね！　なら、ダイジョブダイジョブ！）

唖然《あぜん》とする【ホームランバッター】へ向け、樹里亜はポーズをつけて、

「いえいっ！」

とウインク。

「気をつけてよねぇ～。そんなに風を起こしたら、ヘアスタイルが乱れちゃうじゃない？」

指で自身の前髪を弄びながら微笑《ほほえ》み、言った。

「ち、畜生っ！」

それを見た【ホームランバッター】は自身を鼓舞するように唇をきつく噛むと、素早く間合いを確保する。死線をくぐった数度の戦いが、彼の精神を闘争へと順応させているのだろう。

「時間かかっちゃうから、逃げちゃダ～メ。汗をかくとメイクも崩れちゃうし～」

ぺろり、と舌を出す樹里亜。【ホームランバッター】はそれには反応せず、踵《きびす》を返し素早く走り去る。

「ああん」

残念そうな声を上げつつも、焦る様子はまるでない。樹里亜はゆっくりと歩き出し、彼の後を追う。まるでファッションショーのモデルのように、一歩一歩を強調しながら……戦場であるグラウンドの端へ、緩やかに、そして確実に追い詰めるために。

「ねえ、待ってってば～」

距離を置き続ける【ホームランバッター】は度々「打球」を打ち込むが、樹里亜の【ハートブレイク】には全く通用しない。

一発。命中。霧散。

二発。外れ。

三発。命中。四散。

四発。命中。消失。

ぐるぐると回りながら何度も繰り返すうち、【ホームランバッター】はグラウンド際のフェンス、その角まで追い詰められていく。

「うっ……!?」

呻く少年。フェンスはこの対戦領域の端であり、乗り越えることはできない。越えれば即、死が待っている。

「ね、ハグしよ！　ハグ！　フリーハグって知ってる？　あれやろうよ！」

ニコニコとしながら、両手を広げる樹里亜。それから目を細め、愉《たの》しそうに言葉を繋《つな》げた。

「……この位置ならもう、逃げられないからね」

それを聞いた【ホームランバッター】が、覚悟を決めたように目を見開く。そして彼は素早く右手で地面を掻くと、砂を摑み樹里亜へと跳ね上げたのだ。

ぶわっ。

広がって迫る砂。反射的に樹里亜は顔を背け、手と腕で自らの視界を塞いでしまう。本能的な反応を利用した、【ホームランバッター】の攪乱《かくらん》である。少年は土壇場でもなお踏みとどまり、反撃方法を探る精神力をこれまでの戦いで手に入れていた。

「きゃっ!?」

よろめく樹里亜。

それにより生まれた隙を、【ホームランバッター】は見逃さない。運動少年らしい瞬発力で駆け寄り斜め前にステップ、そこへもう一度ステップを重ねて、あっという間に樹里亜の背後へ回り込んだのだ。

そして彼女が顔を覆っている隙に、背中から全力で【ホームランバッター】の能力を樹里亜自身に叩き込む！

「これでッ！」

【スカー】との対戦時に発想を得た、【ホームランバッター】の奥の手である。当たればどんな相手でも一撃で勝負がつく、逆転の大技だ。彼はこの技で既に四回戦の相手【マンモスメン】を葬り、実証を終えていた。

「あんっ」

跳ね上がった砂が、空中でさらに細かく分解されていく。しかし樹里亜はまだ、顔を覆って動きを止めたままだ。完全に死角となった背後から【ホームランバッター】必殺の一打が襲いかかり……そして当たる直前に、金属バットのほとんどが消失した。

「なっ⁉」

全力で空振りしたために体勢を崩し、膝をつく【ホームランバッター】。そこへ樹里亜がくるりと向きを変え、

「つ〜かま〜えた！」

と右手首を摑み、引き寄せる。

次の瞬間だ。【ホームランバッター】の腕が塵と化し、四散したのは。

肩から血が噴き出す。肉と骨が露出する。今まで経験したことのない痛みに、少年は悲鳴を上げた。

「えいっ！」

続いて樹里亜は彼の右足へ手を伸ばし、同様に分解。【ホームランバッター】がまた、悲痛な声で叫ぶ。

「馬鹿な！　そんな馬鹿な！　確かにっ！　確かにお前の能力はっ！　お前のっ！」

それを聞いた樹里亜は「うふふ」と軽く笑い、彼へ向けて告げた。

「ゴメンね〜、私は、スペシャルなの」

そして狂乱の声を上げ続ける【ホームランバッター】へ両手を差し出し、続けて呼びかけたのである。

「さあ。私とハグしましょ」

【ホームランバッター】の瞳には、残酷な笑みを浮かべて迫る少女が映っていた。

◆

『Bサイド【ホームランバッター】の死亡を確認しました！　勝者はAサイドの【ハートブレイク】！　おめでとうございます、ヴァイオレット＝ドゥヌエ監督者！』

AIアナウンサーの声を聞きながら、樹里亜はゆっくりと髪を掻き上げる。誇らしげに、自慢気に。彼女の耳にはまるで、勝利を讃《たた》える視聴者の歓声が聞こえているかのようであった。

（明日は不戦勝で休みだってヴァイオレットが言うから、ついつい張り切って視聴者サービスしちゃった）

でもしょうがないよね、と心の中で呟き続ける。

だって未来の人気者としては、番組を盛り上げる、こういうアピールはとーっても大事なん

だもの。いやーん、なんて気配り上手なの、私！

「うん！　やっぱり私ってば、とーっても、スペシャル！」

一人はしゃぎ続ける彼女の耳を、アナウンサーが読み上げる声が右から左へと抜けていく。

『六回戦は明日の午前二時から開始となります。監督者の方も、対戦者の方も、それまでゆっくりとお休み下さい。それでは、お疲れ様でした！』

終了を告げる、聞き慣れた通知。あと幾度か告げられる、約束の通知。

愉しげにポーズを決めていた樹里亜の意識は、やがて暗転し闇へと落ちていくのであった。

第六日：01【御堂小夜子】

『十月三十日金曜日、朝のニュースをお届けいたします』

ニュース原稿を読み上げるテレビアナウンサーの声が響く、御堂《みどう》家のキッチン。そんな中で絶望的な表情を浮かべつつ、小夜子《さよこ》はコーンフレークを口へと運んでいた。

スプーンを口に入れようとするが、唇が上手《うま》く動かない。豆乳が顎からだらしなく垂れ、テーブルを濡《ぬ》らす。

（えりちゃんが、人を殺した）

昨晩対戦成績を見た時の衝撃が、抜けきらない。

あの恵梨香《えりか》が。

あの優しい恵梨香が。

自分のために誰かを犠牲にするくらいなら、迷いなく自身の死を選ぶであろう、あの恵梨香が。

対戦相手を、殺したのである。

（何かの間違いであって欲しい）

無論、【グラスホッパー】戦のように相手の事故死という可能性もある。

だが同時に、それは無いだろうとも小夜子は理解していた。

昨晩は五回戦。もう既に四回も、死線をくぐって来た相手なのだ。そうそうそんな幸運が期待できるとは思えなかった。やはり、恵梨香が殺したのだろう。

ぽたり。

豆乳とは違う透明な液体が、テーブルを濡らす。

どれほど恵梨香は、追いつめられたのだろう。

いかに恵梨香は、その判断を下すのに迷ったのだろう。

手を下した後に、恵梨香はどれだけ苦しんだのだろう。

彼女が相手を殺さざるを得なくなった経緯を様々に想像するだけで、小夜子の目からは涙の粒が次々と零《こぼ》れ出た。顔を伏して叫びたい衝動が、少女の身体《からだ》を内側から揺さぶる。

(駄目よ小夜子、駄目。あなたがえりちゃんを支えなくて、どうするの)

唇を嚙《か》みしめ、折れそうな自らの心を叱咤《しった》する。

「そうよ。私がしっかりしなくてどうするの」

がんっ！　がんっ！　がんっ！

拳をテーブルへ激しく叩《たた》きつける小夜子。その痛みで目に力を取り戻した彼女は、今度は貪るようにコーンフレークを流し込むのであった。

◆

時計の表示は「七時三十分」。約束の時間の七時四十分までは、まだ余裕がある。だがそれでも小夜子はじっとしていられず、戸締まりをして早々に家の外へと出た。

向かうのは勿論《もちろん》、待ち合わせの場所である御堂家と長野《ながの》家の境目。そしてそこには既に、長野恵梨香が立っていたのである。

青白い顔、目の下にはうっすらとクマ。たった一日、いや一晩だけで随分とやつれたような印象だ。彼女は何処《どこ》を見るでもなく口を半開きにしたまま、ぼんやりと空に視線を投げていた。

(あぁ)

そんな幼馴染《おさななじ》みの姿を見ただけで、小夜子のまぶたの裏が熱くなる。溢《あふ》れそうになるものを、顔を上げて抑え込み……血が滲《にじ》むほどに拳を握りしめ、少女は懸命に耐えた。

「……あ」

ようやく彼女の存在に気付いた恵梨香が、小夜子へと向き合う。

「……おはよう、さっちゃん」

弱々しい声で挨拶すると、儚《はかな》げに微笑《ほほえ》んだ。

そして、いつも会うなり抱きついてくる小夜子の体当たりに備えたのだろう。鞄《かばん》を置き、手を肩幅ほどまで広げて、迎える体勢をとったのである。

「おはよう、えりちゃん」

駆け出すと、熱いものが零れそうだ。目を細めて必死に涙のダムを造りながら、小夜子はゆっくりと歩み寄り……眼鏡を外してポケットに入れると、押し込むように恵梨香の胸へ顔を埋《うず》めた。

ぽすん。ぎゅっ。

恵梨香が小夜子の肩に手を回し、きつく抱きしめてくる。

(ああ。やっぱり辛《つら》いんだわ、えりちゃん)

小夜子の堤防が決壊した。涙が頬を伝い、恵梨香の胸を濡らす。少女は肩の震えを隠すため
さらに顔を埋めて、ぐりぐりと頭を振った。痙攣《けいれん》の如《ごと》き呼吸を気取られぬよう、両手で恵梨香
の胸を揉《も》みしだき、必死に誤魔化す。

「……ブラが邪魔だぁ！」

「やだもー、さっちゃんのエロすけ」

くすぐったげに身を捩《よじ》るも、恵梨香は小夜子を振り払おうとはしない。

「ぐへへ、今日も変わらずええ乳してまんな」

小夜子はわざと中年親父《おやじ》のような声を出して、喉の震えを隠蔽する。

「ああ、御堂はん！　堪忍して」

恵梨香もそれにのって、ふざけていた。あるいは彼女も、同じだったのかもしれない。

……二人はしばらくそのままの姿勢を続けていたが、やがて恵梨香の制服で涙を拭き取った
小夜子が、俯《うつむ》きながら頭を離す。

「やっべ。興奮しすぎて鼻水が出たわ」

顔を下に向けたままポケットからティッシュを取り出し、ちーん、と大きな音を立てて鼻を
かむ。そして鼻周りを拭く振りをして、残る涙とその跡を拭い取っていた。

「やだもう、私の制服で鼻拭かないでよ？」

ちっとも嫌そうな顔をせずに、微笑む恵梨香。

「じゃ、そろそろ行こうか、さっちゃん」

「うん」

恵梨香が手を差し出す。小夜子がそれを摑《つか》む。白魚のような指が小夜子の手を這《は》い、指の間に絡み、結び方を変え、しっかりと握りしめる。

明日も迎えられるかどうかは分からない、「至福の十五分」の始まりだ。

◆

会話は、今日も無かった。ただ恵梨香の掌《てのひら》の感触だけが温かく、切ない。

恵梨香を見上げる小夜子。彼女は目を合わせず、前を向いたまま足を進めている。

引っ張られるように、引き寄せられるように、小夜子も並んで歩き続けた。

(ごめんね)

小夜子は心の中で呟《つぶや》く。

ごめんね。何もしてあげられなくて。

でもあなたは、悪くないわ。悪いのは、あの未来人どもよ。

そして、何もできなかった私。

私が最初から覚悟を決めていれば。

もっと早く、他の対戦者を殺し始めておけば。

あなたは昨日「その相手」に出会わずに済んで……手を汚さなくて、済んだかもしれないのに。

ごめんなさいね。えりちゃん。本当に、ごめんね。

私が悪いの。だから、あなたは気に病まなくていいのよ。

あなたの罪は、私のせい。あなたの罪は、私の罪。

だからね、もう、泣かないで？

もう少しだけだから。もう少しだけだから、ね？

その間に私が、頑張って皆を殺しておくから。

◆

そろそろ「至福の十五分」が終わろうとしていた。他の生徒と通学路が重なる辺りまで、二人は歩いてきていたのだ。

それを察した小夜子がゆっくりと恵梨香の指を解き、手を離す……いや、離そうとした。

しかし恵梨香が離さない。力の込もった彼女の指が、二人の掌をきつく重ねたまま離さないのである。

「え？」

手を振り、引き剝がそうとする小夜子。その掌を恵梨香はさらに強く……痛いほどに、握りしめる。

「えりちゃん、手、離さないと。その、もう、みんなが、来ちゃう」

恵梨香は小夜子の方を見ない。ただ前方に視線を向けたまま、

「いいじゃない」

そう、一言だけ口にした。

「え、だって。だって」

小夜子が慌てるが、もう恵梨香はそれには答えない。手を握ったまま……いや、引っ張りながら。ひたすらに、歩き続けていた。

そのうちに、

「よう、長野」

「恵梨香さん、おはよう」

「オーッス、エリチン」

などと、学友たちが集まり始める。

だが小夜子を引っ張って歩く恵梨香の姿を見て、彼女らは戸惑った表情を浮かべていた。

「……何やってんの？　長野」

その内の一人、ベリーショートの体育会系女子が躊躇《ためら》いつつ、尋ねてくる。

「いや、そいつ一組の奴《やつ》だろ？　手なんか繫《つな》いで、どうしたんだよ」

「何が？」

「手ぐらい繫ぐよ～、私たち親友だもの。知らなかった？」

「お、おう、そうか……」

怪訝《けげん》な表情で小柄な少女を見る、体育会系女子。小夜子は赤面しながらずっと下を向いて、恵梨香に引かれるまま歩いていた。

だがやがて体育会系女子は「まあいいや」と肩をすくめると、恵梨香と語らい始める。

「長野、宿題やった？」

「当たり前でしょ、直美《なおみ》ちゃんは、やってないの？」

「さっき佐伯《さえき》に言われて思い出してさ。朝の会が始まる前に、写させてよ」

「やだ」

「頼むよー」

間もなく他の学友らも恵梨香といつものようにお喋《しゃべ》りを始め……小夜子はその輪の中央で、ひたすら俯いたまま手を引かれ続けていた。

結局恵梨香が小夜子の手を離したのは、下駄箱《げたばこ》まで辿《たど》り着いてからのことである。

第六日：０２【御堂小夜子】

昼休みの教室。小夜子は席に座り、パンをもしゃもしゃと咀嚼《そしゃく》している。

今までのような惰性ではない。英気を養うための準備だ。

（えりちゃん、ちゃんとお昼食べてるかしら。昨日の今日で、あの精神状態だし……）

最中でも恵梨香のことを気にかけつつ、二つ目のパン袋を開ける。

以前の小夜子なら昼はパン一つしか食べなかっただろう。しかし、現在は彼女にとって戦時なのだ。食事はしっかりとるよう、心がけていた。今日は、普段は飲まぬ野菜ジュースまで用意している。

「ミドブ！」

そんな彼女のところへやって来たのは、中田姫子《なかたひめこ》だ。一人だけなのは、珍しい。

（中田さん、マメね）

と思いつつも、視線は動かさぬ小夜子。今はカロリーを補充する時間なのである。せめて食べ終わるまでは、邪魔をして欲しくない。

「ミドブ。お前昨日といい今日といい、調子に乗り過ぎじゃないの？」

小夜子は一顧だにしない。まだメロンパンは半分残っているからだ。無視して咀嚼を続け、嚥下《えんげ》し、またパンに口をつける。

だがそこで、ふとあることに気がついた。

(……今日？)

机ごと蹴り倒した昨日なら分かるが、今日は何かしたかな、と微《かす》かに首を傾《かし》げる。無論その間も、食事は中断せずに。

「聞いてんの？」

もぐもぐもぐ。

(何だろう。体育の時間に何かやったかしら？　思い出せない。うーん。まあ、どうでもいいか)

「無視してんじゃないよ」

ガン、と机を蹴る姫子。ほぼ同じくして、小夜子は最後の一切れを口に入れる。

もぐもぐもぐ。ごくん。

そして一人手を合わせ、「ごちそうさま」と呟くのであった。

「話聞けっつってんでしょ!?」

小夜子が軽く見上げる。声を荒らげる姫子と、視線が交差した。

(ああ、うるさいな)

中田さん、あなたに割く精神的リソースは無いのよ。

お願いだから、少し静かにしていてくれる？　ね？

できないなら、黙らせてあげてもいいわ。

簡単よ。今日あなた一人だし。

足を引き倒して、机に顔を叩きつけようかしら。

シャープペンシルを、目に突き立ててあげてもいいか。

まあ別に、道具がなくったって指で抉《えぐ》れば十分よね。

だってあなた、隙だらけなんですもの。

ねえ？　できないと思っているの？

いいえ。違うわね。

「……やらないと思っているの？」

小夜子は姫子に焦点を合わせることもなく、気怠《けだる》げに顔を向け、微笑む。

「はぁ？」

姫子は苛立《いらだ》った声を上げたが……同時に背筋を冷たくしたように怯《ひる》み、一歩後退《あとずさ》った。本能が姫子にとらせた反応だが、彼女の理性は理解できないだろう。

「鬱陶しい」

小夜子が机の中からペンケースを取り出し、蓋を開け、シャープペンシルをつまみ上げる。

そして椅子の背に手をかけ、緩やかに立ち上がろうとしたその時だ。

「ちょっと失礼しまーす」

という声とともに、教室の入り口に現れる恵梨香。

その声で我に返った小夜子と、惨事を免れたことを知る由もない姫子が、

「えりちゃん！」

「恵梨香！」

同時に声を上げる。

「あ、いたいた」

恵梨香は教室の入り口を通り、トテトテと歩いて席までやって来た。

「め、珍しいわね、恵梨香が一組に来るなんて」

上擦った声を上げ、恵梨香に話しかける姫子。

「こんにちは、姫子ちゃん」

「え、ええ」

「あれ？　もしかしてお取り込み中だった？」

「だ、大丈夫よ恵梨香」

「そう？　じゃあちょっと御免ね。さっちゃんに用事があって」

「へ？　あ、そう……」

どこか落胆したような姫子を他所《よそ》に、覗《のぞ》き込むような姿勢で恵梨香は小夜子に顔を寄せる。

額が付きそうなほどに、近い。

「今日は一緒に帰ろ？」

いつもと同じ、柔らかい微笑みだ。だが何故《なぜ》かその笑顔には、有無を言わせぬ圧があった。

「う、うん。いいけど」

「じゃあまた放課後ね。迎えに来るから。先に帰っちゃ駄目よ」

「え!?　あ、うん」

そこまで話したところで、昼休みの終わりを告げるチャイムが鳴る。

「また後でね」

恵梨香はそう言い残すと、足早に自分の教室へと帰っていく。

小夜子と姫子は、その後ろ姿を呆《ほう》けたように見つめていた。

◆

柔らかいし、温かいし、気持ちいいし、いい匂いがする。

何というか、とにかくいい匂いがして、たまらない。

(だけど、行き交う人の視線が痛い……)

学校が終わっての帰り道。小夜子と恵梨香は、並んで歩いていた。ただし恵梨香は右腕を小夜子の右肩に回し、肩を抱くように仲睦《むつ》まじく、だ。

小夜子も本来なら相手の肩に手をかけて対応すべきなのだろうが、残念ながら二人の身長差はかなりのものである。腰のあたりに手を回すのが、精一杯であった。

だがこの体勢……腕を組んでいた時よりもずっと密着度が高い。鼓動が高まり、速くなるのを小夜子は抑えられない。

(でも)

恵梨香がこんなにもスキンシップを求めてくるのは、精神が傷つき、折れそうだからなのだろう。それは恐怖からなのか。絶望からなのか。あるいは、罪の意識によるものか。

何かに縋《すが》りたくて、支えが欲しくて。それで、身近な小夜子に甘えているのだ。そう理解しているからこそ、小夜子はこの状態を喜ぶことはできなかった。

(えりちゃん)

見上げる。背の高い女神は、傍目《はため》には楽しげな笑みを浮かべて前を向いていた。

(……この笑顔の裏で、どれほど苦しんでいるのだろう)

代わってあげることもできない。相談に乗ることもできない。

辛いのは分かるよ、と言ってあげることすらできない。

(私、ホント駄目ね)

無力感に潰されて、萎《しお》れそうになる自分の心を誤魔化すため。潤む目を隠すため。

小夜子は恵梨香の腰に回していた手をずらし、その臀部《でんぶ》を指の腹でねっとり撫《な》で回す。

……流石《さすが》に、チョップが飛んできた。

第六日：03【御堂小夜子】

帰宅し玄関を開けた小夜子は、足下の革靴に気付いた。父が、出張から帰ってきているらしい。

「そうか、今日だったわね」

小夜子は靴を脱ぎ家に上がると、鞄を持ったまま居間へ向かう。そこでは久しぶりに見る父親が、ソファーに身を預けながらテレビを観《み》ていた。

「ただいま」

座ったまま、父が振り返る。

「おかえり」

「お父さん、お仕事はもういいの？」

「今回のはな。明日からは九州だ、始発のバスで出るよ」

「そう。大変ね」

「帰りは来週の木曜になると思う」

「わかったわ」

「夕飯は寿司《すし》を買ってきてあるから、それを食べよう。冷蔵庫に入れてある」

「そう。今日は帰りにスーパーに寄るのを忘れていたから、丁度良かったわ」

着替えるために部屋に戻ろうとする小夜子を、父が呼び止める。

「小夜子。父さんがいない間、特に何もなかったか？」

娘は足を止め振り返り、

「何もなかったわ。父さん」

そう言い残して、二階の自室へと上がっていくのであった。

◆

キャスターが、今日起こった交通事故のニュースを読み上げている。それを聞き流しつつ、小夜子と父はテーブルで夕食をとっていた。

「学校はどうだ」

「まあまあ」

「勉強の方は」

「正直、微妙ね」

「いじめとかは受けてないか」

「大丈夫じゃないかな。多分」

「長野さんの家の恵梨香ちゃんには、仲良くしてもらっているか」

「毎朝一緒に、学校に行ってるわ」

そうかと短く返し、食事を再開しようとする父だが。

「ねえ、お父さん」

「何だ」

「再婚とかしなよ。私のことはもう、いいからさ」

父は一瞬呆気《あっけ》にとられた顔を見せるも、すぐに不愉快そうに眉をひそめる。

「子供が何を言っとるんだ。下らん」

「そうね」

父親よりも早く食べ終えた小夜子は、寿司のパックをゴミ箱へ入れ、

「ごちそうさま。ありがとうね、お父さん」

と告げて二階の自室へ向かった。

(言っておくべきことは、言った)

だからこれでいい。後でこの言葉を思い出し、あの人が母と自分から解放されれば、それでいい。

(そして、多分……今日でさようなら。お父さん)

◆

部屋に戻りノートパソコンで調べ物をしていると、二十時丁度にキョウカが現れた。

『こんばんは、小夜子』

「こんばんは。キョウカ」

同盟者同士、挨拶を交わす。一階にいる小夜子の父へ配慮し、普段よりも小声で。

『いいのかい、パパさんのほうは』

「いいのよ。多分このほうが、あの人にはいいはずだし」

小夜子の家庭事情については、キョウカも概《おおむ》ね察している。『そうかい』と短く流し、未来妖精は会話を切り替えた。

『昨晩の対戦記録も見たよ。大したものだね。ベトナム戦争時代のゲリラに生まれていれば、君の才能はもっと生かされたかもしれない』

「全然嬉《うれ》しくないけど、ありがとう」

昔に恵梨香と観た名作ベトナム戦争映画のＤＶＤ。終盤に登場した女ゲリラを思い出し、小夜子は「ふっ」と小さく笑う。

「ま、微笑みデブよりはマシか」

『なにそれ？』

「いや、何でもない」

頭を振って、これ以上の会話の脱線を防ぐ。

『それよりも、今後のことについて話があるんだ』

真面目なキョウカの声。

「どんな？」

『まず、これを見て欲しい。【全日程】【対戦成績確認】』

キョウカと小夜子の間に、画面が六枚表示される。一枚は全対戦者の一覧で、残りは各日の対戦結果表だ。

『ヴァイオレット＝ドゥヌエ。アンジェリーク＝ケクラン。ミリッツァ＝カラックス……この三名、が僕を』

僕をいじめている奴らだ、と続けようとしたキョウカの言葉を遮り、小夜子は、

「アンタがこの間、注意しろって名前を挙げた連中ね」

と口にした。小夜子の配慮に気付いたキョウカは一瞬目を逸《そ》らしてからまた戻し、話を再開する。

『……うん。で、今からこいつらの分だけピックアップするから見てくれ』

未来妖精の小さな手が各日の記録を指し、幾つかの欄を点滅表示させた。三名の擁する対戦者の記録に絞って、抽出したのだ。

その内の一つに【ホームランバッター】が倒された記録があり、小夜子の気分を暗くした。

『何も知らなければ、ただの偶然だ。だがこの三名の関係を鑑みれば、確率論で片付けるにはちょっと偏っていると思わないか？』

点滅する枠を、三点まで絞る。

二回戦。アンジェリークの【ハウンドマスター】不戦勝。

四回戦。ヴァイオレットの【ハートブレイク】が【ハウンドマスター】と対戦。引き分け。

五回戦。ミリッツァの【ライトブレイド】が【ハウンドマスター】と対戦。引き分け。

確かに何も知らなければ、違和感は無いはずだ。ただ単に、アンジェリークが不戦勝のカードを引いていた。それだけの感想で終わるだろう。

だがこうやって三人に絞れば、まだ一枚しか出ていない不戦勝というラッキーカードや三人内での対戦が、たかだか五回戦の内に固まっているのはどうにも不自然に思えてくる。疑われないように「程々」で収めている意図まで、透けて見えるようであった。

『最初は予感に過ぎなかったけど、もう確信だな。連中は僕らに能力を割り当てないようハックしただけじゃない、対戦カードも操作している。多分、八百長以外の対戦……他の対戦者と組み合わせた分だって、何か計算に基づいて組んでいたのだろう』

「計算っていうと、他の対戦者の能力内容を知っていて、勝てそうな相性の相手を選んで組んだ、っていうこと？」

『その可能性は高い。身内で無気力対戦をするにも、彼女たち三人がつるんでいるのは皆知っているからね。不自然な八百長対戦は程々で抑えておいて、相性だけで勝てる相手を組んでおくほうが、自然でバレにくいと考えたんだろう。学校やテレビ局に不正が発覚しても、ドゥヌエ家の威光で見て見ぬ振りなり揉み消されるのは確実だが……クラスメイトから疑いの眼《め》を向けられるのは、三人だって痛いからね』

「インチキクソ女共ね」

背中の産毛が逆立つ感触。小夜子の瞳が、怒りで染まる。

【アクセラレータ】も、【モバイルアーマー】も、【ホームランバッター】も、【グラスホッパー】も。自分と同様、訳もわからぬ状態で理不尽に死地へ放り込まれ、戸惑い、足掻《あが》き、戦い、そして死んでいった。

小夜子自身が手に掛けた者もいる。だが彼らは己が命を賭《か》け金として、堂々と、懸命に、苦しみながら勝負に臨んだのだ。そのことは、誰にも否定することはできない。なのに、それを。

(汚された)

殺し合った相手のことだというのに、小夜子の全身を熱く暗い血が駆け巡った。

(【ハートブレイク】、【ハウンドマスター】、【ライトブレイド】)

その名前、覚えた。覚えたわ。しっかりと。

汚らわしい奴ら。最低限の賭け金すら用意せぬ卑怯者《ひきょうもの》め。

許さない。私はお前たちも、許さない。

もし私が相見《あいまみ》えたなら、相応の報いを受けさせてやる。

赤く、黒く、粘りを持つ何かに塗り潰された胸の内で、小夜子は誓うのであった。

(許せない)

第六日：０４【御堂小夜子】

『そして、ここからが本題なんだけど』

その声で、小夜子の意識は赤黒く湿った世界から引き戻される。

『ちゃんと聞いてるのかい、サヨコ』

「ゴメン。続けて」

『五回戦も終わって、残りの対戦者は君を含めて十三人。これからもあの三人は、身内同士のマッチングや不戦勝枠を利用して勝ち進めていくと思われる。生き残る期間が長いほど、試験の成績が加点されていくからね』

「まあ、そうでしょうね」

眼鏡を中指で上げ直しつつ、相槌《あいづち》を打つ。

『そしておそらく、君の存在も必勝枠として利用されるだろう』

「どうして私を？　私があいつらを狩るのよ？」

キョウカは軽く驚いた顔を見せたが、やがて『うん』と満足げに一人頷《うなず》く。

『その意気だ、それでいい。それでこそ僕らの目的を達成できるというものさ……で、話を戻すけど……連中は、君が【能力無し】であることを知っている』

「犯人だものね」

『その通り。そしてそれはつまり、君が今残った対戦者の中では最弱スペック、しかも群を抜いて弱い対戦者であることを、彼女たちは理解している……いや、誤解していることを意味するんだ』

キョウカは画面を移動させて対戦者一覧を手前に寄せると、残った対戦者の枠を点滅させた。

『残りは十三名。おそらく全ての対戦が終わるまでに必要なのは、あと四日か五日だ。君はその中で、彼女らが勝ち抜くための消化試合に組まれるだろう』

「つまり、それは」

『残りの対戦。君は高確率で、あの三人の擁する対戦者とぶつかることになる。早ければ今夜にでも、だ』

ぞくり。

小夜子の心を、暗く湿った熱いものが塗り潰し始める。

「好都合よ」

『意気はいいが、連中はおそらく、強力な能力を割り当てているに違いない。さらにその上、能力に改竄《かいざん》を加えている可能性だって高いんだ。きっと、手強《てごわ》いぞ』

「いえ、それこそ好都合よ」

『どうしてさ』

「その強力な奴らが、えりちゃんよりも私と戦う可能性が高いのでしょう？　これを好都合と言わずして、何と言うの」

小夜子の行動と意志、そして命はあくまで恵梨香のために捧《ささ》げられている。一振りの刃を彷《ほう》彿《ふつ》とさせる鋭いひたむきな同盟者の眼差《まなざ》しを、キョウカは敬意をもって見返していた。

『ハハッ！　頼もしいな』

「三人を一つずつ潰している間に、えりちゃんが残りとぶつかるのが心配だけどね……」

『まあそうだろうね。ただ、それに関してはあまり心配しなくてもいい、と考えている』

「どうして？」

『エリ＝チャンの【ガンスターヒロインズ】はかなり強力なものだ。能力制限などの詳細は分からないが、そんじょそこらの相手に引けは取らないだろう。それはつまり、奴らのお抱え対戦者ですら、下手を打てば負けかねないってことだ』

小夜子の眼前に滞空しつつ、キョウカは言葉を続ける。

『ヴァイオレットたちが他の対戦者の能力を盗み見ているのなら、だからこそ「事故」を避けるため、エリ＝チャンとの対戦カードは後回しにするはずさ』

「なるほど、それは朗報ね」

頼もしげに唇を歪《ゆが》める小夜子。キョウカももう一度頷き、それに応えるのであった。

◆

「そういえば、アンタたちの未来ってどうなってるの？」

ノートパソコンの画面に視線を向けたまま、小夜子は口にした。三十分に区切っていた面談時間に余裕ができたため、気になっていたことをふとキョウカへ尋ねてみたのだ。

『二十七世紀以降の未来ってことかい？』

「そう」

『いやぁ、分からないよ。だって未来だもん』

ベッドの上にあぐらをかいたまま、ぶんぶん、と首を振るキョウカ。

「えー？　だってアンタらの時代はタイムマシンあるんでしょ？　未来にだって行けるんでしょ？」

『行けるよ。だってそうじゃなきゃ、この時代から二十七世紀に帰れないだろう』

「じゃあなんで分からないのよ」

『怒られるからだよ』

「【国際時間管理局】だっけ？　そこに？」

『と言うより、僕らの未来の人に怒られるのさ』

「ああ、なるほど」

考えてみれば、キョウカたちにとっての未来人にも都合はあるわけで……その「未来の未来人」からすれば、過去からの観光客は煩わしくあっても喜ばしいものではないのだろう。

そのあたりの事情は小夜子にも容易に想像がつく。未来人が過去人と対等な付き合いをしないのを、彼女は身をもって学んでいた。

『タイムマシンの理論が完成した時、その一分一秒違わぬ同時刻。各国の元首に対し、未来からメッセージが送られてきたんだ』

「何て？」

『「君たちの時間軸より未来への移動は許さない。来ようとすれば、厳罰を加える」ってね』

まるで怪談のクライマックスを話すかのように、おどろおどろしく語るキョウカ。

「へえ。ちょっとしたホラーね」

『まあ実際、当時は都市伝説扱いされていたらしい。それから三年ほど経《た》つまではね』

そして再び、話し始めるキョウカ。内容としては、概ね以下のような事柄であった。

……「時間の復元力」、という言葉が二十七世紀には存在する。

時間とは川底をなぞる水のようなものであり、多少の揺らぎがあろうと流れゆく方向は変わらない、という時間研究の定説に基づいた言葉だ。

例えば大虐殺を引き起こす極悪人を過去へ時間移動して暗殺したとしても、代わりの人間がその立場に成り代わって悲劇を引き起こすのである。歴史という舞台での配役変更やアドリブはあっても、劇の筋書きはそのまま。結末も変わらない。

キャストに代役が充てられることや、台本がそれに合わせて調整されることを、「時間の復元力」、もしくは「歴史の復元力」と二十七世紀人は呼ぶのである。

逆に小夜子らはどう計算しても代役にはなれず、そして代役候補に影響を及ぼすことすらない歴史の余り物……というわけだ。

「時間の復元力」は、過去への時間航行の自由にも繋がる。復元力のおかげで、歴史の流れに大きく変更が加えられる危険性は少ないのだ。というよりは、「復元力」の範囲を人の力で超えるのは至難なのである。

また一応時間犯罪などの定義と取り締まる組織は設けられたものの、当初から過去航行に関しては然程《さほど》の心配はされていなかった。時間航行のための時空干渉は準備段階から容易に観測できることもあり、小者に密航されることもない。

だが未来に行くというのでは、話が別である。未来人の思惑以前に、当世人の政治問題になるからだ。

人類社会というものは、基本的に未来の文明に太刀打ちができない。未来のほうが当然、科学技術が発展しているためである。だから未来に行った者が技術を持ち帰り、「現在」のパワーバランスを崩す……というのは二十七世紀秩序の守護者たちにとって、到底受け入れ難いものであった。

それ故に真偽も定まらぬ「未来からのメッセージ」は、すぐに各国間の協議によって国際的な未来航行規制へと発展したのだ。

だがそんな中でも極東の超大国「中央革新人民共和国」は、未来人の一方的な通告に反発。他国からの干渉を実力で排除しつつ、未来へ航行する計画を進めていた。

しかし施設が完成し、計画が始められようという時……地下深くで堅牢《けんろう》かつ強固に守られた巨大研究基地は、深さ数キロメートルに及ぶ巨大なクレーターを残し、瞬時に次元の彼方《かなた》へと消失したのだ。消えた質量と範囲を計算すると、二十七世紀に実用化されている次元兵器に比べ、その威力は数億倍でもきかぬのだという。

再び未来からメッセージが届けられたのは、その翌朝だ。『我々は「打診し、指導し、監視し、警告し、攻撃する」システムだ』と。

彼らの名乗り通りであった。共和国には以前から打診と指導があり、監視の上で警告され、そして最終的に攻撃を受けたのである。【システム】からの苛烈な制裁は、一夜にして共和国の姿勢を百八十度転換させていた。

そして未来航行の禁止は国際的協調による取り決めというだけではなく、未来の絶対的な力により監視、制裁されるという、より実効性を有した条約となったのである。

『その象徴たる大穴は上空の気流を著しく乱し、付近は今でも飛行禁止なんだぜ。というわけで、今では未来に行こうとする奴なんていないのさ』

えっへん、といわんばかりにふんぞり返り、渾身《こんしん》の講義を終えるキョウカ。

「ほーん」

それに対し小夜子は、綿棒で耳を掃除しながら生返事をした。

『ちょ!? 君って奴は自分から聞いておいて、なんだよそれ!』

「いやー、だって何か難しくて飽きちゃって……えりちゃんならそういう歴史っぽいの好きかもしれないけど、私にはちょっと……」

『このファッ◯ンナー』

ド、と言葉を続ける前に、ふっ、とキョウカの姿が消失した。おそらく設定していた三十分の制限時間が来たのだろう。

「何か悪いことしたけど、まあいいか。対戦終わったら謝っとこう」

ノートパソコンの電源を落とし、伸びをして椅子から立ち上がる。硬くなった身体がほぐされたことで、思わず欠伸《あくび》が出た。どうもキョウカの話を聞いていて、眠気が誘発されたらしい。

「さて、夜に備えるかな……っと」

ベッドに横たわった小夜子はSNSで恵梨香に《おやすみ》とメッセージを送り、アラームを設定して眠りにつくのであった。

第六夜：０１【スカー】

スマートフォンには、「午前一時五十八分　十月三十一日　土曜日」と表示されている。

「さて」

ベッドに座ったままの小夜子《さよこ》が、口を開く。

「ねえ……まだヘソを曲げてるの？　悪かったたって言ってるじゃない」

声をかけられたキョウカはフン、と頬を膨らませてそっぽを向いた。髪が揺れた拍子に、光の粒子が小さく飛び散っていく。

先程の熱を入れた講義。それを小夜子がほとんどまともに聞いていなかったことに、彼女は腹を立てているのだ。

「ゴメンってばもー。あ、そろそろ時間みたいね。まあ、戻ってくるまでに機嫌を直しておいてよ」

『君が戻ってくるまでの時間なんて、こっちだと十秒もないだろ！』

「戻ってくるのは前提で考えてくれているのね。ふふふ、ありがと」

微笑《ほほえ》みながらキョウカの頭を撫《な》でる小夜子。当然それは未来妖精の頭をすり抜け、手の甲から上半身が生えているという奇っ怪な絵面を作り出す。

「じゃあ行って来るわ。相棒」

『うっさい！　やられちゃえ！』

　また「ふふふ」と笑う小夜子だが……その最中に意識は突然と途切れ、闇へと飲み込まれていくのであった。

◆

　……どくん！

　鼓動とともに復活する、小夜子の視界。

「慣れてきているわね、自分でもよく分かるわ」

　感覚だけでなく対応も順応した身体《からだ》は、そう呟《つぶや》きつつ周囲の状況を確認した。

　……一見して分かる。屋内だ。電灯も点《つ》いており、周囲を明るく照らしている。

　小夜子が今立つ場所は、どうやら廊下らしい。細長く伸びた通路の脇には、所々に引き戸が設けられており、それぞれの奥は個室となっている様子。

　それらを構成するのは掃除されたビニールタイルの床、白を基調とした清潔感のある壁面だ。

（ここは、病院だわ）

　いかにも。そこは病院の一角である。市民病院や医療センターといった、大型の医療施設。その入院病棟なのだろう。

『空間複製完了。領域固定完了。対戦者の転送完了』

アナウンスが、小夜子の頭の中へ響く。

『Aサイド！　能力名【スカー】！　監督者【キョウカ＝クリバヤシ】！』

浮かび上がる、小夜子の能力名。対戦成績は「三勝〇敗二引き分け」。

『Bサイド！　能力名【ハウゥゥンドマスタァア】！　監督者は【アンジェリーク＝ケクラン】！』

（三人のうちの一人か！）

表示された能力名は【ハウンドマスター】。戦績は、「二勝〇敗二引き分け」。小夜子に比べて一戦分成績が足りないのは、第一夜の生き残り四十一名で組まれた第二夜二十戦、余りの不戦勝枠を不正に引き当てたためだ。

『領域はこの病院の三階、東病棟と西病棟です。階段やエレベータへの進入や、窓の外へ出ると即、場外判定となります。対戦相手の死亡か、制限時間三時間の時間切れで対戦は終了します。時間中は監督者の助言は得られません。それでは対戦開始！　良い戦いを！』

ぽーん、という開始音が鳴り響く。

「いいわ。すごく、都合がいいわ」

小夜子は誰もいない廊下で、一人頬を歪《ゆが》めていた。

◆

昔、父親が盲腸で入院したことがある。着替えの届けや見舞いのため、入院病棟というものには小夜子も何度か訪れた経験があった。

（概《おおむ》ね、大型の病院っていうのは似たような造りになるはずよ）

だから間取りはともかく戦場を構成する材料に関しては、概ね予測を立てられている。

まず、急いで武器の調達が必要だ。今までと違い、今度の相手は小夜子の能力が【何も無い】ことを知っている。探りもせずに初手から攻めてくる可能性は、かなり高い。

（周囲から調べてみよう）

個室の入り口、その引き戸の脇を見る。そこには、小さな消毒用液のポンプ付き容器が据え付けられていた。

最近は病院だけでなく飲食店やそれ以外の店でもよく置かれている、ポンプディスペンサー方式のポリボトルだ。試しに手で押すと、「カシュ」という音と共にアルコールの液体が射出される。

（消毒用といえど、アルコール。この手の奴《やつ》も燃えたはずだけど、灯油みたいに火炎瓶に使えるかどうかは聞いたことがないわね）

持って行こうかとも考えたが、これは全病室の入り口に備え付けてあるようだ。必要であれば、後でも容易に調達できるだろう。

……がらら。

引き戸を開けて、病室に入る小夜子。あまり広くない部屋には四つのベッドが置かれ、それそれがカーテンで仕切られている。

(とにかく武器を手に入れなきゃ。でも病院だと、メスとか探さないといけないのかしら)

そんな小夜子の心配は、杞憂《きゆう》に終わった。

恐らくは見舞いの最中に空間が複製されたのだろう。二番目に調べた個人スペース。そのベッドの脇に備え付けられた机の上に、梨と果物ナイフが置かれていたのだ。しかも三番目に調べたスペースからも、もう一本入手することができた。

「いきなり、果物ナイフが二本か」

些《いささ》か拍子抜けする小夜子であったが、有り難いことにかわりはない。しかし逆に、果物ナイフ以外の武器を発見することは敵《かな》わなかった。

入り口の消毒用アルコールを活用できないかと思い、入院患者の荷物も漁《あさ》ってみたが……ライターの類は、どこにもない。考えてみれば、入院患者に煙草《たばこ》を吸わせるはずもないのだ。他の部屋を探しても、着火器具を入手するのは困難であると考えられた。

一つ目の病室を後にし、隣の病室へ入る小夜子。同様に武器が手に入らないか、物色していく。そして手を動かしつつも、相手の能力について推理を始めるのであった。

能力名【ハウンドマスター】。猟犬使いを意味するその名から想像できるのは……。

(まず第一に考えられるのが、「猟犬」を使役する能力)

この場合「猟犬」がそのまま犬を意味するとは限らない。何か別の生き物かもしれないし、全く別の「何か」の可能性だってある。

だがどの場合でも、戦術パターンとして考えられそうなのは二種類だろう。まずは猟犬と共に襲ってくるか、本体はどこかに隠れておいて猟犬だけを戦わせるかだ。本体に及ぶ危険を考慮すれば、この場合おそらく後者だろう。

(次に思いつくのは、「猟犬」に変身する能力)

古典的ホラー作品に出てくるような、ステレオタイプの狼男《おおかみおとこ》が少女の脳裏に描かれる。

人間の判断力を備えたまま身体能力が強化された相手……【モバイルアーマー】のような敵と、移動経路が限られる屋内で戦わされるのは好ましい状況とは思えない。一度遭遇した相手から隠れるにも、走って振り切るにも、あの時に比べこの戦場は厳し過ぎるだろう。

(……どちらにせよ、もっと武器が欲しい)

しかし彼女の期待通りにはいかず、結局二部屋目での武器調達は失敗に終わる。代わりに見つけたのは、一枚のプリント。おそらく患者の入院時に配布しているであろう館内案内を、机の引き出しから発見したのだ。

【三階　東棟：産婦人科病棟　西棟：産婦人科および小児科病棟　見取り図】

という見出しで書かれたその案内用紙には、この階の東棟と西棟の見取り図が描かれていた。

(これで、戦場の全体図が分かるわ)

簡単に説明してしまえば、東棟西棟はそれぞれL字型を鏡映しにした一対の建物であり、そのLの字の、いわば短辺同士を互いに接続することで、病院は大きなUの字の如《ごと》き形状を構成している。

　L字の接続部分はエレベータ三基と中央階段を備えたホールにあてられており、後は各棟にそれぞれ上下階へ向かう階段が一つずつ設けられていた。

（私は東棟の端。その付近）

　入る前に確認した病室番号と見取り図を照らし合わせ、小夜子は現在位置を把握した。

（通路だけで見ると、この階はほぼUの字一本道ね）

　自らの開始位置から考えて、恐らく小夜子と【ハウンドマスター】はU字の両端からスタートさせられたのだろう。ならば相手は病室を一つ一つ順繰りに探索していけば、自然と小夜子を見つけるはずである。

　いやむしろ……同じプリントを入手するなり構造の予測をつけるなりすれば、相手はこちらのスタート地点まで一気に襲撃をかけて来ても、おかしくはないのだ。

（それでも何通りか、切り抜けようはあると思うけど）

　そう考えを巡らせる小夜子の耳に、
　どん！　どん！　どんっ！

　という音が届く。近い。

　聞こえた方向へ向き直れば、病室の引き戸が強い力で押されているではないか。揺れている。軋《きし》んでいる。戸をスライドさせるための部品が強引に押しのけられ、破壊されそうになり、悲鳴を上げていた。

【ハウンドマスター】が、すぐそこまで来ているのだ。

第六夜：02【スカー】

（一発でここを探り当ててきた⁉）

探索中、他の病室がこのように押し開けられる音は耳にしていない。相手はこの病室に小夜子がいると見極めて、仕掛けてきたのだ。つまり【ハウンドマスター】は、彼女の居場所を探る手段を持っているということになる。

どん。どんっ！

【ハウンドマスター】、もしくはその猟犬とおぼしきものが断続的に引き戸を圧迫し、揺らし続けている。戸に手を掛けられないのか、どうも体当たりをしているらしい。しかしこのままではやがて、力尽くで突入されるだろう。

どん！　どん！

小夜子は急ぎ、最寄りのベッドからシーツを引き剥がす。そして入り口まで駆け寄ると、シーツと果物ナイフを構えて戸の脇に身を寄せた。

どんっ。どんっ！　がこん！

大きな音を立てて、押し倒される引き戸。

「フッ！」

戸を倒しつつ病室へと侵入してきた「何か」の正体を確認する前に、即座に対象へシーツを被《かぶ》せる少女。そして視界を塞いだ相手に対し、果物ナイフを滅多刺しに突き立てたのである。

ざくざくっざくっ！

躊躇《ちゅうちょ》する様子など微塵《みじん》もない。小夜子の覚悟が、恵梨香《えりか》への想《おも》いが……既に人としての正常から、彼女の足を踏み外させているのだ。

「ぎゃあああうううっ！」

悲痛な叫び声を上げる「何か」に対し、手を休めることなく全力でナイフを刺し入れる。骨らしき物に当たる感触が何度も返ってきたが、構わず続ける小夜子。銀色の刃がシーツに埋まるたび、白い生地が赤く染まっていった。

「ふーっ、ふーっ」

息が切れるまで続けたところで、小夜子は初めて手を止める。

見るとナイフの先端は欠け、刃にはべっとりと血脂がついていた。比較的作りがしっかりとした果物ナイフであったが、このように扱われては無残なものだ。

シーツをめくる。取り払って、小夜子は思わず「うっ」と声を上げた。

……それは、白いモノ。白い、人の形をした異形であった。

まるで湿った紙粘土のような、体毛のない肌。目も耳も頭髪もなく……顔には大きく発達した豚のような鼻と、醜く裂けた口が付いていた。口腔《こうこう》内には、ギザギザに生えた牙が乱雑に並んでいる。

人の形を模したものに、人ならざるものがついた怪物。怪物としか言い表せぬモノ。

それが体液にまみれ、絶命していたのだ。悪夢やホラー映画に出てきそうな不愉快極まる造形に、小夜子は思わず眉をひそめる。

(これが【ハウンドマスター】……? いや、違う。違うわね。対戦は、まだ終わっていない)

これは「猟犬」だ。これが、【ハウンドマスター】の使役する武器なのだ。敵の能力は変身ではなく、どうやら使役のほうらしい。

あらゆる趣向をこらして不快感を煽《あお》るその姿を「めっちゃキメぇ」の一言で片付けつつ、小夜子は死骸を観察した。

目や耳らしきものがどこにもないのは、知覚に視覚と聴覚を利用していないためか。逆に特徴的な鼻は、嗅覚で獲物を嗅ぎつける姿を容易に想像させた。「猟犬」らしいといえば、らしい。

(嗅覚探知なら、たくさん並んだ病室の中から一発で私の居場所を突き止めてきたのも納得できる……目が見えないなら、シーツを被せる必要もなかったわね)

そして武器は、この醜い牙と膂力《りょりょく》。サイズや見た目こそ細身の人間程度だが、病室の引き戸を押し破る力は人間のそれではない。もし一度摑《つか》まれでもしたら、小夜子が振りほどけるかどうかは疑わしいだろう。

あの攻撃で倒せたのだから防御力は大したことがないとしても、その攻撃力は十分人体を破壊するに足るものと考えられる。

そしてそこまで考えたところで、小夜子ははっとした。

(大したことがないって!?)

そうなのだ。あまりにも呆気《あっけ》なさ過ぎるのだ。

人型を模しているとはいえ、ナイフがあっさり通る柔らかさ。不意討ちとはいえ、小夜子に倒されてしまう程度の生命力。反応や動作も、機敏とは言い難かった。

彼女はともかく【能力】を持った他の対戦者を相手にして、とても通用する力とは思えない。

一体どうやって、これまでに二人も屠《ほふ》ったというのか。

(イカサマで強い能力を選んでいるはずなのに、おかしいわ)

疑念を抱いた瞬間。

「おぉぉおおぉおぉおおう」

という苦悶《くもん》のような叫びが、遠くから病室に届いた。それに続いて、もう一つ。

「おぅうおおおううぉおおう」

同様の、悶《もだ》えるような叫び声。それを聞いた小夜子が、直感的に理解する。

(ゲームとかなら、よくあるタイプの奴だわ)

かつて自身がネット対戦のカードゲームで組んだデッキを思い出し、舌打ちする少女。

「【能力内容確認】」

照合のため、呟く小夜子。今までの推理が合っていれば、その分も反映して表示されるはずだ。

能力名【ハウンドマスター】

浮かび上がった白文字部分、メインの能力を読む。
・「猟犬」を召喚する。

・「猟犬」に命じて敵を追跡させ、襲わせることができる。
ここまでは、既に明らかとなっている内容だ。問題はその下に続く黄色の文字列、制限や補足説明の部分である。

（……やっぱり！）
・「猟犬」は、嗅覚で敵を探知する。
・「猟犬」が一匹倒される度に、一定時間（要調査）の間隔をおいて、新たに二匹を召喚することができる。
記されていたのは、小夜子の予測通りの内容であった。

（一匹殺せば二匹湧く……！）

つまり「猟犬」を返り討ちにする度に【ハウンドマスター】の戦力が増強されていく、ということなのだ。

確かに猟犬一匹一匹は、能力持ちの対戦者にとって大した脅威ではないだろう。だが複数ならばどうか。しかもそれが、増え続ければどうなるか。やがては、対応できなくなるはずだ。

おそらく、いや間違いなく。【ハウンドマスター】はその特性を利用し、相手を倒してきたのだろう。

（でもこの能力の強さは、「倒されて増える」ことじゃない）

もう一度舌打ちした小夜子の耳に届く、新たな叫び声。

「ぎゃぁああうっ！」

先程も聞いた、「猟犬」が上げる断末魔。

……何故《なぜ》「猟犬」は死んだのか？　小夜子はその答えを既に見つけていた。

【ハウンドマスター】が、片方の「猟犬」にもう片方の「猟犬」を殺させたに違いない。そう、言わば「共食い」である。

どうしてか？　簡単な話だ。相手に「猟犬」を倒してもらうより、自力で召喚数を増やすほうが確実で手っ取り早いからだ。

そのために……「共食い」で数を増やすために。敢《あ》えて小夜子に殺させて作ったのである。最初の共食いペアを。

容易に倒せた先の一匹は、相手の罠《わな》。そのトリガーなのだろう。

「実にクソッタレね」

面倒臭げにそう言い捨てる小夜子。そして少女は足下の死体を一度睨《ね》めつけた後、静かに行動を開始するのであった。

第六夜：03【ハウンドマスター】

「おぅううあああううぅぉおう」

「ううおああううあああう」

新しく生み出した「ハウンド」二匹が発する、醜悪な叫び声。

彼らは主人の指示を受けると「ぺと、ぺと」という音を立て、開けっ放しにした引き戸を抜けて四《よ》つん這《ば》いで廊下へ歩いて行き……そして壁の向こうで、「共食い」を始めたのだ。

「何であんなにキメェんだ……」

その断末魔を聞きつつ【ハウンドマスター】……海堂竜二《かいどうりゅうじ》は、忌々しげに呟いた。使用者本人ですら、あのデザインを好意的には受け入れていない。

「こんなの視聴者にウケるのかねえ」

軽くパーマが当てられたミディアムウェーブの茶髪をかき上げつつ、溜《た》め息《いき》をつく。

「まあでも、キモいバケモンをイケメンが使うってのは、ギャップで映えるかもしれねーな」

へっ、と鼻で嗤《わら》う。

確かに、海堂竜二は自負に足るだけの美形だった。

背は高く細身で、足も長い。今着ているような地味な茶色のブレザーでも、彼が着こなすとファッション誌の一ページのように思える。長い前髪、丁寧に整えられた眉毛。よく観察すれ

ば、髪の隙間からはピアス。彼は、そんな垢《あか》抜《ぬ》けた男子高校生だ。

そしておそらく小夜子が海堂を見たならば、渋面を作り彼の印象を一言で語るに違いない。

……「チャラい」と。

◆

病室のベッドに腰掛けたまま、腕を組み呟く海堂。

「これで今出ている『ハウンド』は、えーと、四匹か」

アンジェリークから相手が【能力無し】であることは聞いている。

【ハウンドマスター】の能力は「ハウンド」一匹を失うことをトリガーに二匹を召喚し、最大で二十四もの「ハウンド」を同時展開することができるが……そんな相手にそこまでする必要もないだろう。

「まあ五、六匹で十分だろうな」

何せ新しい「ハウンド」の召喚には、一分程度の間隔が必要なのだ。わざわざ二十四になるまで準備していては、時間がかかり過ぎる。

対する【スカー】は何の特殊能力も持たない、ただの高校生。

正直なところ一匹目が倒されたことには驚かされたが、それでも二匹いれば十分過ぎる相手だろう。人間の手は、阿修羅《あしゅら》のように沢山生えているわけではない。

五、六匹準備するのは、彼なりに保険をかけた上での慎重な算段であった。
「時間が来たかな」

手を肩ほどの高さにかざし、精神を集中する。すると何もないはずの床から白い塊が盛り上がり、醜い叫びと共に二体の「ハウンド」が出現した。

「念のため、もう一匹」

二匹を廊下へ向かわせ、「共食い」を命じる海堂。不愉快な断末魔が、再び彼の耳に届く。

(不愉快といえば)

昨晩、八百長対戦を組まれた相手……アンジェリークの友人が担当しているという【ライトブレイド】。あれは、実に不愉快な男だった。

大人しそうな顔に野暮ったい髪型、アクセサリーもピアスも何の特徴もない、ファッションとは無縁の地味な学ラン男子高校生。どう考えても学校ではその他大勢に埋もれているような、目立たない無個性高校生だ。海堂の価値観では、特に見るべきものもない下等な男であった。

(なのに、何でアイツはあんな目をしていやがったんだ)

汚らわしい物でも見るかの如き瞳。嫌悪感を露《あら》わにした、あの表情。心底軽蔑している、というそんな視線で少年は海堂を見ていたのだ。

(八百長だって言われてなければ、【ハウンドマスター】で食い殺してやったのに)

後でアンジェリークから聞いたところ、【ライトブレイド】は彼の監督者であるミリッツァの言うこともきかず、協力も拒む戦闘狂の問題児らしい。彼女らにとっても計画に不安定要素が加わるため困っている、という話であった。

何故わざわざ、自分が得をする要素を拒否するのか。【ライトブレイド】の行動を、海堂は理解することができない。

(馬鹿なんだな)

そのため彼は、その一言で【ライトブレイド】を片付けることにした。どのみち海堂も、あの地味少年を理解するつもりはない。

(まあでも戦闘が面白いっていうのは、分からなくもないぜ)

今までの対戦を思い出し、目を細める海堂。

【ハウンドマスター】は「ハウンド」に意識を同調させることもできるのだ。追い詰められ、怯《おび》え、命乞いをする対戦相手を一方的に食い殺す「戦い」というものは……彼には中々に愉快で、爽快な体験なのであった。

◆

結局「ハウンド」を八匹用意したところで、海堂は再び攻勢に移った。

「そろそろやるか」

精神を集中。八匹のうち一匹に意識を同調させリーダー格とし、他の七匹を追随させる。

同調すると音は消え、周囲は闇に沈む。そして臭いを形に投影したものだけが、闇に沈んだ視覚の中に、鮮やかな色となって浮かび上がるのだ。召喚主の視覚に投影される、嗅覚のヴィジョンである。

（さーて。何処《どこ》に隠れているかな）

まだここからでは匂いは辿《たど》れないが、彼女の位置は見当がつく。そして先ほどの接触で、その匂いも判別済みだ。

ましてや一本道のこの戦場に、逃げ場はない。海堂の「ハウンド」隊は、Uの字のもう一端へ向け進めば良いだけであった。目の見えない「ハウンド」らは先程の一番個体が歩んだルートをなぞり、廊下を這《は》っていく。

（よし、行け、行け）

彼はこれまでの戦いで、こうやってずっと身を隠し、高みの見物を続けてきたのだ。

アンジェリークから教えられた通りに「ハウンド」を増やし、そして大量に送り込めば相手は簡単に噛《か》み殺せる。また組まれた対戦カードも【ハウンドマスター】の能力で与《くみ》し易《やす》い相手のみが選ばれており、おかげで海堂に危険が及んだことは一度もない。

海堂にとっての対戦とは観戦と同義であり、体験型エンターテインメントでしかなかったのだ。

（フフ、せいぜい抵抗してみろよ）

嗅覚ヴィジョンを上下に揺らしながら、「ハウンド」の群れが四つん這いで進む。だが中央エレベータホールを抜け東棟に差し掛かったあたりで、海堂は異変に気がついた。

東棟の廊下が、異様な臭気に包まれている。それこそ廊下に何かが撒《ま》き散らされているかのように、あちこちから強い臭いが漂っていたのだ。

彼は、舌打ちした。

(【スカー】め。俺の「ハウンド」が匂いで探知していることに気付いたな)

おそらくは、そこかしこに備え付けられた消毒液やナースステーションに置いてある薬剤、トイレの洗剤……そういったものを、片っ端からぶちまけて回ったに違いない。

(三勝ってのは、運だけじゃないのか)

短時間でよくそこまで考えて動いたものだ、と感心する海堂。実際彼の視覚に投影された嗅覚ヴィジョンは、様々な薬品が漂わせる臭気でぐちゃぐちゃになっていた。この只中《ただなか》では、【スカー】の匂いを嗅ぎ分けるのは難しい。

(これでこっちの鼻を潰せると思ったんだろう? でも所詮、単なる時間稼ぎさ)

海堂は「ハウンド」隊に命じ、【スカー】の匂いだけに対象を絞り探索を行わせた。鼻を鳴らしながらゆっくり通路を進んでいく、白い人型の群れ。だがそうするうちに撒き散らされた薬品の臭いは段々薄くなり、東棟の端まで行ったあたりではもう、廊下の臭いはかなり収まっている様子だった。

おそらくは焦りから、【スカー】が配分を考えもせずに薬を撒いた結果だろう……と推察する海堂。

必死になって薬品を振り撒き匂いを消すも、最後になれば手持ちが無くなってくる。そんな、姿も知らぬ【スカー】が慌てる様子を想像し、海堂はほくそ笑む。

……しばらくして、「ハウンド」の一匹が強く鼻を鳴らす。首尾よく、【スカー】の匂いを嗅ぎ取ったようだ。

（ビンゴ！）

それは一番奥の病室。その奥から漂う、【スカー】の匂い。嗅覚ヴィジョンは、そう表示していた。

（そのまま追い詰めろ）

「ハウンド」はさらに嗅ぎ続け、引き戸越しに病室内の様子を探っていく。すぐに部屋の中からアンモニア臭を嗅ぎとる、異形の鼻。

「ププッ」

吹き出す海堂。

彼は、これによく似た臭いを知っている。三戦目の相手【サンダーブレイク】が、追いつめられた時に漏らした臭気を、覚えているのだ。

「あはははははは！　【スカー】め！　ビビってションベンチビリやがったな！　あははははははは！」

知覚を「ハウンド」に同調したまま海堂は大声を上げ、腹を抱えてゲラゲラと笑う。

……ああ、おかしい。なんて無様なんだ！

色々やったって、結局お前は部屋の隅で震えていることしかできないのさ！

そう嗤《わら》いながら「ハウンド」隊に攻撃指示を出す海堂。病室の引き戸は八匹の体当たりであっさりと壊れ、倒れた。

（あそこだ！）

部屋の隅にうずくまる【スカー】の匂い。それにむけて、八つの裂けた口が一斉に牙を剝《む》き、襲いかかる。

視覚に投影された嗅覚ヴィジョンの中で、【スカー】の臭気を示す赤い表示が分断され、細かく分けられていく。おそらくその肉体は食い千切られ、嚙み砕かれ、細かく分解されているのだろう。【与一の弓】の時も、【サンダーブレイク】の時もそうだった。

詳細の分からぬ嗅覚ヴィジョンだが……海堂としては内臓が飛び散る現場まで見たいわけではないので、ある意味都合がいい。

（よっしゃ、今日もこれで終わり！）

今回も海堂は恐怖もストレスも感じることなく、相手を屠ったのである。いや、屠ったと「思った」のだ。

……ずぶり。

背中から脇腹にかけて、何かが突き立てられる感触があるまでは。

第六夜：04【スカー】

ぐりん。

手首を捻《ひね》って刃を回転させ、傷を広げる。引き抜くと「ずるり」という音を立てて、少年の脇腹から刃が露出した。

「ああああああああ!?」

苦悶とも驚愕《きょうがく》とも区別できぬ叫びを上げ、ベッドから転げ落ちる【ハウンドマスター】。

全裸の少女が全身から薬液を滴らせつつ、冷たい瞳でそれを見下ろしていた。御堂《みどう》小夜子である。

彼女は囮《おとり》を作るために着衣も靴も全て脱ぎ、三つ編みも切り落とし、臭気を強めるため小水まで使い……あの病室に「猟犬」を引き付けたのだ。同時に自身は薬液を大量に被り、塗りこみ、口中に含み、人間としての匂いを消して。

そして薬品を大量に散布した廊下で「猟犬」の群れとすれ違うと、【ハウンドマスター】が潜んでいるであろう病室を目指し、各所備え付けの消毒液を撒き散らしながら進んだのである。

居場所の特定は簡単であった。廊下を進む彼女の耳に、【ハウンドマスター】の高らかな笑い声が聞こえていたからだ。だがそうでなくとも、小夜子は彼を簡単に探し出しただろう。

（あのイカサマ野郎……臆病者は、一番端の病室もしくはその付近に隠れている）

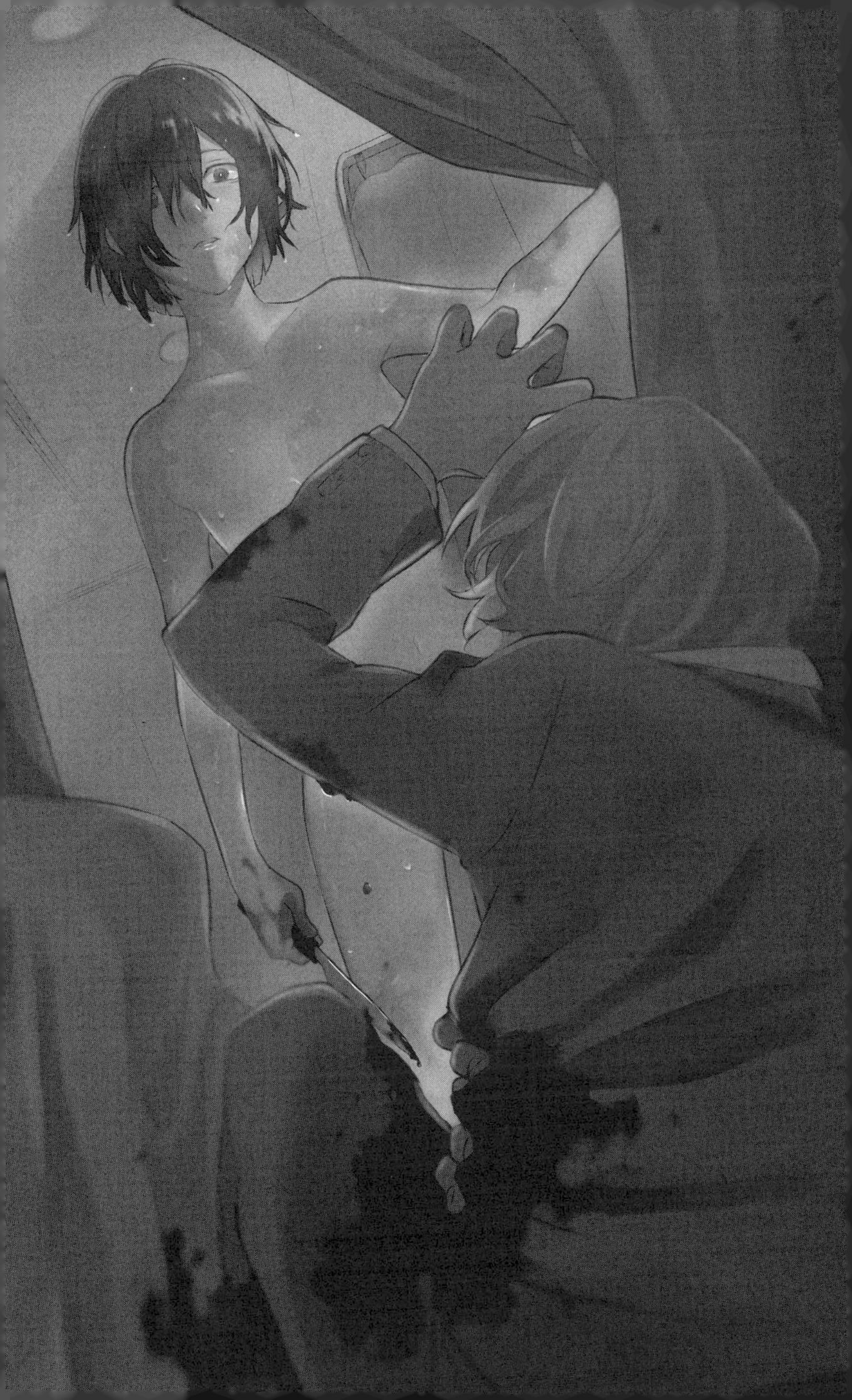

確信に近い推測。そしてその勘は正しく、獲物が潜んでいたのはまさに一番奥の病室であった。

「お前ッ!?　何で、どうして!?　なんでだぁッ!?」

陸に揚げられた魚の如く身を悶えさせながら、息も絶え絶えに叫ぶ【ハウンドマスター】。

小夜子は彼の言葉に答えない。素早く病室の引き戸を閉め、近くのベッドを横付けして「猟犬」向けの簡易バリケードを作ると、本体へ向き直る。

「そんなっ、そんなっ!?」

【ハウンドマスター】が彼女の目を見て、歯を鳴らし震えた。股間から、生温かいものが広がっていく。彼は対戦者に選ばれて以降、このような恐怖と直面したことがなかったのだろう。いや今までの人生において、一度も。

少女は無感動に彼を見下ろすと、低く暗い声でゆっくりと問う。

「お前、弱い奴しか狩ってこなかったな?」

【ハウンドマスター】は答えない。もう、答えることができない。彼の精神は恐怖と苦痛で混《こん》沌《とん》とし、正常な受け答えができる状態とは程遠くなっていたのだ。

だがそもそも、返事など期待していなかったのだろう。小夜子はぺたぺたと【ハウンドマスター】へ歩み寄るとその横顔に蹴りを入れ、そっぽを向かせる。そしてそのまま馬乗りになり、彼の髪を摑んで首を露出させると。

……解体を、開始した。

◆

ぱんぱかぱぱぱぱーん。

『Bサイド【ハウンドマスター】死亡！　勝者はAサイド【スカー】！　キョウカ＝クリバヤシ監督者の勝利です！　おめでとうございます！』

（……終わったか）

【ハウンドマスター】の髪より手を離し、果物ナイフを放り捨てる。

『七回戦は明日の午前二時から開始となります。監督者の方も、対戦者の方も、それまでゆっくりとお休み下さい。では、お疲れ様でした！』

いつもの祝辞が頭の中に響く。しかし、勝利への感慨は小夜子にない。アナウンスを聞き流しつつ、彼女はただ幼馴染《おさななじ》みの心配をしていたのである。

（えりちゃんの方は、大丈夫だったかしら）

大丈夫だとは、思う。

大丈夫であって、欲しい。

だが、もしも、ひょっとしたら。

（確認するのが、怖い）

自らを抱きしめるように怯える小夜子の視界を、闇が一息に塗り潰していった。

◆

どくん！

小夜子の意識が復活する。

『サヨコ！　勝ったんだね!?』

飛び付いてきたキョウカのアバターは、そのまま少女の身体をすり抜け後方へ飛んでいった。

旋回し眼前へ回り込んで来るのを眺めつつ、帰還者は床にあぐらをかいて息を吐く。

「ええ。勝ったわ」

『君は本当に凄《すご》いね、能力もなしにあの三人娘が担当する対戦者と戦って、生きて帰ってくるなんて！』

「大丈夫よ。今回の奴は、今までで一番弱かったから」

事もなげに、言い捨てる小夜子。

『そ、そうなのか……？　まあ、対戦記録はまた後で見せてもらうよ』

「そうしておいて」

少女はもう、吐きもしない。動揺もない。たった数日で変貌した彼女を、キョウカが戦慄に近い眼差《まなざ》しで見つめている。

「そんなことよりも、よ」

しかしその小夜子が、怯えた顔を見せた。

彼女は動かぬ唇を懸命に動かし、小さく呟く。すると小さな効果音を伴い、眼前に現れる対戦者の一覧。白と黒の枠が混在するその画面に、【ガンスターヒロインズ】の名前は、無い。

余程怖いのだろう。指を伸ばしスクロールさせる前に、小夜子は何度も深呼吸を繰り返していた。

「【対戦成績確認】」

「……お願い、無事でいて」

【ハウンドマスター】相手には微塵も感じなかった恐怖が、今は彼女の心臓を握り潰さんばかりに締め付けている。顎から垂れ落ちる汗。荒くなる呼吸。その全ての圧迫に押し潰されそうになりながら……目を剝きつつ、小夜子は指で画面をゆっくりと動かしていく。

「……あった」

その指が止まる。視線の先、白地に黒の文字、生存枠。

能力名【ガンスターヒロインズ】。監督者レジナルド＝ステップニー。対戦成績は、二勝〇敗四引き分けだ。

恵梨香は、二人目を殺していたのである。

「……っ！」

瞼《まぶた》を伏せ、静かに頭を振る小夜子。感情が全身を揺さぶり、震えている。だが彼女はもう、その数字では泣かなかった。

（そう。えりちゃん。あなたは決めたのね。勝ち残ることを）
ええ。それでいいの。
私は、あなたの覚悟を尊重するわ。
あなたの選択を、応援する。
（大丈夫よえりちゃん。あなたは、間違ってなんかない）
だから負けないでね、えりちゃん。
敵との戦いにも、自分の心との戦いにも。
私、頑張るから。もっと頑張るから。
戦う相手は、絶対に討ち漏らさないから。
必ず、殺しておくから。
だからね、えりちゃん。
引き分けでもいい。相手を倒してでもいい。
何だっていいの。
どんな形でもいいの。
どうあっても、いいから。
お願い。
あなたは生きていて。

第六夜：05【ウイングカッター】

なんだアイツ。

なんだアイツ。

なんなんだ、アイツ！

左手で右腕を押さえながら、【ウイングカッター】……松屋祥吾《まつやしょうご》はよろよろと歩いていく。

その右手は、掌《てのひら》が半ば挽《ひ》き肉《にく》と化している。血が止めどなく溢《あふ》れ出し、学ランのズボンと床を濡《ぬ》らし続けていた。

アイツが追ってくる。

あの女が、追ってくる。

このままでは、殺される。

必死で足を動かし通路を抜け、一番手前の部屋へと向かう。

ドアもないその入り口は、脇に立て看板やポスターが掲示されており……そこが、ある海外の画家をテーマにした特設会場であることを示していた。

松屋は息を荒らげつつ足を踏み入れると、広い部屋の中央にも、順路沿いの別の部屋にも行かず、すぐ手前側の壁面に沿って進んだ。垂れた血がワックスで磨かれた美術館の床を汚し、ふらつきながら歩く肩は額縁に触れ絵を落とす。

「まだだ、まだだ」

朦朧《もうろう》とする意識を必死に繋《つな》ぎ止め、ようやく部屋の隅まで辿り着く松屋。壁に体重を預けつつ滑り落ちるように座り込み、深く息をつく。そして自らが入ってきたばかりの入り口を見据えて唇をきつく噛むと、この状態から戦意を復活させたのだ。

既に数回の死線を潜《くぐ》り抜けた彼の精神力もまた、常人の枠を踏み外している。

(落ち着け松屋祥吾……待ち伏せだ、待ち伏せ。まだ勝ち目は、十分にある)

痛みで折れそうになる心をねじ伏せ、自身に言い聞かす。

……先程の交戦。散弾銃らしきものの射撃で、彼は右手を失った。

だが【ガンスターヒロインズ】も松屋の能力【ウイングカッター】を回避しきれず、左足をつま先から十センチほど失っていたのを確認している。

彼女の移動速度が落ちたからこそ、松屋はここまで逃げ延びることができたのだ。

(いける。いけるはずだ。俺の能力に腕の有無は関係ない)

そう考えつつ、能力を発動させる。松屋の目の前で「ぶぉん」と音を立て、彼の片腕ほどもある刃のブーメランが出現した。

能力名【ウイングカッター】。出現させた高周波ブレードのブーメランを、敵へと投射する能力である。

コンクリートの壁ですら豆腐のごとく切り裂く威力をもつが……誘導性能がないことと、再使用に十秒を要するため、近距離戦闘や攻撃の応酬には向かない。

だがこの能力の真価は、「タメ」を作った時にこそ発揮されるのだ。十秒で一枚目を、二十秒で二枚目を、三十秒で三枚目を、と。

投射せず空中に置いたまま「タメ」ることで、最大三十二枚までの同時投射が可能なのである。それは致命の一撃を点から面へ切り替える、まさに必殺の技と言えるだろう。

四戦目にしてようやくこの応用に気付いた松屋は、五戦目ではそれを有効活用。【ゴーレムハンド】を見事に撃破した。

そしてこの六戦目。最初は不覚をとったものの、これからその威力を待ち伏せ攻撃で遺憾なく発揮するつもりなのである。

(奴がこの部屋に入った瞬間、ありったけのブレードを叩《たた》き込んでやる。奴の姿か、奴の銃が見えた瞬間。その付近に、全部をだ！)

厚さ二十センチのコンクリートすら貫通した刃である。中空構造の木壁など、標的ごと造作なく切り裂くことだろう。

「問題ない。問題は……ない！」

ぶーん、ぶん、ぶん、と低く太い音で唸《うな》る刃と共に、松屋は痛みを堪《こら》えて待ち続けた。

そして一枚、二枚、三枚、四枚……とやがて数を十二枚まで増やし続けたところで。

たん……こん……たん。

という音を彼は聞き取ったのである。

(来た！)

間違いない。彼女だ。彼女の足音だ。【ガンスターヒロインズ】以外に、誰がこの空間にいるというのだ。床に響く硬い音は、足を庇《かば》って杖《つえ》でもついているのだろうか。

(よくもまぁ、あの傷で歩いてくるものだ)

感心する一方、

(絶対に来ると思っていた)

相反する思考が、少年の脳内で交差した。

先の交戦で松屋を見た、あの眼《め》が思い出される。美しい顔に殺意を湛《たた》えて燃える、あの双眸《そうぼう》。

(あんな目をした奴が、足を止めるわけがない)

恐怖と敬意と興奮がないまぜになった複雑な感情が、胸の鼓動を速める。脳内麻薬が、アドレナリンが、右手の痛みを消し去っていく。そしてそのことに気付かぬほど、彼の意識は部屋の入り口に集中していた。

(さあ、来い！)

松屋がそう思った瞬間。

ぱたたたたっ！

という音と共に、少年の身体へ「何か」が左側から突き刺さったのだ。

その数発の「何か」は彼の肉を引き裂き内臓を破壊し、いくつもの致命的な損傷を肉体に与えていたのである。

「がっ!?」

床に倒れこむ松屋。集中が途切れ、制御を失った十四枚の高周波ブレードが部屋の入り口目掛けて飛んで行く。それらは壁面や構造材を切り裂き、貫通し、そのまま何処かへと消えていった。

「何……何が……っ？」

揺らぎ滲《にじ》む視線を壁に向けると……そこには横一列に薙《な》ぎ払うかのように、不揃《ふぞろ》いの穴が点々と開いている。銃痕だ。

（そうか、杖の音は）

刹那、自動小銃を杖代わりに進む【ガンスターヒロインズ】の姿が松屋の脳裏に浮かぶ。

（俺がいると読んで、壁を撃ち抜いたのか）

まずい、奴が来る。

立ち上がらねば。

立って、逃げねば。

態勢を、立て直さなければ。

「う……ぐ……」

脳が緊急指令を出す。が、もう彼の肉体は言うことを聞かない。なんとか上半身を起こすも力は抜け、すぐ血だまりの中へ倒れこむ。

たん……ずっ……たん。

そうこうしているうちに、足音が部屋の中に入ってきた。呼吸とも呼べぬか細い息をしながら、その視線を彼女へと向ける松屋。

(……綺麗《きれい》な顔……してんなぁ)

片足を引きずりながら近寄ってくる、【ガンスターヒロインズ】。

おそらく貫通力の高い自動小銃で壁抜きをした後に、拳銃へ換えたのだろう。彼女は丁度、そのスライドを引くところであった。

「私はね、決めたの」

動作を終えて、少女が松屋の頭部へ銃口を向ける。

少年も何かを返そうとしたが、もう喋《しゃべ》ることすら敵わない。

ゆっくりと息を吐き、全てを諦めたように目を瞑《つぶ》る。

「……絶対に勝つんだ、って」

拳銃が、二連続で火を噴く。

その最初の引き金を引く音が、松屋祥吾が生涯で感じた最後の知覚であった。

第七日：０１【御堂小夜子】

時計を見る。表示は、「十月三十一日　土曜日　七時三十分」。

二人が決めた待ち合わせ時間には、まだ早い。だがそれでも小夜子《さよこ》は手早く身支度を済ませると、玄関から外へ出る。待ち合わせ場所である、両家の中間地点。既にそこでは、恵梨香《えりか》が待っていた。

足音か、気配か。歩いてくる小夜子の存在に気付き、

「おはよう、さっちゃん」

と手をひらひらとさせながら微笑《ほほえ》み、挨拶する恵梨香。

その顔に、やつれた様子は無かった。肌の血色も良く、目の下のクマも、もうほとんど分からない。何より昨日とは違い、生気が感じられる。

……だが、小夜子は素直には喜べなかった。

(慣れてきたのね)

自分でも、心当たりのある感覚である。

恵梨香が。あの優しい恵梨香が。

人としての枠を踏み外しつつあるのだと理解し……小夜子は自らの心臓が握り潰されるような痛みを感じていた。

だがそれでも、それでも。

「おはよう、えりちゃん！」

無理矢理に笑顔を作り、挨拶を返す。

（いいの）

そして恵梨香に歩み寄り、その腕にしがみついた。

（あなたが、今日もこうして生きていてくれるのだから）

◆

手を繫《つな》ぎ、指を絡め、並んで歩く二人。ゆっくりと。普段よりもゆっくりと。

会話は無い。重なる手の温《ぬく》もりだけが、感じられる全てであった。

何処《どこ》となく楽しげな恵梨香の横顔を横目で眺めつつ、小夜子は溜《た》め息《いき》をつく。

（残った対戦者は、あと七人）

六回戦開始前に十三人いた対戦者は、昨晩でほぼ半減していた。

キョウカの予想通り不戦勝枠に入っていた【ハートブレイク】を除き、全ての対戦が引き分けなく決着をつけていたのである。

対戦者が減っていく。それは小夜子にとって歓迎すべき状況ではあるが、そこに至るまでの経緯を想像すると、暗い気分にもなった。

(……もう「相手を殺す」対戦者しか残っていないのね。私や、えりちゃんを含め)

もう一度息をつき、頭を振る。

(でも、そんなことよりも)

思い出されるのは、対戦から戻った後に聞かされたキョウカの言葉だ。

『【ハウンドマスター】を倒したことにより、今夜の対戦相手は高確率で【ハートブレイク】になるだろう』

未来妖精のアバターはそう語っていた。

残った対戦者は七人なので、今夜は不戦勝枠が一つ発生する。だが【ハートブレイク】は既に昨晩不戦勝で六回戦を突破しているため、恐らく次にその枠が割り当てられるのは【ライトブレイド】になるだろう、というのがキョウカの予想であった。

『連中の今までのパターンから考えて、二回も不戦勝を同じ人物に割り当てるとは思えないからね』

【ハウンドマスター】を下しているとはいえ、小夜子が【能力無し】であることに変わりはない。ただの餌とは最早《もはや》思われないにしても、七回戦まで勝ち抜いてきた他の強豪に比べれば、ずっと与《くみ》し易《やす》い相手であるのは間違いなかった。

(そりゃあそうよね。誰だってそう思う。私だってそう思うわ)

【ハートブレイク】の担当監督者はヴァイオレット=ドゥヌエ。キョウカの話によるなら、三人娘のリーダー格だ。

『だから多分【ハートブレイク】の能力は、全対戦者の中でも特に強力なものが設定されているに違いない。いや間違いなく、最強のはずだ』

というのが相棒の予想だった。何の能力も持たぬ小夜子が、それを打ち破らねばならないのである。

(好都合だけどね)

そんな「最強の能力者」が、今夜は恵梨香に向かわずに済むのだ。かつ三人娘が擁する残りの【ライトブレイド】も、今夜は不戦勝枠の可能性が高い。そして【ハートブレイク】を倒せば、明日の晩はこれまた高確率で小夜子へ【ライトブレイド】がぶつけられてくるだろう。消化試合としてではなく、報復のために。

恵梨香を守るという観点からすれば、これほど都合のいい展開はない。

(でもそんな「最強の能力者」相手に。しかも私には「能力がない」ことを知っている相手に。勝てるのかしら)

一瞬浮かんだ弱気な思考を、頭を振って打ち払う。

「……そうじゃない。やるのよ」

決意が、思わず口からこぼれ出た。

「ん？　どうしたの？　何するの？」

それを聞いた恵梨香が、首を傾《かし》げて尋ねてくる。しまった、という顔で小夜子は、そっぽを向いて顔を隠した。

が、すぐに。

「こうするんだよォォォォッ！」

と言い放ち素早く指をほどくと、恵梨香の胸を両手で思い切り揉《も》みしだいたのだ。追加攻撃に親指で、突起があろうあたりをぐりぐりと蹂躙《じゅうりん》する。

ずごん！

かなり強いチョップ。その上で、思い切り耳を抓《つね》り上げられた。

「あだだだだだ。すんません、ごめんなさい。堪忍して下さい！　もうあんまりしませんから！」

許しを得るのに、三十秒程の制裁を要した。

その後恵梨香は昨日と同じように、小夜子が手を離すのを認めず……学友たちに囲まれたまま、二人は今日も手繋ぎで下駄箱《げたばこ》まで歩くこととなったのである。

◆

きーんこーんかーんこーん。

土曜四限目の授業が終わり、終礼も済んだ。恵梨香からは「今日も一緒に帰ろう」と言われていたので、席を立たずに座ったまま待つことにした小夜子だが。

ぴろりん。

WAAO!?

スマートフォンに、恵梨香からのSNSメッセージが入る。

《さっちゃん、ごめんね。吹田《すいた》先輩と話があるので、ちょっと待っていてもらってもいい？》

生徒会の吹田先輩。恵梨香の彼氏。

（そういえば、彼のことはどうするのだろう）

心配する小夜子ではあったものの、実際何もできることはない。彼女らは敗北と同時に死ぬこととなる上、もし勝ち抜いたとしても、この時代にはとどまれないのだから。どう足掻《あが》いても、交際を続けることなど不可能である。

（……辛《つら》いだろうな、えりちゃん）

強い羨望と身を焦がすような嫉妬はあるものの、吹田の人格自体には悪い印象を持っていない。それ故に小夜子は、なおさら二人の境遇が不憫《ふびん》に思えた。

（私のことなんか放っておいて、一緒にいればいいのに）

胸に痛みを覚えながらも、そう思う小夜子。

だが恵梨香からのメッセージは「先に帰って」ではなく「待っていて」との御要望である。女神の信奉者として、その意向に逆らうつもりはない。

《終わったら教えてね》

とだけ返し、小夜子はスマートフォンで資料漁《あさ》りを始めた。

ぽち、ぽち、ぽち。

しばらく調べ物を続けるうちに級友たちはほとんどが帰宅し、教室内も閑散としてくる。

その頃合いを見計らったのだろうか。中田《なかた》姫子《ひめこ》に加えてその取り巻き、佐藤《さとう》と本田《ほんだ》が小夜子の席までやって来たのだ。

「ミドブ、ちょっと付き合いなよ」

顎に手を当て「ふむ」と考え込む様子を見せる小夜子。しかし彼女はやがて姫子へ顔を向けると、その誘いに応えるのであった。

「いいわよ中田さん。でも私忙しいから、早めに済ませてね」

第七日：02【御堂小夜子】

小夜子が三人に連れてこられたのは、北校舎の裏側にあたる場所だった。ここは正門裏門どちらからも離れていて、下校時間にもなれば誰も通らない。体育館裏とも違い、部活動の生徒に見咎《みとが》められる心配の無い場所だ。

（こういう呼び出しをするには、打って付けの場所ってわけね）

他人事《ひとごと》のように、状況を認識する小夜子。

……彼女が姫子らに付き合ったのには、理由がある。

いい加減、姫子のちょっかいにもウンザリしていたこと。

恵梨香が吹田と会っていることに対する苛立《いらだ》ち、そのちょっとしたはけ口を求めていたこと。

何より、自分の中で熱くうねる赤黒い何かを発散させたかったためである。

どん。

顔色一つ変えぬ相手に苛立ったのだろう。中田姫子が、小夜子を校舎の外壁へ突き飛ばす。そして逃げられぬよう両手を壁について追い込むと、怒りに歪《ゆが》んだ顔を寄せてきたのだ。

佐藤と本田は、その様子をニヤニヤと愉《たの》しげに眺めている。

「ミドブ、アタシ言ったよね？　調子に乗り過ぎじゃないか、って」

「言ってたわね」

「なのに、何なのアンタ？　一昨日《おととい》も、昨日も、今日も。ムカつくんだけど」

（まただわ）

姫子の言葉に違和感を覚える小夜子。

昨日も今日も、彼女に対して特に何かをした記憶はない。何かをしそうになった記憶はあったとしても、だ。今日に至っては、こうなるまで対面すらしていないのである。

（てっきり、一昨日に机ごと突き飛ばした仕返しかと思っていたけど）

どうも、そうではないらしい。

「昨日も今日も、私、中田さんに何かした覚えないんだけど」

ぱしん。

姫子が小夜子の頬に平手打ちを浴びせる。この姿勢では十分な力が入らないが、それでもその衝撃だけで、小夜子の顔から眼鏡が外れて地面に落ちた。

「そういう態度もイラつくのよ！」

姫子は叫び、再び手を上げる。

ぱしん！

先ほどより強く、もう一度。

ぱしん！

（……やめてよ）

「やめてよ」

ばしん！

「は!?　痛い？　少しは懲りた？」

「顔が腫れたら、えりちゃんが心配するじゃない」

「……ッ！」

更に高く手を振りかぶる姫子。

その瞬間だ。小夜子が相手のタイを摑《つか》んで引き寄せつつ、その顔面へ頭突きを放ったのは。

ごりっ。

頭蓋骨と顔面が衝突する音。のけぞる姫子。

すぐには何が起こったか理解できなかったのだろう。自失したように、瞬《まばた》きを繰り返して目の焦点を合わせていた。だが数秒遅れて鼻から滴る血に気付き、

「ミドブ！」

と吠《ほ》えて拳を振り上げる。

(だから何よ)

目を細めつつ右側へ身体《からだ》を反らし、姫子の左足へ自身の左足をかける小夜子。そのまま足を引きつつ姫子の身体を押すと、彼女は造作もなく地面へと倒れ込む。そしてセーラー服から覗《のぞ》く白シャツの腹へ、小夜子は体重を乗せ全力で踏み込んだのである。

「くはっ!?」

声とも呼吸ともつかぬ息を吐いた姫子が、身体をくの字に折り曲げて横を向く。

小夜子は気怠《けだる》げにその正面へと回ると、涎《よだれ》と鼻血を垂らしつつ悶《もだ》える姫子の腹部へ、ボールで遊ぶかの如《ごと》く蹴りを入れたのだ。

一発。

二発。

三発。

「ぐあっ！　ああ！　あーっ！」

「ちょっと！」

「おっ、おいミドブ！　止《や》めろ！」

慌てて止めに入った佐藤へは平手打ちを、本田には腹の中程へ膝を叩《たた》き込む。

二人とも当たり前ではあるが、こんな事態を予測もしていなかったのだろう。それぞれその一発だけで戦意を喪失し、ぺたりと座り込んでしまった。

邪魔が入らなくなったと判断し、姫子に向き直る小夜子。そして、蹴撃を再開する。

ゲシッ!!

「ぎゃうっ！」

「昔はよく、一緒に遊んでいたのに」

げしっ！

「あぐぅ！」

「どうしてこうなったのかしらね」

げしっ。

(本当に、どうしてこうなったんだろう?)

小夜子は足の動きを緩めて、考え込む。

……小学校低学年のころは、恵梨香を含め友人らとよく一緒に遊んだものである。

だがある日を境に姫子の小夜子に対する態度ははっきりと変わり、「小夜子ちゃん」から「御堂《みどう》」へと呼び方も変化した。そしてその後、加虐へ傾いていったのだ。

(中学? いや、嫌がらせを受け始めたのは、同じクラスになった小学五、六年生からだっけ?)

げしっ。

(でもそれより前から「姫子ちゃん」の風当たりはきつかったはず。それとも三、四年生のころはクラスが違ったから、直接的な行動を起こされにくかっただけ?)

小学校では二年毎《ごと》にクラス替えがあった。そのため一、二年は小夜子と姫子は同じクラス。三、四年は違うクラス。五、六年はまた同じクラス……という具合だったのを、小夜子は思い出す。

(三、四年生の時に何かあったっけ?)

元々、恵梨香以外に対する意識が希薄な小夜子である。懸命に当時の記憶を掘り返そうとするが、姫子と決裂するような出来事が思い出せない。

げし。

(……駄目だ。あのころしっかり記憶に残ってるのなんて、三年生の時にえりちゃんの初キス

を奪ったことくらいしか覚えてない）

小学校三年生。女友達と集まっての、「結婚式ごっこ」。恵梨香が花嫁役になった時、彼女の希望で小夜子が花婿役を務めたのだ。

別に本当にキスする必要も無かったし、他の子の順番でも、やってはいなかったのだが……当時の小夜子は恵梨香に対し、舌を絡めて唾液を交換するようなディープで長い代物をぶちかましていたのである。

それは女神の狂信者にとって、鮮烈で輝かしい冒瀆《ぼうとく》の記憶であった。げし。

姫子が腹と鼻を押さえながらも、強い敵意を湛《たた》えた瞳で小夜子を見上げている。他の二名と違い、これだけされても眼《め》の光を失わないことにやや驚きつつも。

（……この目、何処かで見たな）

その瞳が、小夜子の脳より古い記憶を呼び起こす。

（あれ？）

あの「結婚式ごっこ」。恵梨香の番が終わって、交代した時だ。姫子と恵梨香が何事か話した後の、姫子から小夜子へと向けられた目。

……あれと、同じなのである。

（ああそうだ。あの時からだ）

小夜子は、思い出したのだ。あの瞬間から、姫子の態度が変わったのを。

（でも何で？）

げし。

力の全く籠もらぬつま先を姫子の腹に当てた瞬間……小夜子は理解した。

推理ではない、直感が導いたものである。いや、共感と呼ぶべきか。

小夜子は自分の中で急速に、敵意が萎《しお》れていくのを感じていた。

（……そうか）

見下ろすと姫子は弱々しい声で、

「なんで……アンタ……なんかが……」

涙を浮かべながら呟《つぶや》いている。

小夜子は黙したまましばらくその顔を見つめていたが、やがて姫子から視線を逸らす。その後に落ちた眼鏡を拾い上げると、苦い顔をしながらかけ直すのだった。

そして佐藤と本田の腹に改めて五発ずつ蹴りを入れ、舌打ちしてその場から去っていく。

……ざっ、ざっ、ざっ。

足早に歩く。苛立ちが、歩調を強める。

複雑な感情を整理できぬまま、吐き捨てるように小夜子は呟いた。

「……ホント、女ってクソね」

第七日：03【中田姫子】

……友人らとともに唖然《あぜん》とした顔で、ただそれを見つめていた。

一分近く続けられたあたりでようやく皆が我に返り、二人を慌てて引き剝がす。「きゅぽん」と音がしそうな勢いで、御堂小夜子と長野《ながの》恵梨香の唇が糸を引きつつ離れていた。

「そ、そこまで本格的にやらなくてもいいよ」

と、慌てる友人。あれは誰だっただろう。姫子は思い出せない。

そう、あれは当時流行《はや》っていた「結婚式ごっこ」。

次は姫子が、花嫁役を務める順番であった。姫子は花婿を指名するために、その後すぐ恵梨香に話しかけたのだ。恵梨香は「いいよ」と微笑み、すぐに新郎役を引き受けてくれた。

そんな彼女へ、頰を染めつつ姫子がおずおずと申し出る。

「わ、私らもさっきの、やってみない？」

だがそれに対する恵梨香の返答は、

「えー、やだ」

という拒絶。

「何で!?　小夜子ちゃんとはしてたじゃない！」

興奮した声で問う姫子。そんな彼女に、恵梨香は微笑んだまま短く返してきたのだ。

「さっちゃんなら、別にいいの」

◆

「……嫌なコト思い出した」

鼻をハンカチで押さえながら、姫子が小さく呟く。

鼻血はもう止まりかけていた。骨も折れた気配はない。腹の痛みも落ち着いており、大事には至っていないだろう。

「何なの、あのサイコ女！」

佐藤が、声を荒らげている。

「これは立派な暴力事件よ。先生に言って、アイツ退学にしてやろうよ。少なくとも、停学は免れられないわ」

自らの腹をさすりながら本田が報復を提案し、

「ね、中田」

と姫子に同調を求めた。

「……そうね」

問われた姫子は心ここに在らず、という面持ちで応じている。二人が小夜子への報復作戦を練っている間も、彼女はずっと黙ったままであった。

だが結局佐藤と本田の議論が決着を見ぬうちに三人は校舎に辿《たど》り着いてしまい、教室へ戻るためとぼとぼと階段を上り始める。その途中で、彼女らは一人の生徒と遭遇したのだ。

長野恵梨香である。

「あ、姫子ちゃん」

恵梨香は姫子を見つけると、にこやかに声をかけてきた。

「さっちゃん何処にいるか知らない？　あの子スマホを教室に置きっぱなしにしてて、連絡取れないの。それで他の子に聞いたらね、姫子ちゃんたちと一緒に歩いてくのを見た、って教えてもらったんだけど」

「……ごめん。知らない」

恵梨香から顔を背けながら、小さく答える姫子。だがそこに、佐藤が割り込む。

「長野さん、見てよ、中田の顔。この血のついたハンカチ！　これ、ミド……御堂の奴《やつ》にやられたんだよ!?」

姫子が手で制止するのを振り払い、佐藤がまくし立てる。

恵梨香は姫子の様子を数秒観察していたが、「ふーん」と遅れて相槌《あいづち》を打つと、

「姫子ちゃん。さっちゃんに、また何かしたの？」

ゆっくりと尋ねたのだ。その声を耳にした姫子が、びくりと身体を震わせる。

一方それに気付かぬ佐藤は、さらに言葉を続けていく。

「長野さん、何言ってんの!?　中田がやったんじゃなくて、御堂にやられたんだよ!?」

「ふうん」

佐藤を一瞥《いちべつ》する恵梨香。

普段の彼女からは想像できない、暗く、重く、圧を備えた眼差《まなざ》しであった。視線を受けた直後に佐藤は思わず呻《うめ》き、後ずさる。

恵梨香は数瞬おいて姫子に向き直ると、

「姫子ちゃん。私、中学の時にちゃんと言ったよね？　次に何かしたら、許さないって」

そう語りかけたのだ。先程と同じ、静かな優しい声で。

姫子は返事をしない。目を逸らし、俯《うつむ》いたままである。

そこに今度は、本田が割り込んでいく。

「中田だけじゃない、私や佐藤も暴力を振るわれたのよ!?　私ら今から職員室に行って、先生に言ってやるんだから！」

「へえ」

片側の唇を吊り上げる恵梨香。

「じゃあ私は、『貴方《あなた》たち三人がよってたかって御堂さんに暴力を振るおうとしていた、それに対して御堂さんは懸命に抵抗しただけです』って先生に証言するね。『私はこの目で見たんです』って」

「はあ!?　何で？　何言ってるの!?　長野さんはいなかったじゃない」

本田が噛《か》み付く。だが恵梨香は笑みを浮かべたまま、彼女に言い返した。

「ええ、いなかったわ。でも生徒会も務めていて覚えも良い私の証言と、貴方たちの証言と、先生方は、どちらの言うことを信じると思う？　いいえ、どちらの証言を信じたがると思う？　学年の皆は？　先輩方は？　後輩たちは？　私と貴方たち。どっちの言うことを信じると思うの？」

「なっ……」

「貴方たちがそれでもやるっていうなら、私も徹底的にやらせてもらうけど」

恵梨香の言葉と圧力に、完全に飲まれる本田。

「な、そんな、長野さん」

「私がやらないと思うの？　だとしたら、認識不足も甚だしいと思うけど」

「だって」

「分かったら、大人しくしててね？　私、今の時点でもかなり怒っているから」

「う」

佐藤に続き本田も気圧《けお》され、萎縮し……姫子を盾にするように、後退した。

「何で……」

ここに来て、ようやく姫子が口を開く。

「恵梨香は何でそこまでして御堂を庇《かば》おうとするの？　おかしくない？」

意を決して、恵梨香の瞳を見つめる。

「何でって……決まってるでしょ、姫子ちゃん」

表情は、一見ではいつもと変わらない。端整な顔に、穏やかな微笑み。

だが目の光は、今まで姫子たちが見たこともないほど冷え切っている。

「さっちゃんは、私の一番大切な友達だもの」

恵梨香はその瞳で見据えたまま。

「貴方なんかとは違うの」

姫子の心を引き裂いた。

「じゃあね。さようなら『中田さん』」

そしてそのまま恵梨香は、三人の前から立ち去っていく。おそらく、小夜子を探しに向かったのだろう。

三人はしばらく動かなかった。いや、動くことができなかった。

しかしやがて人形の糸が切れるように、姫子が膝から床へ崩れ落ちる。

慌てて佐藤と本田が支えに入ったが、彼女は立たない。立ち上がれない。

心を裂いた恵梨香の言葉は、姫子が自らの足で立つ力すら奪ったのだ。

「な、中田」

「しっかりしてよ」

二人が強引に肩を貸し動かすまで……姫子は床に座り込んだまま、虚《うつ》ろな目でただ床を見つめ続けていた。

……こうして。

中田姫子の十年越しの初恋は、この日、終わったのである。

第七日：０４【御堂小夜子】

今日は十月三十一日、土曜日。

明日は十一月一日、日曜日。

明後日《あさって》は十一月二日、月曜日だが学校が創立記念日で休み。

明々後日《しあさって》は十一月三日、火曜日。これは文化の日で祝日。

つまり残った対戦者の数から残り対戦数を推測すれば、おそらく今日が小夜子にとって最後の登校日となる。

もちろん恵梨香にとっても、だ。そんな惜しむべき最後の下校時間を、小夜子と恵梨香は手を繋ぎながら帰っていた。

「明日から連休だね」

「えりちゃんは、何かするの？」

「明日はお母さんとお出かけ。買い物行って映画を観《み》てくるの。お母さん、月曜から会社にカンヅメなんだってさ。帰ってくるのは、六日の夜だって言ってた」

（そうすると、明日でおそらく、えりちゃんはおばさんとお別れになるのか）

恵梨香の胸中を思い……小夜子の眼球と鼻の奥が、詰まるように熱く痛む。

（そうね。家族とそういう時間をしっかり持っておいたほうがいいわ）

きっとその記憶は、恵梨香の力になるだろう。その思い出が、恵梨香を絶望手前で踏み留《とど》まらせるに違いない。戦いの最中でも。未来に行っても。

(それがいいと思うわ)

一人目を閉じ、頷《うなず》く。

「どうしたの?」

そんな親友の様子を見て、恵梨香が問いかける。慌てて取り繕う、小夜子。

「ああいや、おばさん、忙しくない部署に移れたと思ったのにねえ」

「何か増刊号があるから大変らしいの、今月は」

「へえ」

「さっちゃん連休は? どうするの?」

「お休みっていうのは、お外に出なくていい日のことを言うのよ? もちろん、家にいるわ」

「うわ〜、引っきこっもり〜」

あはは、と笑い合う。

他愛ない。でも、かけがえのない時間。

(ずっとこの時間が続けばいい)

アニメや漫画、ゲームなら、いくらでも時間があるというのに……あの小説の娘も、アニメのあの子も、ゲームの男も、みんな、みんな、羨ましく妬ましい。

(なのに何故《なぜ》、私たちの時間は有限なのだろう)

小夜子は去りゆく一秒一秒を噛み締めながら、苦い思いとともに胸の中で呟いていた。

そのまましばらく歩く二人。そのうちに、恵梨香がふと思い出したように問う。

「そう言えばさっちゃんを迎えに行った時、教室にいなかったけど。何処行ってたの？　スマホ置いたままで」

「ん？　トイレよ？　ＢＩＧ　ＢＯＮＵＳのほう」

「それは失礼しました」

嘘《うそ》である。恵梨香に無駄な心配をかけまいとする、偽りだ。だが幸い恵梨香も、それ以上は追及してこなかった。

「えりちゃんこそ、吹田先輩のほうは良かったの？」

何の気なしに、小夜子も問い返す。特に何かを意図した訳ではなく、ただ単に話を逸らすために。

「うん、別れてきた」

「へえ」

何も考えずに相槌を打つ小夜子。恵梨香が何を言っているのか咄嗟《とっさ》に理解できず、言葉を頭の中で数回再生してから整理する。

整理できた。

「はぁぁぁあああああああ!?」

素っ頓狂な声を上げる小夜子。すれ違った自転車の主婦が驚いた顔をして一瞬振り返り、そして遠ざかっていく。

「ちょ、さっちゃん、声大きい！　近所迷惑だって」

「何でよ!?　何やってんの!?　仲良かったじゃない！」

小夜子にとっての二人は、絵に描いたような円満健全交際男女であった。恵梨香からも、何処に出掛けたとか何をして遊んだとか、しょっちゅう聞かされたものだ。

小夜子とて彼女のことを思えばこそ、痛む胸を押さえつつ、甘んじてその話に耳を傾けたものである。

なのに。何故。

「落ち着いて、さっちゃん。どうどう、どうどう」

「どうどうじゃないわよ」

何故か小夜子が取り乱す、珍妙な状態となった。

「何でそんなことになってんの!?」

問いかける小夜子。

(吹田先輩のことだって、えりちゃんの心の支えになるはずなのに)

恵梨香は「うーん」と唸《うな》っていたが……しばらくして、ぽつりと口を開く。

「私はもう、あの人に何もしてあげられないから」

それを聞いて小夜子は目を閉じ、深く息を吸って、ゆっくりと吐き出す。

(ああ、そうか)

恵梨香は彼のことを案じたのだ。

対戦に負ければ、今夜にでも恵梨香は死ぬ。それこそ、死体も残さずに。たとえ勝ち抜いたとしても、どのみちあと数日でこの時代からは消え去るのだ。

だから自分の影を彼が追わぬように、その心を、縛らぬように……恵梨香は、身を引いておいたのだろう。

「はあ」

だが小夜子は、恵梨香の気持ちに理解を示して慰めるわけにはいかない。恵梨香の境遇を知っていると、分かるのだと明かすことはできないのだから。

それ故に信奉者は、敢《あ》えて女神を慰めなかった。何か言えば、ボロが出そうだ。

「そうなのかー……そーゆーの私には全然分からないわー」

だから嘘をつくしかない。恵梨香は何も言わず、ただ、寂しげに前を向いていた。

（えりちゃん）

今の言葉で余計、傷つけてしまったのだろうか？　その懸念が、眼鏡の少女を焦らせる。二人の間に流れる沈黙が、さらに彼女を追い詰めていく。

そしてとうとう耐え切れなくなった小夜子は、思ってもいない言葉でその場を誤魔化した。

「大体私、恋愛とかしたことないしね」

嘘の多い、一日である。

第七日：05【御堂小夜子】

帰り道の途中、あさがおマートで今夜と明日の食事を買い込む小夜子。いつもの、お決まりのルーティンパターンだ。

しかし今日は一人ではない。新婚夫婦さながらに腕を組み、恵梨香と並んでのお買い物である。近所の奥様がたの視線が突き刺さるが、「私の面の皮は毛皮です」とでもいう気分で、彼女は無視をすることにした。

「ふんふんふーん」

小さく鼻歌の恵梨香。食事の話題が出たところ、買い物に付き合うと突如言い出したのは彼女なのである。そのため当初は弁当やカップ麺、あとは精々野菜ジュースで済ますつもりだったものが、恵梨香の説教でサラダや惣菜《そうざい》、ヨーグルトまで追加されることとなったのだ。

不健康なのか健康志向なのか、よく分からない夜食になる予定である。

実は長野家で夕食を一緒にとまで誘われたものの、小夜子はこれを丁重に断った。

恵梨香と母親の時間は明日の日曜日までしかない。母子のその大事な時間に、割り込もうとは思わない。

「もぅ……さっちゃん？　私がいなくても、ちゃんと野菜をとらなきゃ駄目だからね？」

何気ない言葉。だが「私がいなくても」という言葉の裏に隠された真意を想像すると、小夜子の胸は突き刺されたように痛む。

……終始べったりしながらの買い物を終え、家の前で別れ、帰宅する小夜子。予定より大分増えた買い物を、袋から冷蔵庫やら棚やらに移し、ようやく一息。

そして調べ物をして、普段よりもやや豊かな食事と風呂を済ませ……キョウカが接触してくるのを、待つのだった。

◆

『昨晩の記録も見せてもらったよ。やはり君のセンスは凄《すご》いな。生まれた時代や地域を、間違えているとしか思えない』

「嬉《うれ》しくない……」

キョウカの賛辞に、素直には喜べない小夜子。

別に意地を張っているのでもなく、ひねくれているのでもない。恵梨香を助けるのに必要とはいえ、単純にその適性を喜ばしくないと考えているだけだ。別段、好きで人殺しをしているわけではない。

『まあ聞きなよ。人は、誰しも何らかの才能を秘めているものさ。ただ、誰もがそれを発揮できるわけじゃない』

「分かるような、分からないような」

『持っている才能が発揮されるかどうかは、その人物の人格や環境次第だからね』

「うーん？」

『例えば、ある男がいるとする。彼には万の軍勢を率いる大将軍の才能があるが、生まれたのは平和な時代の農家だ。しかも彼は穏やかな性格で、争いを好まない。だとしたら、彼の才能はどうなると思う？』

　授業中に突然生徒へ質問を投げる教師のように、キョウカは小夜子に問いかける。

「そりゃあ……一生活《い》かす機会は無いでしょ？」

『そう！　そうなんだ。それなんだよ。人間っていう生き物の能力からすると、「才能」というべき適性自体は、別段珍しいものじゃないんだ。むしろホモサピエンスの脳容量と可能性、そして多様性からすると、誰にでも何かしら向いている物事がある、と言ってもいい。問題は、本人の人格と環境がその「才」を活かせる状態にあるかどうか、ということなのさ。それが適合した状態を、一般の人は「才能に恵まれた」とか「天才」と認識しているだけなんだよ』

　熱を入れて語り続けるキョウカ。

『サヨコ、君はこの僕らの考査において、この時代この地方では絶対に届くはずのない条件を満たした。それにより、本来なら開花することなく終わるはずだった「才」が発揮されたんだ。これは【教育運用学】の観点からすれば、まさに本懐の一つともいえる現象だ。対象者の才能が発揮される事柄を発見できるなんて、ね』

「ああ……そう」

生返事。

『そうさ。僕が保証してもいい。サヨコ、君には才能がある。敵を倒し、生き抜く才能が』

「人殺しの才能があるって言われてもねぇ」

小夜子の自嘲。だがキョウカは、それを無視して言葉を続けた。

『だから大丈夫だ。残りの戦いも、君なら勝てるさ』

右手を胸のあたりまで上げ、拳を「ぐっ」と握る。フィスト・パンプ……をしたいのだろうか。

『勝てるさ！』

繰り返しての強調。ここまで来てふと、小夜子は気が付く。

(キョウカの奴、ひょっとして私を励ましているつもりなのか、コレで)

講釈から、今の言葉に続けるまでの流れ。おそらく彼女なりに考えての、自然な語りのつもりなのだろうが。

(……強引な流れよねえ)

それでも面談時間が来るまで、一生懸命にキョウカがスピーチを考えていたのかと思うと……微笑ましい思いで頬が緩む小夜子であった。

『何がおかしいのさ』

「いいえ。何もおかしくなんかないわ。何も、よ」

それからしばらく、三十分に区切った面談時間が終わるまで。小夜子はキョウカの回りくどくたどたどしい励ましを、心地よく聞き続けていた。

◆

ベッドの脇に置かれた、「十一月一日　日曜日　午前一時五十九分」と時刻を示す時計。

面談後の仮眠と休憩を経て、小夜子は対戦開始の時を待っていた。おそらく訪れるであろう、最強の能力を持つ対戦者との戦いを。

「そろそろね」

『ああ、そろそろだね』

「じゃあ行ってくるわ。相棒」

『……まあ、戦果を期待しているよ』

「おう、まかされて！」

小夜子のサムズアップに、キョウカが首を縦に振る。

『それと……さっき注意しておいたこと、忘れるなよ』

「ええ。気をつけておくわ」

そう頷く小夜子の視界を、黒い闇が一気に塗り潰していった。

第七夜：01【スカー】

どくん！

鼓動。そして小夜子《さよこ》の視界に、光が戻り始める。

（今度の戦場は、昼間か）

陽《ひ》で照らされたアスファルト道路の上に立つ小夜子。普通の、ありふれた片側一車線の道路である。少し先に十字路、反対側やや遠目にも交差点があるようだ。

道路の脇には自動車修理工場や金属部品関係の小さな工場、他には倉庫とおぼしき建物や、建機を敷地内に揃《そろ》えた建築会社らしきものもある。大きなトラックを何台も駐車場に並べているのは、運送会社か。

どうやら比較的小規模に用地は区切られていて、看板を見るに地場企業が多く入っているらしい。高校生の小夜子には縁の無い……建築業や工場、運輸業向けに用地を整備した、工業流通団地。その一角のようであった。

『空間複製完了。領域固定完了。対戦者の転送完了』

頭の中に響く、アナウンスの声。

『Aサイド！　能力名【スカアアアア】！　監督者【キョウカ＝クリバヤシ】！』

小夜子の能力名、【スカー】が浮かび上がる。戦績は「四勝〇敗二引き分け」。

『Bサイド！　能力名【ハァァトブレェイク】！　監督者は【ヴァイオレット＝ドゥヌエ】！』

（当たりね）

予測通り、組まれていたのは【ハートブレイク】との対戦だ。

相手の対戦成績は、「四勝〇敗一引き分け」。小夜子より一戦分ズレているのは、昨夜の不戦勝によるものだろう。

『対戦領域はこの団地の一角です。領域外への離脱は即、場外判定となります。目印となる壁面が無いので、各自でご確認下さい。対戦相手の死亡か、制限時間四時間の時間切れで対戦終了となります。対戦中、監督者の助言は得られません。それでは対戦開始！　両者の健闘を、お祈りしています！』

ぽーん。

いつもの間の抜けた音が、対戦の開始を告げる。

◆

「【対戦エリア表示】」

小夜子の視界に、オレンジ色の場外バリアが表示される。

領域はかなり広めのようだ。おそらく、三百から四百メートル四方はあるのではないか。最初に見回したように建物も多く、隠れる場所には困るまい。

それは勿論《もちろん》相手にも同様だろうが、奇襲を必要とする小夜子にとっては、なおさら重要な要素であった。

（まずは武器を手に入れないと）

視界内に【ハートブレイク】がいないことを確認し、手近な建物へまず向かう。

……どうやら、自動車の修理工場らしい。

日中の営業時間内に空間が複製されたのだろう。工場のシャッターは開けられており、侵入は容易であった。

中に入り少し見回しただけでも、作業中の車の脇、工具置き場……そこかしこに工具やら部材があり、武器としての調達、転用が期待できそうである。

まず小夜子が手にとったのは、長さ一メートルほどの長尺バール。持ち運べる重量で、攻撃力に加えリーチもある。もし逃げる場合には放り捨てるつもりで、手にしておく。

次に見つけたのは、中型のモンキーレンチ。握って、殴りやすい形状。スペア武器として、これも入手しておいた。

とても武器にならなそうな小さなスパナも数本、ポケットに入れる。投げれば【アクセレラータ】戦のように相手の能力を探る役に立つかもしれない。

他にも大小のハンマーなどがあったが、重量と収納の関係もある。とりあえずは、見送りか。

……と軽く物色したが、まだまだ工具は残っている。武器を消耗した後にまた来ても、他の道具で再武装ができるだろう。

(流石《さすが》にこういう場所は、凶器には事欠かないわね)

他にも工場はあるので、今回の戦場では武器の調達で苦労せずに済むかもしれない。これは小夜子にとって、前向きな材料であった。

(次に考えるべきは、相手の能力)

能力名、【ハートブレイク】。

作戦を立てていた小夜子は、事前に名前から内容を推察できないか、と辞書で調べもした。だが翻訳すると、能力名の意味は「失恋」。残念ながら、その名から性能を推し当てるのは難しかった。【ハウンドマスター】戦ではそこまで思い至らなかったが、あるいは三人娘は、能力名についての制約すら緩くしているのかもしれない。

(推理できなきゃ、探るしかないわね)

そう、一昨日《おととい》の【アクセレラータ】戦のように。

小夜子自身は隠れながら相手の能力発動を促し、そこから対策を考えるべきだろう。

(そのラインでいくしかないか)

だがその時だ、女の声が聞こえてきたのは。

「【スカー】、みーつけた！」

はっとして、振り返る小夜子。

「なっ⁉」

「はぁ〜い、来ちゃった」

小夜子が物色している修理工場の前……道路の上に、一人の女子高校生が立っていた。ウェーブのかかったセミロングの茶色い髪、少女でありながら厚めのメイク。スクールシャツの上にはベージュのカーディガンを羽織っており、グレーとホワイトを主体としたチェック柄の制服スカートは、少し風が吹けば下着が見えそうな程に短い。

そんな小娘が手を振りながら小夜子へ向かい、歩き、迫ってくるのだ。

「【スカー】でしょ？【スカー】よね～？　だって、他にいるはずないものね～？」

そのあまりに無警戒な姿で、小夜子は一瞬、相手と自分が殺し合いの場にいることを忘れた。だがすぐに頭を振って呆《ほう》けた自分に活を入れると、急ぎ修理工場の奥へ後退を始める。

（クソが！　いきなりなの!?　なんかこういうの多すぎない、私!?）

心の中で毒づく。

しかし小夜子は他の対戦者と違い、まず武器の探索と調達という準備が必要なのだ。そのため索敵について相手が先行する展開は、必然と言えるだろう。

「ねえ～、何か言ったらどうなの～？」

【ハートブレイク】はまっすぐ迫ってくる。

彼女は小夜子が【能力無し】であることを知っているはずだ。とはいえこれはあまりにも無防備で、かつ強気過ぎる行動であった。

「ねえってば」

その足は止まらない。ついに、修理工場建屋の中にまで踏み込む【ハートブレイク】。

「ねえ」

小夜子と彼女の間には、様々な自動車部品や機材が置かれ、障害物となっている。【ハートブレイク】が小夜子に肉薄するならば、それらを迂回《うかい》するか、間を縫って接近する必要があるのだが……しかし、彼女はそのどちらも選択しなかった。

乗用車、そして中型トラック用のインパクトレンチや各種ソケットが整理され並べられた作業机。現在それが最も、【ハートブレイク】に近い場所にある障害物だ。彼女は歩調を若干緩めはするものの、避けもせずそれに向かう。

そしてゆっくりと机に近付いた瞬間。

作業机も、上に並べられたインパクトレンチもソケットも、整理するためのプラスチックの箱までも。彼女の動きに合わせて文字通り粉々に……いや粉となり、足下へと崩れ落ちていくではないか。

「はあああ⁉」

小夜子の目が、驚愕《きょうがく》で大きく剝《む》かれた。顎が外れんばかりの口から漏れる、情けない声。

その様子を見て、【ハートブレイク】は気を良くしたのだろう。「フフフ」と愉《たの》しげに嗤《わら》い声《ごえ》を上げた。瞳には、嗜虐《しぎゃく》の光が湛《たた》えられている。

それから彼女は両手を小夜子に向かって広げ、ちろりと唇を舐《な》めると……甘い声でささやくように、告げたのだ。

「さあおチビさん。私と、ハグしましょ？」

第七夜：02【スカー】

【ハートブレイク】が修理工場の机を、棚を、機材を……塵《ちり》へと変えながら歩み寄ってくる。粉が足下にさらさらと落ち、砂煙の如《ごと》く拡散していった。

（何あれっ！　何なのあれ!?）

それでも小夜子は即座に反応。障害物の間を走り抜け、工場のさらに奥へ向かう。そして建屋裏口のドアを開けると、そのまま外へと走り出る。

（何だかよく分からないけど、あれに近付くのはまずい！）

彼女の視界を塞ぐ、コンクリートの壁。工場の裏は高めの塀になっており、飛び上がった程度では登れそうにない。

「クソが！」

しかしここでも小夜子は瞬時に決断した。躊躇《ちゅうちょ》が命を奪うことを、彼女は既に知っているのだ。乗り越えるのを諦め塀沿いに走り、全速力で敷地から脱出していく。

（とにかく一度、あの女の視界から消えないと！）

手にバールを持ち、ポケットにレンチを入れたままの走行だ。バランスは悪く、重い。だが小夜子は、必死に駆けた。

（【モバイルアーマー】戦の繰り返しか、ってのよ！）

強力な近接戦闘力を備えた相手に対し態勢を立て直すには、とにかく一度離脱せねばならない。塀を、壁を、建屋を使い、相手の死角に入る。加えて距離を稼ぎ、視界から消えるのだ。一度見失えば、敵は捜索の必要に迫られる。そして稼いだ時間で考察と、対策と、準備を済ませるのである。

修理工場の門から飛び出し、回れ右して道路沿いに全力疾走する小夜子。

だがあまり長い時間道路を走っても、【ハートブレイク】が表へ出た時に後ろ姿を発見される恐れがある。とはいえ、すぐ隣の敷地に逃げ込むのも危険過ぎるだろう。そのため二つ隣の敷地で妥協し、そこへ転がり込む。

門も塀もないアスファルト敷きのそこは半分ほどが駐車場になっており、残り半分は「西脇《にしわき》ねじ　第二倉庫」と書かれているシャッターの下りた建屋があるだけだった。建物は文字通り、倉庫そのものである。一つ手前の敷地が「西脇ねじ」という看板の小規模工場だったので、おそらくそこが従業員向けに用意した駐車場なのだろう。

倉庫のシャッターが開くか試みる余裕はない。開いている可能性も、そもそも低い。中に入るのは最初から諦め、小夜子は脇を走り抜けて倉庫の裏側に向かった。

飛び込むように裏側へ駆け込み……壁に体重を預けつつ胸を撫《な》で下ろす。

（これで、とりあえず姿をくらますことができたわ）

そしてその姿勢のまま深い呼吸を繰り返して動悸《どうき》を整えつつ、小さく呟《つぶや》く。

「【能力内容確認】」

眼前に浮かび上がる文字列。能力名、【ハートブレイク】。

まず白文字で書かれた、能力の主たる部分に目を通す。既に発動を目視し条件を満たした小夜子のバイオ人工知能が、相手の能力内容を開示していた。
・固形物を分解する障壁を、任意で発生させる。
（これか……）

先程の光景が、脳裏に蘇《よみがえ》る。

【ハートブレイク】の歩みに合わせ、塵と化し、崩れ、煙になっていった机や棚。木やプラスチックだけではなく、硬い金属で作られた丈夫なインパクトレンチまでもが、同じようにさらさらと崩れ去っていた。

どうも固形物であれば、素材や硬度は関係なく「分解」できてしまうらしい。

（当然人体も、よね）

つまり障壁とやらに小夜子が捕まれば、その時点で勝負は終わりということになる。即死でなくとも、四肢を失うのは確実だろう。

「ふー、はー」

深呼吸し、【ハートブレイク】が机を塵に変えた様子を脳裏に描く小夜子。分解しているという「障壁」を、視認できなかったことを彼女は思い出す。

（バリア自体は見えないってことか）

おかげで、間合いも範囲も分からない。だが十メートル以内まで近付かれても小夜子自身への危害はなかったので、遠距離での攻撃能力は有していないものと思われる。

そして机が崩れ始めた状況からいって、おそらく射程は至近。ほぼ肉弾攻撃に近い、近接戦闘のみの能力と推測された。

（ということは距離さえ確保できれば、何かと余裕も作れるはずね）

そしてこの、「任意で発生させる」という記述。

射程内にいつでも障壁を発生させられる、と言えば聞こえはいい。使い勝手の良い能力だろう。だが小夜子は、それに対し真逆の認識をしていた。

（意図しないと出せない、意図しない場所には出せないんだわ）

そこが狙い目だ。そう小夜子は考えたのである。

推察を進めるほどに、少女は冷静さを取り戻していく。今までの戦いで得た経験が、くぐり抜けた死地が……彼女を鍛え、埋もれる本質を磨き上げていたのだ。覚悟を決めた、あの瞬間からの日々が。

この精神面の成長、いや変貌こそが、【スカー】という対戦者最大の強みであった。

続いて黄色の文字列へ、視線が這《は》う。補足説明や条件、制限の項目だ。
・分解した対象物の運動エネルギーを奪う。
（なんのこっちゃ）

首を傾《かし》げる。

数秒して、分解された物が塵となり真下へ落ちた光景が記憶に蘇った。あれを目撃し、かつ真下に落ちたと印象に残っていたから、この補足説明が開示されたのだろう。

(……だからって、何なんだろう)

これが何を意味するかは、小夜子には分からない。そして実際、彼女当人にはまるで関係のない箇条でもあった。「まあいいか」と鼻で息をつき、表示を閉じる。

(とりあえず、今のところ判明しているのはこの程度か)

攻防両面の役割を持つ、「分解」の障壁。あれは通常の物理的な攻撃であれば、ほぼ完全に無効化するはずだ。

強い。実に強力な能力である。

どんな打撃、斬撃、質量攻撃も無効化する防御力。かつあらゆる装甲を崩し、塵に変える攻撃力。

矛盾はしないが、まさに最強の盾と矛だ。

……だが。

(それだけなの?)

こびりつくように残る、拭えぬ違和感。

確かに強力な能力だ。相性によっては、完全試合ともなりうる。

だが火炎や電撃といった能力――名簿一覧から「そういう能力者もいるだろう」という予測でしかないが――を持つ対戦者の攻撃を防げるとは考えられないし、小夜子が活路を見出《みいだ》したように、背後や視界外からの奇襲攻撃へ「任意」で対応するのは難しいだろう。

【モバイルアーマー】や【グラスホッパー】にならの相性だけで勝てそうだが、もし【アクセレラータ】が相手だったら、背後からの高速奇襲で為《な》す術《すべ》もなく倒されてしまうはずだ。

(えりちゃんの【ガンスターヒロインズ】なら、死角から撃つなり遠目から狙撃するなりで簡単にケリがつくはず)

強力ではあるが、最強とは言い難い。人間の意識や反応そして知覚には、どうしても限界があるからだ。

本来のエンターテインメント番組という性質から考えれば当然の弱点ではあるものの、不正行為に手を染めた人物と知る小夜子には、どうしても物足りなく感じられていた。それが、ずっと残り続ける違和感なのである。

(最強というのは、心配し過ぎなのかな)

キョウカによれば『連中は、勝ちやすい相手を選んで対戦カードを組んでいるはずだ』と話していた。小夜子も、相棒の予想は正しいと思う。

(なら、今までは相性ジャンケンで勝ってきただけなのかしら?)

いや、でも、やはり、と再び顎に手を当てる彼女の思考は、突如遮られた。

……ぱっ。

視界に入れつつも見てはいなかった倉庫の壁。その一部に、突然音もなく大穴が開いたのだ。

「えっ?」

ぱらぱらと崩れ、下に落ち煙をあげる壁面。そしてその穴から、ゆっくりと歩み出る、一人の少女。
他の誰でもない。【ハートブレイク】である。

「もぉ、逃げないでよ〜！　こういうのを分解すると、埃《ほこり》がたって嫌なんだから」

見せつけるように塵を払う仕草をしつつ、【ハートブレイク】がこぼす。

「……って、あれ？」

だが、聞いている者は誰もいない。

【ハートブレイク】が倉庫の壁に穴を開けたのと同時に、小夜子は脱兎《だっと》の如く走り去っていたからである。

◆

……たったったったったっ。

呼吸を乱しながらも、小夜子は全力で走り続ける。道路に出て左。先程の修理工場の前を抜け、交差点まで辿《たど》り着く。そして領域外壁へなるべく近付かぬよう、右折して対戦領域の中央方向を目指した。

たったったったったっ。

幾らもせずに息が切れる。やむを得ず、最寄りの敷地へ逃げ込む彼女。

第七夜：03【スカー】

「カーショップ　ミノウラ」と書かれたそこは、最初に侵入した建屋とは同業者。自動車の修理を行う、小工場であった。

つまりレイアウトや見た目が異なるだけで、構成する内容は大体同じ。先程の工場に足を上げた車両はなかったが、こちらはタイヤ交換の真っ最中だったらしい。門型二柱のリフトが、車輪のない軽自動車を腰の高さまで持ち上げていた。

歩み寄り、身を隠すため工場か事務所に入ろうとした小夜子だが……わずかに逡巡《しゅんじゅん》し、それを止める。

（もし中にいて壁越しに【ハートブレイク】が現れたら、逃げ場がないわ）

相手は障害物や壁すらも無視して進めるのに対し、小夜子はドアか通路を経由してしか逃げられない。発見される危険を承知で、開けた場所にいるべきとの判断であった。

「すーはー、すーはー」

呼吸を整えつつ、考える。

（あいつ、まっすぐに追いかけてきてた）

【ハートブレイク】は最初の修理工場から次に小夜子が隠れた倉庫裏まで、道路にも出ず、一直線に突っ切ってきたたと思われた。

ねじ工場との間のコンクリ塀も、おそらくはねじ工場自体も。工場と駐車場の間のフェンスも、そして倉庫の壁も……能力で邪魔な物は全て分解し、除去し、悠然と歩いてきたに違いない。まっすぐに、獲物目掛けて。

ここに来て小夜子は、対戦前にキョウカから言われた言葉を思い返す。

『注意すべきは、不正に抽選した強力な能力だけじゃない。連中は、視聴者にバレない範囲で能力以外にも改竄《かいざん》を加えている可能性がある。特に今回は三人娘のリーダー格、ヴァイオレットの担当だ。一番いい成績を取らせるためにも、三人の中で最も強化されていると見ていい』

攻撃能力以外の改竄、その可能性。

(あの女は、私の居場所が分かるのかもしれない)

今度は、以前遊んだFPSゲームのネット対戦を思い出す。

小夜子はコンシューマ機でのプレイだったため遭遇した経験はないが、PC版ではイカサマ……ソフトウェアチートを用いてプレイする悪質プレイヤーもいると聞く。

撃たれても死ななくなるとか、必ず相手の頭部に照準をつけられるとか、移動速度が速くなるとか……。

(相手の居場所が分かるとか、ね)

なるほど不死のような露骨なイカサマならともかく、相手の居場所が分かるだけなら、テレビ番組で放送されたとしても不正と睨《にら》まれにくいだろう。分析や予測能力に優れているとか、カンがいいとかで、幾らでも言い訳はきく。

強力な防御力と近接攻撃力。障害物を除去する驚異的な踏破性。そして敵の場所を感知するチート。極めて、極めて相性の良い組み合わせだ。

使用者は相手の居場所を目掛けただ歩いていれば、それだけで最終的に獲物を追い込むことができるのだから。

……小夜子はその疑いについて、確認する必要に迫られていた。

◆

小夜子は随分と走ってここへ辿り着いたが、それは道路沿いに進んだからである。直線で目指せば、さほど時間は掛からない。来られれば、の話だが。

(予想通り来たら、チートの証明。来なければそれで良し。やりようも増えるし、考える時間も増えるわ)

そして敷地の周囲を囲む塀、それも直線上に先程の遭遇地点を見据え……小夜子はいつでも駆け出せる姿勢で、息を整えつつ待ち構えた。

……そして。

あまり時間を置かずして、【ハートブレイク】がその姿を現す。小夜子が予想していたよりもかなり右側の塀を、塵へと崩し去って。

(やっぱり、居場所が分かるんだ!?)

だが位置予想がずれたのは、【ハートブレイク】も同じだったらしい。敷地に侵入した彼女は周囲をきょろきょろと見回し、それからようやく標的の姿を確認した様子であった。

「あらら、もっとそっちのほうだったか～」

頬を膨らませ、

「も～。埃っぽくて嫌だって言ってるで、ショ？」

ウインクし、獲物へ向け歩き出す。

(位置バレは確定！　でももう少し探る！)

スカートのポケットに手を入れた小夜子は小さなスパナを一本取り出すと、軽く振りかぶって【ハートブレイク】の顔面へと投げつける。

意外な器用さで胸元へ飛んだスパナは案の定、【ハートブレイク】に当たる前に分解され塵となり霧散した。同時にその足下で彼女を中心とした円周状に、コンクリート路面が一瞬ぞわりと蠢《うごめ》く。

「無駄よぉ、無駄」

【ハートブレイク】が、けらけらと嗤う。

「あなたじゃ、スペシャルな私の【ハートブレイク】には絶対に勝てないの」

聞き終わる前に、小夜子は背を向け駆け出していた。

「ああん」

残念そうな喘《あえ》ぎを【ハートブレイク】は漏らす。が、走って追おうとはしない。逃げ去る獲物をしばらく眺めた後、大まかかつ緩やかにその方角へ向きを変えただけだ。

「走ると汗かくし、疲れるのよネ」

そして髪をかき上げつつそう呟くと、気怠《けだる》げにまた歩き始めるのであった。

第七夜：04【スカー】

たったっ、ぐっ、すとん。

目当ての場所へ辿り着いた小夜子はガードレールを乗り越え、素早く身体《からだ》を側溝の中へ潜り込ませた。

大きめのこの溝は一メートル近い深さと人が通れるほどの幅があり、小柄な彼女なら屈《かが》めば余裕を持って身を隠すことができるのだ。無論内側は汚れており、泥やゴミが靴や制服に付着するが……小夜子は意に介さない。

膝を擦るようにしてそのまま進み、やがて溝に被《かぶ》さる金属の格子、「グレーチング」の下まで移動する。

これで姿は道路上からは完全に隠され、彼女は一息ついて考察を再開する余裕を得たのであった。

（まず間違いないわ。アイツは私の居場所が分かるんだ）

一度ならともかく、二度までも最短距離でやって来たのだ。特に二度目は二つも交差点を曲がり、距離も離した場所を選んだというのに。居場所が分かっていなければ、直線で着けるはずなど到底あるまい。

（でもきっと細かい場所、正確な方向までは分からないんだわ）

あの「西脇ねじ　第二倉庫」に隠れた際、【ハートブレイク】は少し離れた壁を分解して現れていた。完全な奇襲ではあったが……あれにしても、倉庫の壁にもたれた小夜子を直接狙い現れれば良かったのだ。そうすれば、その時点で勝敗は決していただろう。

怯《おび》えさせるためにわざとやった可能性も捨てきれないが、どちらかといえばあれは「そうしなかった」のではなく「できなかった」気配が強い。

その次もだろう。

確かにおおよその方角は小夜子を捉えていたが、【ハートブレイク】が塀を消し去り現れたのは、十メートル以上も離れた場所だ。しかもその後、視界が開けたところで標的を探すために周囲を見回している。

このことからも、やはり敵の捕捉能力は粗いと思われた。

（多分結構な誤差があるのか、視覚へ正確に投影するタイプのチートじゃあない、のね）

そう分析した小夜子は、チートへの反撃のためにこの場所を選んだのである。

逃走中に見かけていた、道路脇にある大きめの側溝。そして溝向こうの自動車部品工場へ渡るため被せられた、グレーチング。この構造を利用した偽装で、小夜子は奇襲をかけるつもりであった。

（固形物を分解する障壁を、任意で発生させる能力……）

それはつまり、任意ではない……意識していない場所には張れないことを意味する。だから、不意を突く。死角から、一気に襲う。

（とにかく、後頭部なり首なりに一撃）

ぎゅっとバールを握りしめ、直角に曲がった鋭利な先端部位を見つめる。

（これを、あの女に食い込ませてやる）

上手《うま》くいけば一撃で倒せる。倒せずとも、まともに動けなくなるはずだ。動きが遅くなれば、それでいい。今でこそ逃げるのに精一杯なものの、相手が動けなくなれば、時間さえあれば、いくらでもやりようはあるのだ。

どこかの工場なり会社なりから灯油とライターを入手して、焼き殺す。【モバイルアーマー】戦のように火炎瓶を作ってもいいだろう。

それで、倒せるはずだ。

（大丈夫よ、いける。いけるわ）

作戦を整理し終えた小夜子は息を潜め、【ハートブレイク】の接近を待つ。

◆

ざっ。ざっ。ざっ。

普段なら、騒々しい屋外で足音を聞き取るのは難しいだろう。だが今この世界にいるのは、彼女ら二人だけなのである。意識を集中していた小夜子には、【ハートブレイク】の足音がしっかりと聞こえていた。

（近い）

コン、という音を立て、何かがグレーチングを踏む。それは【ハートブレイク】が、頭上に来た知らせであった。

音を立てぬように蓋の下から這い出て、側溝をよじ登る小夜子。

【ハートブレイク】はグレーチングから数歩先へ進んだところで、不思議そうに工場の方角を見回している。背後の小夜子には、全く気付いていない。

当然である。敢《あ》えて、そのように訝《いぶか》しがるであろう場所を選んでおいたのだ。

その後ろへ忍び寄った小夜子は右手で大きくバールを振りかぶると、踏み込んで全力でそれを叩《たた》き込む。

バールの尖端《せんたん》が弧を描き、遠心力を生かして運動エネルギーを増しつつ、【ハートブレイク】の後頭部目掛けて襲いかかる！

……かと思われた。そのはずであったのだ。

だが小夜子が全力で叩き込んだ凶器は【ハートブレイク】の身体には全く触れず、尖端から塵となって消え始めたのである。

そして失われたのは、バールの先だけではない。長く伸びた棒状の部分も、全てが霧のように崩れ去った。それを握る、小夜子の右手までも。

ぱっ。

親指と人差し指、そして中指の大部分が消失する。同時に【ハートブレイク】の足下を中心として、円周状にアスファルトの構内路面がぞわっと蠢《うごめ》いたのを、今度の小夜子は理由と共に認識した。

がしゃり。

指三本分の支えを失ったことにより、襲撃者の右手からバールの握り部分が落ちる。落下したそれはグレーチングと衝突し、乾いた音を立てた。

「えええっ!?」

仰天の声を上げたのは、小夜子ではない。【ハートブレイク】のほうだ。なんと今まで襲撃に全く気付かなかったらしい。振り向いた彼女は、驚愕で目を剝いている。

「ちょ、え? 【スカー】!? 何で!? どこから!? いつの間に!? えええ!?」

事態が飲み込めていないらしく、相当に取り乱した様子だ。そのためか冷静さを取り戻したのは、重傷を負った小夜子のほうが早かった。

「クソが!!」

と吐き捨てると眼鏡少女は右手首を支えつつ、一気に逃げ去っていく。

「え? え!? ええ!?」

【ハートブレイク】が現状を理解するのには、まだもうしばらくの時間を要していた。

第七夜：05【スカー】

畜生。

畜生が。

畜生めッ！

鮮血を撒《ま》き散らしながら、小夜子は駆け続けていた。

右手は親指に人差し指と、中指の大半、そして手のひら三分の一ほどを失い、骨が露出している。ピンクの部分は肉なのか腱《けん》なのか、彼女には分からない。中指は皮一枚だけ残して手に繋《つな》がっており、足を踏みしめる度に、ぷらぷらと揺れていた。

耐え難い痛みが小夜子を襲い続け、止めどなく涙を溢《あふ》れさせていく。

（迂闊《うかつ》だった、油断した！）

再び脳裏によぎる、キョウカの言葉。

『注意すべきは、不正に抽選した強力な能力だけじゃない。連中は、視聴者にバレない範囲で能力以外にも改竄を加えている可能性がある』

まさにその通りであった。

小夜子は【ハートブレイク】が相手の方角を探知するチートを使っているところまでは推察できており、そしてその予想は性能を含め的中していた。

だがミリッツァがヴァイオレットのために仕込んだもう一つの不正、最強の能力者を作りあげるための改竄……そこまでは、小夜子には見通せなかったのである。

(あの女は、あいつの能力は、自動で、勝手に！　迎撃できるんだ！)

「【能力内容確認】」

荒く呟く彼女の前へ文字列が浮かび、並走していく。

能力名【ハートブレイク】
・固形物を分解する障壁を、任意で発生させる。
・分解した対象物の運動エネルギーを奪う。
今までと同じ表記だ。どこにも「自動で反応する」という文言は、追加されていない。

(罠《わな》なんだ、これは)

そう、罠である。そしてこの不正に追加された機能こそが、【ハートブレイク】を最強の能力者たらしめる所以《ゆえん》であった。

先程の交戦……【ハートブレイク】本人は、小夜子がバールを落とすまで攻撃されたことすら気付いていなかった。その後は、事態を飲み込めず狼狽《ろうばい》していたほどである。だがそれなのに、彼女の能力は完璧に攻撃を防いでいた。

おそらくは使用者の意思、意図に関係なく【ハートブレイク】は作動し、攻撃を防ぐ仕組みになっているのだろう。

小さなスパナを投げつけた時もそうだ。バールの攻撃と同様、【ハートブレイク】に触れることなくスパナは塵となった。だがその下、円周状に蠢いた、彼女の足下のコンクリート。

(あれが【ハートブレイク】の自動防御だったのよ！)

彼女から半径一メートルにも満たぬ範囲だろうか。その程度の空間に、本人を包むようにすっぽりと障壁を発生させていたのだ。それは任意の箇所に障壁を発生させた時とは違い、瞬間的に全周を防御する隠し機能。

あの時彼女の足下が蠢いたように見えたのは、障壁がコンクリやアスファルトの表面を薄く分解し、粉状にしていたからなのだろう。その過程が、「ぞわり」と蠢いて目に映ったに違いない。

苦痛に悶《もだ》えながら、そう分析する小夜子。

(……無敵要塞)

不意に浮かぶ、そんなフレーズ。しかしそれは、【ハートブレイク】の戦力を一言で象徴していた。

「はあ、はあ」

息が切れる。先程から走り続けては小休止、また走り、の繰り返しを強いられているのだ。加えての、重傷。非力な少女には、あまりに厳し過ぎる展開だろう。

糸が切れるように、道端の電柱へ背を預ける小夜子。最早《もはや》【ハートブレイク】相手に、どこかに隠れるという行為自体が無意味であった。

(もし)

涙と鼻水と涎《よだれ》を垂れ流しつつ、かつて右手であった部位を見る少女。

彼女は左手でマフラーを外すと、口と手を使って右手を縛り、でき得る限り引き絞って簡易の止血帯とした。タイツを脱いで縛ったほうがいいかとも迷ったが、そんな暇はないので妥協する。

そもそも小夜子に医術の心得などない。処置とも言えぬこの行為では気休め程度にしかならないが、今必要なのは、まさに気休めなのだ。

（駄目よ小夜子。もし私がここで負けて、【ハートブレイク】とえりちゃんの【ガンスターヒロインズ】がぶつかることになったら、どうするの）

先程までは恵梨香《えりか》が勝つだろうと思っていた。いや、錯覚していた。だが、今は違う。

（えりちゃんでは。【ガンスターヒロインズ】では。絶対に、絶対に勝てない）

あの無敵要塞の自動防御。あれを実弾の射撃では、決して抜くことはできないのだ。

そして追加条項に記される、「分解した対象物の運動エネルギーを奪う」という一文。それはおそらく【ガンスターヒロインズ】のような遠距離攻撃系の能力に対し、決定的な意味を持つに違いない。

いくら銃弾を浴びせようとも、どんなに高速の弾丸を撃ち込もうとも、分解が始まった時点で運動エネルギーは奪われ、落下してしまう。人体に高速で金属粉が浴びせられた場合、どうなるのかまで小夜子には分からないが……それすらも期待できないのだ。

（倒せない。足止めにもならない）

相性の悪さどころの話ではない。【モバイルアーマー】の時と考えてすら、比べ物にならない脅威である。

「だめ」

絶対に、だめ。

アイツを生かしておいては、だめ。

えりちゃんと、会わせては、だめ！

あれは殺さなくちゃ、だめ!!

……痛みで朦朧《もうろう》としかけていた小夜子の目に、力が蘇ったその直後だ。

「かふっ」

小夜子はだらりと皮一枚で垂れ下がる右手中指に喰《く》らいつくと、顎を振り噛《か》み千切ったのである。そして口中で自分の骨と肉と血の味を堪能し、嚙み締め。

「不味《まず》い」

ぺっ、と吐き捨てた。唾をもう一度飛ばした時には、彼女の顔は完全に戦意を取り戻している。

小夜子は。

御堂《みどう》小夜子は。

狂気に敢えて半歩踏み込むことで、己の精神を繫ぎ止めたのである。

「やるわ、やってやるわ」

そうよ。殺してやるわ。

あの女を、始末してやる。

ここで倒せなくて、私に何の意味があるの。

えりちゃんを助けられなくて、私の生に何の価値があるというの。

大丈夫。やれるわ。いや、やるわ。

……小夜子の心を赤く、黒く、粘りを持った何かが塗り潰していく。それは多量の脳内麻薬を分泌させて痛覚を軽減し、疲労を糊塗《こと》していった。

「覚悟は全てを凌駕《りょうが》するのよ」

御堂小夜子はこの短時間で、たったこれだけの時間で……再び戦闘可能な状態へと、復帰したのだった。

（どうやってあの防御を抜くか）

一番現実的なのは、燃料と火だ。だが用意をしている余裕はなかった。

居場所は既に捕捉されており、障害物にも意味はない。火攻めの道具を家探しする時間など、与えられないだろう。何より、時間が掛かれば血はもたない。

ならば、どうやってあの要塞を崩すのか。

（考えろ、考えろ）

道路脇に駐《と》められた、どこかの社用バンが目に入る。あの車からガソリンを取れないか？とも一瞬考える小夜子であるが。

（いやダメね。最近の車は盗難防止のため、給油口からガソリンを抜き取りにくい構造になっ

ていると何処《どこ》かで聞いたわ。道具もないし、それは難しいわね)

火炎瓶の作り方を調べていた時に知った情報を思い出し、頭を横に振る。

「車かぁ……せめてぶつけられないかしら……いやだめね……車……車……ん?」

弾《はじ》けるような感覚。記憶の断片が繋げる、刹那の閃《ひらめ》き。

「そうよ」

あった。あったのだ。

あの無敵要塞の防御を抜けるのは、火の熱だけではない。

(アイツになら)

あの無敵要塞相手にしか使えない、むしろあの無敵要塞だからこそ発動しうる、強力な一撃があったのだ。しかも今の小夜子の状態で、満身創痍《まんしんそうい》で、この戦場ですぐにでも使える一手が。

ぞくりぞくりと、全身の産毛が逆立つ感触。先程含んだ指のせいで、口の端から血の混じった涎を垂らしつつ……唇を吊り上げ、目を細める少女。

「大丈夫よえりちゃん。アイツは、私がちゃんと殺しておくからね」

第七夜：06【ハートブレイク】

自分が歴史上何の意味もない存在だ、何もなせない人間だとヴァイオレットから言われた時は、それは腹を立てもしたものだ。

だが今ではこの試験を勝ち抜いて未来に行くことこそが、特別な自分に巡り合った運命なのだと、【ハートブレイク】……河内樹里亜《かわちじゅりあ》は確信していた。

（そうよ！　私は未来に行って、スターになるの！）

アイドル歌手グループのオーディションに落ちたのも、芸能プロダクションの選考に落ちたのも、読者モデルの反響が薄いのも、ＳＮＳが炎上したのも、この時代では私の素晴らしさを、スター性を、可愛《かわい》らしさを、美しさを理解できないから！　活《い》かしきれないから！　認められないから！

だからこの出会いは、この誘いは、運命だったの！　スペシャルな私に用意された、スペシャルな運命！

試験開始前からヴァイオレットの甘言を受け続けていた樹里亜は、一週間かけてそう思い込むまでに至っていた。

自分を認めない現代を捨てて未来へ行くという報酬は、魅力的に感じられたし……何となくヴァイオレット個人とウマが合ったのもある。加えてヴァイオレットらが立てていた勝利への算段、それも気に入った。

強化された能力、改竄されたスペック、仕組まれた対戦カード。樹里亜が負ける要素は何処にもない。まさに選ばれた彼女に約束された、スターダムへの直通エスカレーター。

（こんなラッキーに巡り合うなんて、私はやっぱりスペシャルなんだわ！）

おかげで樹里亜は、初日から喜々として相手を狩ることができたのだ。

元々倫理や道徳という観念からは、縁遠い性格である。人を殺《あや》めることに対する嫌悪感は、樹里亜にはまるでない。

（ダサいモブどもは、スペシャルな私の踏み台になって当然なのよ）

こうして彼女はヴァイオレットと連携し、ここまで勝ち残ってきたのだった。

◆

血を撒き散らしつつ逃げた【スカー】の方角を呆然《ぼうぜん》と見つめていた樹里亜であったが……しばらくして落ち着き、事態を飲み込んだのだろう。髪を指で弄びながら、くすりと笑った。

「馬鹿ね～、あのおチビさん。私の【ハートブレイク】に、隙なんかないのよ」

やはりこの鉄壁の防御を、しかも【能力無し】で突破することなど不可能なのだ。

「何をやったって無駄なのに。ダサい子ね～」

……勿論【ハートブレイク】でも、防げないものはある。

『ビームやレーザー、電撃、あと火には気をつけなさい』

ヴァイオレットはそう話していた。その手の攻撃はこのバリアーでは防げないからだ、と。

ではそんな能力者に当たったらどうするのか？　と樹里亜が尋ねると。

『そういうのは当たらないように、私たちで対戦カードを調整しておくから大丈夫。そして、そいつらには相性の悪い相手を優先的に組んでおいて、ジュリと当たるまで勝ち残らないようにしておくから。安心して』

担当監督者は、自信たっぷりに答えてくれたのだ。そしてその通りに事は進んでおり、今まで樹里亜がそういう類の能力者と対戦したことはない。

そして今回の対戦相手に至っては、なんと能力すら持たぬ女。

聞けば、樹里亜と四日目に八百長対戦で会った【ハウンドマスター】……海堂《かいどう》ナントカという男子高校生……を倒したそうだが、蓋を開けてみればやはり【ハートブレイク】の敵ではなかった。

（あんなのに負けるなんて……【ハウンドマスター】ってよっぽど無能だったのね。カワイソ）

美形だが好みではなかった男子高校生の姿を思い出し、樹里亜は目を細める。自身の先程の油断と慢心は、棚上げもいいところだ。

（さ、そろそろ歩くのも疲れてきたし～。私もちょっと真面目にやろうかな？　【ナビゲーション】！）

口には出さず、そう念じる。直後、聞こえてくる機械じみた声。

『斜め左前方、約百二十メートルです』

彼女の頭の中にだけ響く音声で、【スカー】の位置が案内された。視覚情報が何もないのが不便ではあるが、試験システムの抜け穴をついて盛り込むにはこれが限界だったらしい。

(まあ、スマートフォン地図アプリの音声案内みたいなもんね)

しかしそう考えてしまえば、馴染《なじ》みある機能ともいえる。後はその案内に従い、歩くだけ。現にその手順だけで、彼女は今まで四人もの対戦者を倒していた。

(あっちかぁ〜)

向きを変え、ナビされた方角を見やる樹里亜。面倒臭げに息を吐き、ゆっくり歩き出す。

そう、彼女は走らない。第一回戦の時からずっと、走っていない。

走れば汗をかくし、メイクも崩れる。折角のヘアースタイルだって、乱れてしまう。それは美しくない、それでは駄目なのだ。

未来の視聴者を喜ばせるためにも、映像映えは極力意識しておかねばならない。【スカー】のように、涙や鼻水を垂れ流しながら血塗《ちまみ》れで逃げるなど、論外である。だから優雅に華麗に余裕を持って……樹里亜は敵を追い詰め仕留めてきた。

「ハグしよ?」も、視聴者受けを考えた上での決め台詞《ぜりふ》だ。

(だから今回も、私は急がない)

髪を掻《か》き上げ、笑みを作り、背筋を伸ばし。

のんびりと、それでいて見栄え良くするために。

ペースを乱さず、樹里亜は進んでいくのであった。

◆

『目標近くに到着しました』

幾つかの塀とフェンス、建屋を直進し……道路を渡ってようやく辿り着いたのは、運送業らしき会社の区画だ。

その敷地の中央に、【スカー】が力なく座り込んでいる。顔色の悪さが、傍目《はため》にも分かった。しかし無理もないことだろう。彼女は右手を半ば失っており、流した血も結構な量になるはずであった。

「は〜い、【スカー】ちゃん？　私とハグしましょ〜」

右手をひらひらとさせながら、【スカー】に向かって呼びかける樹里亜。

強く、可愛く、美しい対戦者としての演技。映像映えは、決して疎《おろそ》かにしない。

一方【スカー】はその笑顔を目にし、

「ひぃ！」

と悲鳴を上げ、右手を押さえたまま、ふらふらと立ち上がり後ずさる。

「どこ行くっていうの〜？　もう諦めなさいよ〜」

「い、いや、助けて……！」

命乞いをする【スカー】。恐怖のあまりだろうか。スカートの内側からは水気が滴っており、ぽたぽたと垂れた液体が地面に染みを作っていた。

「あらやだ、お漏らししちゃったんでちゅか【スカー】ちゃん～？　ちゃんと替えのパンツは持って来まちたか～？」

嘲笑《あざわら》う樹里亜。

【スカー】は小さく叫び、ふらつきつつも必死になって彼女から距離をとろうとする。その姿は樹里亜を、さらに愉快な気分にさせた。

駆けはしない。のんびり歩いて後を追う。

獲物の体力と精神はもう限界に近付いているのだろう。

その逃げ足は遅く、樹里亜の歩みと大差ない様子であった。

「いやぁぁぁああ！」

悲痛な叫びを上げる【スカー】が、駐車車両の方向へと逃げる。

そこは大型トラックが並べて駐められたスペース。可能な限りの台数を収容するためだろう、トラックとトラックの間は、人一人がようやく通れる程度の隙間しか空いていない。

「助けてえぇぇ！」

泣き叫んで左右の車体へ身体をぶつけつつ、その間を懸命に進む【スカー】。

だがそれは、むしろ逃げ場を失う愚行であった。奥には高い塀。トラックはかなりそれに寄せるよう、バックで駐車されている。加えてトラックの背と塀の間には、用済みの大型タイヤが立てかけてあるのが樹里亜の位置からも確認でき、その隙間を通り抜け左右へ逃げることは敵《かな》わないだろう。

つまりは、袋小路だ。

「あっ」

トラックとトラックの間を奥へ逃げていた【スカー】が、足をもつれさせ転ぶ。

（終わりね）

樹里亜が【スカー】と同じ空間へ侵入する。後は歩いて近付いて、そして殺すだけ。

（いつもと同じ。私の踏み台になるだけの、モブ）

しかしその足が、運転席の横あたりに差し掛かった瞬間だ。

転んでいた【スカー】が思わぬ俊敏さで立ち上がり、樹里亜のほうを向いたのである。その顔を見た彼女の背筋を走る、冷たい感覚。

【スカー】は笑っていたのだ。

今までの人生で樹里亜が見たこともない、禍々《まがまが》しい笑み。猛獣に牙を剝かれたような恐怖感が樹里亜の全身を硬直させ、精神を凍りつかせた。そしてその笑みに気を取られた彼女は、気が付かなかったのである。

……【スカー】が立ち上がるのと同時に、銀色の何かを投擲《とうてき》していたことに。

第七夜：07【スカー】

【ハートブレイク】がトラックの運転席、そのすぐ脇へ来たところを見計らい……小夜子はポケットから小さなスパナを取り出し、投げつけた。

ぴゅん。

飛んでいく銀色の輝きはすぐに【ハートブレイク】の自動防御機能の対象となり、即座に分解され、運動エネルギーを奪われ単なる金属粉と化すだろう。

だが小夜子の目的は、スパナを敵本体へぶつけることではない。【ハートブレイク】の自動防御機能を、作動させることが目的だったのである。

ぱっ。

小夜子の目論見《もくろみ》通りだ。作動圏内へと飛び込んだスパナは、【ハートブレイク】の自動防御を正常に作動させた。

半径八十センチ程度の円周へ瞬間的に分解障壁が展開され、スパナを、周囲の地面を、周りの物を、一緒くたに塵へと変える。

そしてその刹那。

ぼんっ！

とてつもなく大きな音とともに、【ハートブレイク】の全身が左側トラックの側面に叩きつけられたのだ。続けて両脇トラックの車体が「がくん」と音を立て、跪《ひざまず》くように傾いて止まる。

……もうもうと埃が舞い上がる中、過ぎる数秒の時。

咄嗟《とっさ》に顔を背けていた小夜子が向き直ると、そこには無残な姿で横たわる【ハートブレイク】の姿。

肉体にめぼしい外傷は無い。だが着衣は先の一瞬で下着までずたずたに引き裂かれ、半裸となっていた。そしてその身体は、もうぴくりとも動かない。

「はぁ……」

小夜子は肺の中身を全て吐き出すように長く深い息をつき、その場へ座り込んだ。

全身から力が抜けていく。気が抜けたことで右手の痛みが蘇り、少女の顔を歪《ゆが》ませた。

「……うまくいったわ」

タイヤバースト。

外傷や走行時の加熱、衝撃、老朽化といった様々な原因により、タイヤの構造体が内部の空気を抑えきれず、破裂する現象である。タイヤ内部には高圧の空気が充填されており、それが一度に解放されてしまえば大変な破壊力を持つのだ。

小型車両でも十分に危険な現象だが……大型車両用タイヤが破裂した場合、その威力は桁違いだといっていい。

乗用車ならば、弾き飛ばされるホイールが主な死因となる。しかしトラックタイヤの場合、近くにいる人間はその衝撃波だけで死に至るのだ。

つまり小夜子は【ハートブレイク】の自動防御を誘発し、すぐ両脇に位置していたトラックタイヤの構造体を、一度に分解させたのである。

その結果【ハートブレイク】は至近距離から衝撃波を受け、内臓、脳、血管に致命的なダメージを負い即死した。

トラックの側面に叩きつけられていたのは、既に破裂の時点で死亡していたため、自動防御がもう発動しなかったのだろう。

対戦の舞台は、日常の社会生活が行われる空間を複製したものが多い。それに気付いていた小夜子は資料集めや調べ物の際に、労働災害の事例も多数調査しておいたのである。そしてそのことが今回、彼女を救ったのだ。

「くくく」と小夜子の口から笑いが溢れる。

やってやった。

やってやったわ。

このイカサマ女め、いい気味よ。

本当ならもっと後悔させて、もっと怯えさせてから殺してやりたかったけれど。

即死っていうのは、残念だったわ。

でもまあ状況的に、仕方ないわよね。

……息をつく小夜子。

だが彼女はすぐにはっとした表情となり、左手で自分の顔を鷲摑《わしづか》む。ずれた眼鏡が顔へと食い込み、なおも強まる力に軋《きし》みを立てていた。

(私は今、何を考えた⁉)

胸の中の赤く、黒く、粘りを持った「何か」が急速に萎《しぼ》み、消え去っていく。

自分の中に蠢いた、凶暴でおぞましい衝動。これは数々の夜が彼女の中に生み出したのか、それとも元々潜んでいたものなのか……慄《おのの》いた小夜子は、頭を振って懸命に正気を取り戻そうとする。

その耳には勝利を告げるファンファーレも、アナウンサーの声も、届いてはいなかった。

◆

どくん!

鼓動と共に、小夜子の意識が復活する。

『サヨコ! 戻ってきたんだね!』

飛びついてくるキョウカ。例によって小夜子の身体を貫通し、背後へと抜けていく。

「ええ、かなり危なかったけど。いやメチャメチャ危なかったけど。何とか勝ったわ」

流石に疲れた顔で答える少女。

肉体に対する損壊も疲労も、修復、回復されて実世界に送還される「対戦」だが……精神的な消耗というものは、取り戻せないのだ。

本来であれば、今すぐにでもベッドへ倒れ込みたい。しかし小夜子には、絶対に確認しなければならないことがまだ残っている。

「【対戦成績確認】」

小夜子の前に表示される一覧表。黒地に白文字が死亡者。白地に黒文字が生存者。

震える指で、画面をスクロールさせる。

もう、残っている白枠自体が少ないのだ。探すのに、苦労はしなかった。

能力名【ガンスターヒロインズ】。戦績は、三勝〇敗四引き分け。

「えりちゃん……」

小夜子の頬を、熱いものが流れ落ちる。

恵梨香は今夜も生き延びていた。生き延びてくれていた。

もう勝利数が増えていることには、何も言うまい。何も思うまい。

『エリ＝チャンは生き残っているようだね』

いつの間にか肩の上に乗っていたキョウカが、一覧を見て語りかけた。涙を拭いながら、小夜子が頷《うなず》く。

(そしてもう一晩、生き残ってくれれば)

残る対戦者は、あと四名。

【スカー】、対戦成績五勝〇敗二引き分け。

【ガンスターヒロインズ】、対戦成績三勝〇敗四引き分け。

【ペロリスト】、対戦成績二勝〇敗五引き分け。

【ライトブレイド】は対戦成績五勝〇敗一引き分け。一戦分少ないのは、今夜が不戦勝のためだ。

「あと一回」

『うん』

おそらく、いや間違いなく。

次の小夜子の対戦相手は【ライトブレイド】である。これを倒せば。これを殺せば。そして恵梨香が、【ペロリスト】戦に勝てば。

（いや引き分けに終わったとしても、私が次で【ペロリスト】を始末すればいいだけよ）

そうすれば恵梨香は救われる。小夜子の戦いも、終わる。

「疲れた……」

女神の生存を確認し安堵《あんど》したことで、急激に眠気が押し寄せてきた。

小夜子はその旨をキョウカに伝え、『今日は昼に三十分の面談時間を設けよう』と決めてからベッドへと倒れ込む。

『君は本当に頑張っているよ。ゆっくりお休み、サヨコ』

キョウカの声を聞きながら……小夜子は、沈むように眠りへと飲まれていった。

第七夜：08【ミリッツァ＝カラックス】

「何だ、このバケモノは……!?」

ヴァイオレットより回してもらった対戦データ。ミリッツァ＝カラックスは愕然《がくぜん》とする思いで、それを確認していた。

【ハートブレイク】。ミリッツァの改竄で作り上げた、ヴァイオレット用の最強能力者。

弱点属性さえ気を付けて対戦カードを組んでおけば、対戦者や監督者がどんなに馬鹿でも無能でも、負けはしない。

ましてや【スカー】は、弱点属性以前の問題であった。敗れることなど、有り得なかったのに。

「それなのに、【能力無し】に負けた……!」

ヴァイオレットの馬鹿馬鹿しい目論見を潰されたのは、正直どうでもいい。

だが自分があれほど苦労させられた計画を潰されたことは、些《いささ》か以上に腹立たしく不愉快であり、何より驚きであった。

「あのお子様が、こんな怪物を作り上げるとはな……」

キョウカ＝クリバヤシ。ただお勉強ができるだけで飛び級してきた子供。

その認識を改める必要があるのだろうか？　それともあの【スカー】という対戦者が、とんでもない掘り出し物だったとでもいうのだろうか。

（だがこの時代この地域この年代で。しかも対戦者に選ばれるようなゴミクズに、そんな傑物がいるはずもないのに）

そう思っていたからこそヴァイオレットやアンジェリークが抱える対戦者には、当人の資質など無関係に力を発揮する能力を割り当て、改竄まで加えておいたのだ。その一方でまさか自分の担当対戦者があんな難物で利かん坊だとは、思わなかったが……。

しかし結果的に三人の中で一番勝ち残っているのは、ミリッツァの擁する【ライトブレイド】なのである。

改竄前提で割り当てた能力のため他と比べても、お世辞にも強いとは言えぬ彼が……能力の改竄も相手情報の事前提供も、全て拒絶してきた彼が……皮肉にも【ハートブレイク】よりも【ハウンドマスター】よりも生き残り、勝利を挙げてきたのだ。

（いや逆なのか？　強力な能力や不正に後押しされず自力で戦い続けたことで、【ライトブレイド】も【スカー】も、成長してきたというのか？）

だとしたら自分は、【ハートブレイク】と【ハウンドマスター】に判断も駆け引きも要しない力を与え、圧倒的有利な対戦カードを組み、事前に相手の弱点まで提供し続けたことで……むしろ彼らから、成長と経験を積む機会を奪っていたのかもしれない。

（人を無視して環境とハードウェア的要素だけを整えようとした、私の失策とでも？）

温室で水と肥料をふんだんに与えた花よりも、荒野の草が大地へ強く根を張るように。

いやそんな陳腐な例え話ではない。プラスマイナスだけでは、説明のつかない世界。

（やりようによっては、こんな怪物を作り上げることもできるのか）

「……面白い」

ヴァイオレットの御付《おつき》の者Bとして【教育運用学部】へ進まされたミリッツァである。人間を扱うことなど面倒極まりないと考える彼女にとって、それはむしろ意思と反対の進路ですらあったのだ。

だがミリッツァはこの時初めて【教育運用学】……いや人間を扱うこと、人間の精神に興味を抱いたのである。

（もっと、色々な事例を知りたいものだ）

極限状態に追い込まれた人間がどう動くか。

どう成長するのか。どう変化するのか。

絶望に陥った人間はどうなるのか。

そこから立ち直るのか、立ち直らないのか。

ミリッツァはそれを、見てみたいと思ったのである。いや……様々な極限のドラマを見たい、というのが正しいかもしれない。

すると退屈で厄介な時間にすぎなかった今回の考査が急に、貴重で興味深いものに思えてきた。今後もこういう機会を度々設けてもらえないだろうか、と考えるほどに。

ひゅん、ぴっ。と指を動かし空中に画面を表示させ、モニター中の【ライトブレイド】を映し出す。

不戦勝枠について散々抗議をしていた少年であったが、現在は盛大にイビキをかいて眠りこけていた。今となっては「戦わせてやれば良かった」と後悔するミリッツァ。

(そのほうが、また色々なものを見られたかもしれない)

だがまあいい。次の晩、【スカー】と対戦させるのを楽しみにしておこう。

その前に、彼へ情報を一件教えてやるのもいい。事前情報自体は嫌がるし怒りもするだろうが、内容を聞けばあの少年は喜ぶ気がする。その反応自体も、興味深い。

(こんな考え方、以前の私ではしなかっただろうな)

煩わしかった【ライトブレイド】との面談すら、楽しみに思えてくるミリッツァ。今までの人生でほとんど見せたことのない笑みが、その顔には浮かんでいた。

ぴぴっ。

呼び出し音。空中投影中のモニターの脇に、もう一つ画面が開く。ミリッツァがハッキングにて用意した、三人が連絡をとるための裏チャンネルだ。

「ヴァイオレットからのコール？　アンジェリークも交えての通話？」

敗退し、目論見が御破算になったことに対しての愚痴か、ぼやきか、はたまた恨み言か。

(やれやれ。あのワガママ娘へのフォローが必要だったか)

心中で呟きつつ、コールに出るミリッツァだが……ヴァイオレットからの通話は、そのどれでもなかった。中身は、提案だったのである。

それはあまりに下卑で、野蛮で、卑劣な提案。おそらくは今までで、最悪の企《たくら》みである。いや企みと呼ぶことすら、馬鹿馬鹿しい。

（我が幼馴染《おさななじ》みながら、呆《あき》れた神経だ）

今までのミリッツァであれば、モラル面ではなくリスクとリターンを考慮して、その圧倒的な天秤《てんびん》の傾きから反対していたことだろう。御付の者Bとして。

だが。

（面白い）

ミリッツァは、そう思った。そう思うようになってしまった。だから、手を貸すことにしたのだ。

「分かったヴァイオレット。監視システムとロックへの干渉は大丈夫。で、アンジェ、その手のことが好きそうな奴《やつ》で話に乗ってくるの、心当たりはある？」

『ん～、テイラー君はそういう趣味だったはず。あとはマッケイン君かな～？　ちょっとタイプは違うけど、ゴメスも多分話に乗ると思うよ、性癖的に。ヘンネバリちゃんはそっち系だけど、男の子を呼ぶなら止《や》めたほうがいいと思う』

何故《なぜ》学友の嗜好《しこう》まで把握しているのかについては、この際追及しない。

『流石アンジェね。そうね、テイラーは一回戦で負けているから意趣返しもあって話に乗ってくると思うわ。まあ、その辺は私から説得しておくから』

「じゃあそれはヴァイオレットに任せよう。言い出しっぺだしね。テイラーへの裏通話チャンネルはもう少ししたら用意しておく。繋がったら知らせるよ」

『オーケー。頼んだわよ、ミリッツァ』

打ち切られる通話。

(さて、準備をするか)

メインフレーム干渉用の手製ツールを立ち上げ、監視の目にかからないチャンネルを構築し始める。

「どういう反応を見せてくれるだろうな」

様々な事例を、見ておきたい。色々な生の反応を、知っておきたい。

追い詰められた時に、人はどうなるのか参考にさせてもらいたい。

ミリッツァは好奇心に胸を躍らせ、目を細めた。

そして実験材料はこの際、二十一世紀人でも二十七世紀人でも、どちらでも良いのだから。

第八日：01【御堂小夜子】

「十一月一日　日曜日　午前十一時」

表示されたスマートフォンから、古いロボットアニメの曲が流れている。小夜子《さよこ》が設定した、アラームの音だ。

うつ伏せに寝ていた彼女はもぞもぞとそれを解除し、

「もう、昼前か」

と、上体を起こして大きく伸びをした。

画面を見れば幾つかSNS通知が表示されていたため、アプリを起動してみる。

《おはよう》

《お母さんと買い物出掛けてくる》

《『アリ男』って映画観《み》るよ》

入っていたのは数件のメッセージ。全て、恵梨香《えりか》からのものだ。

《おはようございました。楽しんでらっしゃい》

返信し、立ち上がる。

（おばさんとの時間、いっぱい楽しんでね。えりちゃん）

そしてもう一度伸びをした彼女は、昼に設定したキョウカとの面談に備えるべく……昼食とシャワーを済ませるため、着替えを持って一階へと下りていく。

◆

『昨晩の対戦記録を見せてもらったよ。何度も同じことを言っている気がするけど、本当、大したものだ』

「一応、ありがとう」

肩を竦《すく》めながら、苦笑いする小夜子。

「今夜は【ライトブレイド】が相手ね」

『うん、まあ確定だろう。ヴァイオレットは相当頭にきているだろうからね。報復としてミリッツァに君を仕留めさせようとするに、違いない』

「アンタも、仕返しができたわね？」

『まだ【ライトブレイド】戦が残っているさ。そこで負けたら、何の意味もない』

キョウカが、ちっちっちっ、と舌打ちしつつ人差し指を左右に振る。

「あら。私は負けないわよ？」

『ん？　僕だって、負けるなんて思ってないさ』

視線を交えて、ふふふ、と笑い合う二人。

『で、次の戦いなんだが。今度は相手も、君のことを弱兵と侮りはしないだろう。むしろ強敵

という認識で、対戦者にもそう説いているかもね。【ハートブレイク】ほど【ライトブレイド】が無茶な能力者だとは思えないが、舐《な》めてかかってこない分、罠《わな》にはかけにくい、と認識しておいたほうがいい』

「そうね」

今まで敵を倒すことができたのは、相手が小夜子の能力を誤認しているか、甘くみていたのが大きいだろう。そういった油断を突くことが敵《かな》わない分、次戦はもっと思い切った戦術をとる必要があるかもしれない。

『じゃあとりあえず【ライトブレイド】の能力予測から始めてみるといい。今までの対戦履歴から、どんな名前の相手を打ち破ってきたかで能力の手がかりが摑《つか》める可能性が……ん？』

キョウカの言葉が、止まる。

「どうしたの？」

『いや、おかしいんだ。三十分の面談時間に合わせてタイマーを設定しておいたんだけど、タイマーが、カウンターが減らないんだ。ずっと、当初の残り時間を表示したままなんだよ』

「何それ、時計が壊れたの？　それともバグ？」

『分からない。こんなの、初めてだよ』

腕を組み、首を傾《かし》げるキョウカ。それに合わせて、小夜子も頭を傾ける。

そしてそのまま数十秒が過ぎ……ふっ、と二人の間に浮かび上がる画面。

一覧名簿や対戦成績ではない、何かの投影映像である。

「キョウカ、何かした？」

『いや、何も』

画面に映っているのは白い部屋だ。壁も備え付けの家具も、白く、柔らかそうな素材でできている不思議な部屋。

部屋の中央には椅子とベッドの中間のような形状をした家具が備え付けてあり、そこには、長い金色の髪をした少女が横たわっていた。

小柄で細い手足。頭部にヘルメットのような器具を被《かぶ》っていて、顔はよく見えない。

横たわる彼女の薄い胸部は緩やかに上下へ動いているため、生きてはいるようだ。しかし動かないのは意識がないためだろうか。もしくは、眠っているだけか。

『……僕の部屋だ』

わけが分からないという表情で呟《つぶや》き、画面を見つめるキョウカ。

「え!?　これアンタなの!?」

『うん……』

「杏花《きょうか》なんて名前だから、もっと日本人っぽいかと思ってたわ」

『君たちの時代から六百年後だぞ？　二十七世紀に人種もへったくれもないよ。僕の家系は滅んだ日本がルーツだけど、日系の血なんてもう何十分の一かも分からない程度さ』

「日本滅亡してんの!?」

『うん、前の前の世界大戦でね。色々あって今はユナイテッド・ステイツ・オブ・ノーザンのファイスト州さ。でもそんなことより、どうしてこんな映像が流れてきたんだろう』

……ぷしゅ。

画面の中で、部屋のドアが開く。

そこから入ってきたのは、四人の人影だ。女性が二人に、男性が二人である。

『ヴァイオレット!?　それにアンジェリーク!?　何でテイラーにマッケインまで僕の部屋に!?』

驚愕《きょうがく》の声を上げるキョウカ。

タイミングを同じくして女性の片方、栗色《くりいろ》の長い髪をした人物が画面のほうに向きを変え、まるでキョウカと小夜子へ語りかけるかのように、口を開く。

『キョウカ＝クリバヤシ。自分の分も弁《わき》まえずにこの私に恥をかかせた報い、いえ、ご褒美かしらね』

うふふ、といった風に嗤《わら》う。

『それを、貴方《あなた》にあげに来たわ。ありがたく受け取りなさい』

ヴァイオレットが親指で合図すると、画面視点が、横たわっているキョウカのほうへぐぐっ、と寄る。

クローズアップされたのは、キョウカの胸元だ。そこにハサミのような器具をもった男の手が伸び、指でスウェットに似た衣服を摑む。

そして前を、つつつ、と切り裂いたのだ。自然、服の下から少女の痩せた裸身が現れる。

ot connect

『おい馬鹿やめろ！　ヴァイオレット！　やめろ！』

キョウカが叫ぶ。

『あ、ちなみにそっちで何か言っても、私たちには聞こえないからね。でも画面だけっていうのも可哀想《かわいそう》だから、こっちの肉体が感じる感覚は、そっくりそのままあなたの意識にフィードバックするようにしておいてあげたわ』

『やめろおい！　何するんだ！』

半狂乱になって叫ぶ妖精アバター。

「キョウカ、早く身体《からだ》に意識を戻して逃げなきゃ！　助けを呼ぶのよ！」

『違うんだサヨコ！　戻れないんだ！　戻れないんだよ！』

キョウカは悲痛な面持ちで、小夜子を見上げる。

『ファ○ク！　何か細工されてる！　クソッ、僕が、アバターに同調して無防備になる瞬間を待ってたんだこいつら！』

今度はキョウカの下半身にまで伸びる、男たちの手。ゆっくりと、服が脱がされた。もうキョウカが身につけているのは、下着一枚だけとなる。

『やめろよ！　おい！　ヴァイオレット！　アンジェリーク！　テイラー！　マッケイン！　やめてくれ！』

『あ！　そうだ。言い忘れてた』

叫び続けるキョウカをよそに、ヴァイオレットが再び嗤《わら》う。

『あなたの記念すべき卒業行事は、ちゃーんと撮影しておいてあげるから、心配しないでね。全世界のみんなにも、こっそりと公開してあげましょう』

『ヴァイオレット!!』

『ああ大丈夫よ。もちろん、私たちだって特定できないように細工しておくから。人気者になるのはキョウカ、貴方だけよ……良かったわね？』

『やめろおおおおおお!!』

そしてとうとう、最後の一枚にも指が掛けられたのだ。

◆

画面には、醜悪な光景がずっと映し出されている。

『痛い、痛いよサヨコ。助けてよ、サヨコ』

キョウカは啜《すす》り泣きながら、悲痛な声を上げ続けていた。

小夜子が彼女をすくい上げ抱きしめようとするが、その手はキョウカのアバターをすり抜けるのみ。触れることも敵わない。

「キョウカ……！」

『気持ち悪いよお、吐きそうだけど吐けないんだ』

「私がいるわ、ここにいるわ」

『痛いよ、すごく痛いんだ、お腹《なか》が、お腹が痛いんだサヨコ』

「見ちゃ駄目よ、目を閉じていなさい」

『助けてよ、助けてよサヨコ』

「……キョウカ」

キョウカを身体で覆い隠すように、這《は》いつくばる。それが、小夜子にできる唯一の行動であった。

画面の中ではヴァイオレットが行為を囃《はや》し立て、愉快そうに嗤っている。その光景が小夜子の中の赤黒い凶暴な「何か」を、再び熱く蠢《うごめ》かせていく。

……結局。

ヴァイオレットらによる「制裁」が終わるまでには、一時間以上を要し……その頃にはキョウカはもう、物言わぬ人形のようになっていたのである。

第八日：02【御堂小夜子】

ヴァイオレットらから解放され、画面が消えた後……妖精姿のキョウカは何も言わず、小夜子からの呼びかけにも反応せず、身じろぎ一つせぬまま消え去ってしまった。

相棒が横たわっていた床をみつめたまま、肩を落とし呟く少女。

「何も、してあげられなかった」

できるはずもない。キョウカと小夜子の距離は実に地球の四分の一周程も離れており、所在も分からない。彼女ができることなど、何一つなかったのだ。

だがそれでも小夜子は、無力感に打ちのめされずにはいられない。

(私の計画に乗ったから、私が勝ち進んだから……キョウカは、こんな目に遭ったのか)

確かにキョウカは、自ら決めて小夜子に同調してきた。だが計画に付き合ったために、まだ十歳の少女があのような陵辱を受けたのだ。

悔いは、ある。

『サヨコ、助けてよ、サヨコ』

キョウカが小夜子に助けを求めたあの声が、まだ耳に残っている。

そして、ここ数日でキョウカとの間に芽生えていた、奇妙な連帯感。

彼女の自己責任だ、と割り切ることはとてもできなかった。

（でもこうしなければ、えりちゃんが）

恵梨香を救うためには、この選択肢しかなかったのである。

もし小夜子が予言者や予知能力者で、こうなると分かっていたとしても……彼女は、決断せざるを得なかっただろう。

（私はえりちゃんを救うために、地獄に落ちると決めたのよ）

自分の手で既に四人を殺した。今夜も、一人殺さなければならない。いや、絶対に殺す。

もしこの世に神仏が存在するのであれば、最早《もはや》地獄行きは避けられぬ身である。恵梨香の罪も小夜子が被るのだから、尚更《なおさら》だ。今更罪を重ねたとて、何だというのか。

必死に思考を誘導し、心に入った亀裂を塗り固めようとする小夜子。

（まだだ）

まだ折れるな、私の心。

ここまで来て成し遂げられなかったら、それこそ何の意味もない。

だからあと一戦。あと一戦だけ持ちこたえなさい。

目を閉じ、呟き続ける小夜子。そして数分近くの呪詛《じゅそ》の後、静かに顔を上げる。

心の亀裂を塗り固め終えた少女の目には、力が蘇《よみがえ》っていた。

「ごめんねキョウカ……でも私は、絶対に成し遂げてみせるわ。その後でアンタへの分も、私は地獄へ落ちるから」

◆

調べ物や買い物を済ませているうちに、時間はいつの間にか夕方となっていた。

きっちり夕食を済ませ、風呂に入って軽くストレッチをして身体をほぐす小夜子。その後は心身を休ませるため、開始時刻前までベッドに入っておく。

これは元々、キョウカが勧めていたことだ。

「……メッセージが入ってる」

スマホでSNSを見ると、母親と流行《はや》りの店で夕食を食べてくるという、恵梨香からの報告じみたメッセージ。

それに加えて書かれていたのは、

《ねえさっちゃん。明日の創立記念日は一日一緒に遊ばない？　お母さんお仕事行っちゃうから、いないし》

との提案であった。

「明日。明日か」

小夜子が生き延びて、恵梨香が生き延びて、互いに明日相見《あいまみ》えることができたなら……それは御堂《みどう》小夜子が、本懐を果たしたことを意味するだろう。

「だとしたら、いいわね」

《おっけー、えりちゃん。明日は一緒に遊ぼうね。絶対やな！　絶対やからな！》

小夜子は素早くそう返信し、スマートフォンを充電ケーブルに繋《つな》いで枕元に置く。

これは願掛けであり、自分への言霊である。明日は絶対に恵梨香と会うのだ。そう、絶対に。

一人力強く頷《うなず》き、小夜子はそのまま布団の中で身体を丸めるのだった。

◆

眠りが浅くなったところに気配を感じたせいだろうか、一時間程度で、小夜子の眠りは中断されてしまった。

そしてその枕元に立つ、キョウカのアバター。慌てて、小夜子が跳ね起きる。

「キョウカ！」

アンタ大丈夫なの!? と言いかけて口をつぐむ。

そんなはずがあるものか。大丈夫なわけがないのだ。

『……』

キョウカは相変わらず一言も発しなかった。本人の心理を反映するかのように、アバターも無表情で虚《うつ》ろな目をしている。

「……ッ」

声をかけるべきか逡巡《しゅんじゅん》した後。覚悟を決めて話しかける小夜子。

「……教授やテレビ局には、言ったの？」

キョウカは言葉を発しない。代わりに、頭をゆっくりと縦に振った。

「そう……じゃあ、助けて貰《もら》えるのね？」

やはりこれにも言葉を返さない。そして、キョウカは首を緩やかに横へ振った。

「そんな」

がくりと肩を落とす小夜子。そのまま、数分の時が流れる。

「……謝って済むことじゃないけど」

小夜子が、目を伏せながら口を開く。

「ごめんね、計画に付き合わせたせいで。私のせいで」

妖精の小さな肩が、一瞬震えた。だが数秒の後、彼女は首を横に振る。

ゆっくりと。だが、しっかりと。

……二人の間を沈黙が支配する。再び過ぎる、数分の時。

『……』

やがてキョウカの視線が枕と寝間着を交互に行き来したことに気付き、小夜子が口を開く。

「ああ。アンタの勧め通り、対戦に備えて休んでいたの。肉体的な疲労は持ち込まれないけど、精神面はそうもいかないしね。えりちゃんのためにも、今夜は絶対に負けられないから」

キョウカが、それに頷いて返す。

続けて妖精は小夜子の近くへ歩み寄り……ベッドの上に横たわって目を閉じた。

それを見た小夜子が、ゆっくりと、優しく問いかける。

「一緒に、寝ようか?」

横になったまま、また頷くキョウカ。

小夜子は彼女が胸元に来るよう位置を調節すると、横になり布団をかけ、その中でキョウカを腕で囲い込むように抱く。

そして瞼《まぶた》を閉じ、睡魔の再訪を静かに待つのであった。

◆

「十一月二日　月曜日　午前一時五十八分」

スマートフォンの時計が、もうじき対戦時間であることを告げている。ベッドに腰掛け、その時を待つ小夜子。

……少し前に目を覚ました時に、キョウカの姿はもう無かった。

おそらく面談時間を使い果たした扱いとなり、アバターを投影できなくなったのだろう。

だがそれでもきっと、今も彼女は小夜子をモニターしているに違いない。地球を四分の一周程離れた、何処《どこ》かから。

だから。

見守ってくれるキョウカに向け、小夜子は親指を立てて約束するのであった。

「じゃあ行って来るわよ、相棒」

第八夜：01【スカー】

下

どくん。

鼓動と共に、小夜子《さよこ》の意識が蘇《よみがえ》る。

「昼間か」

視界は明るい。そして現在位置は、建物の中のようであった。

長く続いた廊下。右手には窓、窓、窓。そして左手には、引き戸、壁、また引き戸、という具合に構成された大きめの部屋が幾つも並んでいる。

既視感。というよりも小夜子には、すぐにここが何の建物かが理解できた。いやおそらく誰でも、分かることだろう。

「学校だわ、ここ」

勿論《もちろん》小夜子が通う学校ではない。だが校舎というものは大抵、似たような雰囲気を持つものである。

そして、引き戸の窓から見える教室内の掲示物を見るに……ここはおそらく、小学校であると思われた。

（これが今回の、戦場）

鉄筋コンクリート造りの学校など、余程特殊な環境でもなければ大体構造の想像がつく。

その分舞台の把握にかける時間は少なくて済むが……ただこれは、相手にも同様にいえることだ。双方の初動がスムーズになるのは、小夜子にとってはあまり歓迎できることでもない。

『空間複製完了。領域固定完了。対戦者の転送完了』

いつものアナウンスが開始される。

『Aサイド！　能力名【ライトブレエイド】！　監督者【ミリッツァ＝カラックス】！』

「やはり来たわね」

キョウカをいじめている三人娘の、最後の一人。その彼女が擁する対戦者、【ライトブレイド】。

対戦成績は、五勝〇敗一引き分け。

『Bサイド！　能力名【スゥゥカアアッ】！　監督者【キョウカ＝クリバヤシ】！』

表示された戦績は、五勝〇敗二引き分け。

『対戦領域はグラウンドを含む小学校全体です。今回からは時間が無制限になりますので、相手の死亡をもって対戦は終了となります。時間中は監督者の助言は得られません。それでは、対戦を開始します。ご武運を！』

(ついに時間が無制限になったのか)

こちらの戦いも、恵梨香《えりか》の戦いも……引き分けは無い、ということなのだ。

ぽーん。

いつ聞いても不愉快な、通算八度目の開始音。

「必ず勝つわ」

そう。あと一度だけ、この音を聞くために。

◆

窓から外を眺めてみる。案の定、それだけで校舎の構造は概《おお》ね摑《つか》めた。

この学校の校舎は大きく分けて二つ。便宜上A、Bとつけ、今小夜子がいる四階建てをA校舎、そして向こう側に見える三階建てをB校舎とする。

向かい合って並ぶ二つの校舎は、B校舎と同じく三階建てでできた連絡棟で繫《つな》げられており、A校舎だけが一階分背が高い形になっていた。

真上から見た場合、漢字の「工」の字と例えるのが最も分かりやすいであろうか。

小夜子がいるのはA校舎四階。その端であった。

(大抵こういうのって片方の校舎は普通教室がほとんどで、もう片方に家庭科室だの音楽室だの、特別教室が作られている場合が多いのよね)

階数や細部こそ違えど、小夜子と恵梨香が通っていた小学校や中学校は似たような構造、構成になっていた。ここもやはりそうであるなら……今彼女が立つ校舎は普通教室が主である様子なので、特別教室は向かいの校舎に集中しているのだろう。

(とにかく、急いで武器を調達しないと)

足音を立てぬよう、靴は脱いで手に持つ。武器を調達する前に接敵してしまえば、その時点で小夜子は窮地に立たされるからだ。

普通教室は全て無視し、階段へと向かう。

父親の世代では工作用の小刀を各自の机で保管していたり、裁縫セットの裁ちバサミも尖端《せんたん》が尖《とが》っていたりして、ふざけて怪我《けが》をする児童もいたと聞く。

しかし最近は子供の怪我や校内での傷害事件に神経質になっていることもあり、普通教室で武器らしい武器を入手するのは難しいと思われた。小夜子とて、小刀で鉛筆を削った経験などない。

駆け下りて一階に着いた小夜子は左右を見回し、職員室がこのA校舎にはないことを確認すると、B校舎へ向かう。

連絡棟の一階は下駄箱《げたばこ》。そこを走り抜け、先へ進む小夜子。

B校舎一階に進入した彼女が右手に視線を移すと、「職員室」のプレート。周囲を窺《うかが》いつつ小走りに向かい、音を殺しながら侵入する。

目当ての場所はすぐに見つかった。それは教頭席と思われる机近くの、キーボックス。

小夜子の探し物は特別教室の鍵なのである。特に、家庭科室と家庭科準備室。他にも図工室や理科室、それら準備室の鍵をポケットに次々と詰め込んでいく。

(先生の机なら、カッターくらいはありそうよね)

そう思い教頭席から離れ、一般の教員席へ向かう小夜子。最寄りの机を、手早く物色する。

「きたない」

あまり整理整頓が得意な教員ではないらしい。

ボールペン、コンパス、定規、ハサミ、カッターナイフといった文房具に加え、ポケットティッシュや弁当で余ったと思われる未開封の割り箸、おそらくは去年の冬から入れっぱなしであろう使い捨てカイロまでもが乱雑に詰め込まれていた。

（私も人のことを言えた義理じゃないけど……先生なんだから、しっかりしなさいよ）

カッターなどをポケットに入れつつ、呆《あき》れたように彼女は肩を落とす。

◆

左右を窺いながらそろりそろり、と職員室を脱出。少女は特別教室へ向け移動を開始する。時折足を止めて耳を澄まし、【ライトブレイド】の足音が聞こえないかどうか注意を払うことも怠らない。

幸い図工室はB校舎一階。職員室とは反対側の端にあり、家庭科室はその手前に位置していた。近い。

正直なところ、小学校の図工室で武器にできるものがあるか、分からない。そのためまず、家庭科室で確実に包丁を手に入れる選択肢を小夜子は選ぶのだった。

がちゃり。

ポケットから取り出した鍵で、ゆっくりと開ける。

「包丁……包丁……」

中に入り捜索を行うと、包丁はすぐに見つかった。準備室保管庫の中に、まとめて収納してあったためだ。鍵は職員室から持ってきたもので、あっさりと開いた。

何本か候補を机の上に並べ、その中でも特に尖端が鋭利な一振りを選び、手に持つ。

(とりあえず、これで最低限の武器は手に入れた)

「次は図工室を物色しに行くか」と呟《つぶや》く小夜子の耳に、突然届くものがあった。

ぴんぽんぱんぽ～ん。

耳慣れたリズム。異常な世界に似つかわぬ、軽快な音色。

校内放送の、よくある開始音である。

第八夜：02【スカー】

ぎょっとして、思わず天井を見上げる小夜子。

『いきなり驚かせて、すまない【スカー】。僕は【ライトブレイド】だ。君にはどうしても挨拶をしておきたくて、この放送を流させてもらっている』

男の声だ。それも、若い。

やはり今までのパターンから考えると、【ライトブレイド】は男子高校生なのだろう。

『まず、君に対し敬意を表させてもらいたい。極めて過酷な状況にも拘《かか》わらずここまで勝ち抜いてきたという事実に対し、僕は正直、驚嘆と尊敬の意を禁じ得ない。本心を言えば、会ってゆっくりと話をしたいくらいだ』

(放送室から……!?)

『僕は君と戦えることを光栄に思う。とても、とても嬉《うれ》しいんだ』

(こいつは何を言っているの？　心理攻撃のつもりなのかしら？)

『僕の言葉に嘘《うそ》が無いことを信じてもらうために、今から能力内容を開示する。良かったら確認しながら、聞いてくれ』

何の誘導だ、と訝《いぶか》しがりつつも。小夜子は小声で呟き、能力内容を近くに表示させた。

『能力名【ライトブレイド】。これは、力場でプラズマを包んだ光の剣を生み出す能力だ。もっと正確に言えば、光の刃を生やす「柄《つか》」を生み出すことができる能力だな』
小夜子の右脇に表示された【ライトブレイド】の能力内容。その主能力たる白文字部分が更新され、文字列を表示する。
それを読んだ小夜子が、驚きで小さく呻く。
・力場で包んだプラズマの刃を発生させる「柄」を生み出すことができる。
「え、本当に……」

『続いて制約も明かそう……【能力制約開示】。僕が「柄」を創り出せるのは、一回の対戦において一度限り。この剣を、何本も生み出すことは不可能なんだ』

追加される黄文字の列。
・「柄」を創り出せるのは、一対戦につき一度のみである。
(これも!?)

『以上。僕の能力は、非常にシンプルだ。全てを焼き切る光の剣。それが一振り、あるだけだ。他の連中に比べれば、随分と分かりやすいだろう?』

小夜子は【ライトブレイド】の意図を摑めず、戸惑う。

『本来であれば、僕はこの「柄」をすぐにでも叩《たた》き壊して、徒手空拳の状態から君に挑むべきなのだろう。だが、僕は君を格上だと認識している。はっきり言って、五分の状態で君に太刀打ちできる自信はまるでない。だから僕がこの剣を振るうのは、ハンデだと思って許して欲しいんだ』

（こいつ……⁉）

『では今から、君を探しに行くよ。じゃあ、会えるのを楽しみにしているからね』

ぽんぱんぴんぽ〜ん。

放送の終わりを告げる音が、静かな校舎内に反響し……消えた。

◆

その後小夜子は図工室にも侵入したが、包丁以上に殺傷力のありそうな凶器は得られなかった。

（ノミやノコギリ、釘《くぎ》打ちの金槌《かなづち》程度じゃあ駄目ね……）

少し期待していたバールも、準備室で短い小型のものが見つかっただけ。これでは、凶器としてはなんとも頼りない。

（武器が足りない）

理科室に行けば、アルコール燃料などが手に入るだろうか？

いや最近はアルコールランプではなく、ガスが主流だ。火炎瓶の材料は、手に入るまい。毒ガスなどそもそも、複製空間では発生させることができない。

小夜子の鼓動が、焦りで速まっていく。

【ライトブレイド】が自己申告した能力は、彼自身が語ったように、今まで相手にした対戦者に比べればシンプルなものである。

「何でも焼き切る」という話が確かなら、近接攻撃力はかなり高いのだろう。

だが冗談のような殺傷力や防御力を備えていた他の対戦者に比べれば、それはなんともひどく脆《もろ》い物に感じられた。

【アクセレラータ】のような機動力も、【モバイルアーマー】のような防御力も、【ハウンドマスター】のような遠隔攻撃力もないのだ。

……剝き出しの生身で敵の間近まで近付き、斬る。

そういうタイプの能力者も、おそらく他にはいただろう。だが化け物揃《ぞろ》いの対戦者の中で、それがここまで勝ち抜いてくるということが、どれだけ大変なことか。

小夜子は、身をもってそれを理解していた。

(すごく、面倒臭い奴《やつ》なんだわ)

そのシンプルさが逆に問題だ。

近接攻撃のみに特化し、防御性能は皆無。おまけに「柄」を一度なくせばそこで終わり、という大きな弱点までついている。

だがその代わり、再使用に必要な時間や使用条件が、一切ない。おそらくは、ずっと武器を出しっぱなしにしておけるのだろう。

正直なところ、これが一番小夜子にとって厄介であった。

いっそ馬鹿みたいに強力な攻撃手段を持っていてくれたほうが、力に溺れ、つけ込む隙を見《み》出《いだ》せるというものなのだ。

もちろん【ハートブレイク】の改竄《かいざん》例もある。【ライトブレイド】の発言がブラフで、小夜子を誤誘導しようとしている可能性も、十分に残っていた。

だが、小夜子はそれに関しては疑っていない。

彼女自身も上手《うま》く説明することはできないが……【ライトブレイド】は嘘をついていない。そんな気配が感じられたのである。彼は三人娘の手駒ではなく、彼自身として戦いに来ているのだ、と。

根拠は全くない。直感、としか言いようがない。

だが背中にヒリヒリとくるこの感覚を、小夜子は信じることにした。

(何にせよ奴を倒せるプランを、もっと考えないと)

ずぅぅぅん。

額に人差し指を当て考える少女の身体に、衝撃と轟音《ごうおん》が伝わった。

何かひどく重いものが、落下したような音である。それも、この校舎内で。

「え……何の音」

しかし言いかけた途中で、小夜子は察した。

「【ライトブレイド】が、階段を切り落としているんだわ」

それは想像すれば馬鹿みたいな絵面で、滑稽ですらあった。だがその布石は確実に小夜子を追い詰め、選択を狭めていくだろう。

そして最終的には現在考えうる「最大の武器」を、彼女から奪うことにもなるのだ。

(まずい!)

小夜子は決断を迫られた。

階段はA校舎に二つ、B校舎に二つ。連絡棟に階段は無く、あとは非常階段か。

もし仮に全部落とされ二階より上に上れなくなったとしても、まだ戦場にはグラウンドや体育館が残されている。十分に、戦闘領域はある。しかしそこに、現在彼女が思いつく以上の武器があるとは思えないのだ。

ごぅぅぅん。

そうして悩んでいる最中にも、新たな振動と轟音が届く。

【ライトブレイド】がコンクリートの階段を踊り場ごとに地道に切断し、落としているのだろう。使える場所が減る毎《ごと》に、彼女が階段で接敵するリスクも高まってくる。

(どうする、どうするの、御堂《みどう》小夜子! 考えなさい!)

右を見て、左を見る。天井を見上げる。床を見下ろす。

こめかみを人差し指でコン、コン、コンと叩いて考え込んだ後。小夜子は覚悟を決めたように、深く息を吐く。

「やるしか、ないか」

その後すぐに、彼女は立ち上がり……三度目の轟音に背を向けるようにして、四階建てのA校舎を目指すのであった。

第八夜：03【ライトブレイド】

ずっと、死にたいと思っていた。

子供の頃から何に対しても、「熱」というものを彼は感じられなかった。スポーツでも、学業でも、遊びでも、恋愛というやつにも……。出来不出来の問題ではなく、打ち込む、楽しむ、ということ自体が分からないのだ。

だから趣味や目標、そして生き甲斐《がい》を見出していく友人たちを、彼はずっと羨望の眼差《まなざ》しで眺めながら生きてきたのである。

少年の世界は……いや、少年の灰色の心に映る世界だけが。皆から切り離され、取り残されたように冷たく、凍りついていた。

【ライトブレイド】……北村露魅王《きたむらろみお》。彼が自らの本名を嫌うのは、別に煌《きら》びやかな名前だからという理由ではない。

あの戯曲の主人公のように熱を持って生きることができない自分を、少年は恥じていたからである。名前に負けた自らの精神を、呪ったのだ。

おそらく自分は、何か人として大事なものを欠いているのだろう。肉体は人間のそれでも、心は出来損ないなのだ、と。皆が当たり前に備えるものを持たぬ自身に失望しつつ、彼はそう考え続けてきた。

やがてその思いは強い自己否定へと繋がり、心を縛る鎖となる。だから自分という人間は何も成し遂げられないはずだ、何者にもなれぬのが当然なのだ、と。

ああ、自分は人間として失敗作なのだ。

ああ、自分の生には意味が無いのだ。

その信仰に近い思いが、彼に「生」ではなく「死」を望ませ続けていた。

ならば何故《なぜ》、彼は自ら生命を絶たなかったのか。

答えは簡単だ。「理由が無かったから」である。

自らの「生」に意味が無いと信じる彼にとって……自らの「死」にまで理由が無い、などというのはとても耐えられなかったのだ。

……中学二年生の時である。小児がんを患っていた、幼い頃からの友人が亡くなったのは。

だがその時に彼の心を支配したのは、悲しみでも病に対する怒りでもなく、ただただ「羨ましい」という思いだけ。

（羨ましい。死ぬ理由がある君が、羨ましい）

そして同時に少年は、そのような思考に至った自らを嫌悪した。自己否定は、ますます強まることになる。

だからこそ彼は未来人の言葉を、すんなりと受け入れたのだ。

『君は未来に繋がっていない。何も成し得ないし、何者にもなれない。存在する価値も意味も無い人間だ』

それは少年の暗く湿った哲学の肯定以外の、何物でもない。

そして同時に彼は、死ぬ正当な理由を手にしたことに歓喜していた。

つまり【ライトブレイド】は、最初から生き残るつもりなどなかったのである。未来人の意図とは百八十度違う合意点で、少年は彼女らの計画に乗っていたのだ。【ハートブレイク】や【ハウンドマスター】と違い、能力の改竄を頑として受け入れなかったのも当然だろう。

だが皮肉にも。強いられた生命のやり取りが、矜持《きょうじ》と共に挑んだ戦いが……彼に生まれて初めての「充足」を与えた。「熱」を与えた。「希望」を与えた。

(僕はこうして彼らと戦うため、今まで生きてきたんだ)

あるいはそれは、真剣勝負に魅入られた剣奴の姿だったのかもしれない。

しかしどうあれ彼にとって対決は神聖にして犯すべからざるものであり、「正当な」対戦者は皆、敬意を払うべき敵手であった。

だからミリッツァから【スカー】が【能力無し】で対戦者を倒し続けてきた人物だと聞かされた時は、感動のあまり身体を震わせたものである。

一体どれほどの覚悟で、ここまで勝ち進んできたのだろう。

一体どれほどの想《おも》いが、その人物を突き動かしたのだろう。

一体何が、【スカー】の強さとなったのだろう。

是非、そのような戦士の熱量を感じたい。

戦いたい。

会って、敬意を伝えたい。

そしてひょっとしたら、あるいは。

（【スカー】は、僕に答えをくれるのかもしれない）

彼は焦がれるような気持ちで、この対戦へ臨んだのである。

◆

ずぅぅぅん。

四階建ての校舎の階段を一つ、下から上まで落とし終え、彼は息をついた。

地道な反復作業の結果……校舎はあと階段一つだけを残し、非常階段を含め全てが潰してある。これで校舎を上下に移動するには、唯一残った経路を使わねばならないだろう。

「下準備に、時間がかかっちゃったな」

【ライトブレイド】がほとんどの階段を潰したのは、「追いかけっこ」による堂々巡りを嫌ったからである。校舎内に幾つも昇降場所があれば、そこから他の階へ逃げられて見失う危険性が高いためだ。

（相手は【能力無し】で対戦者相手に勝ち進んでいる猛者だ。おそらく【スカー】という人物の身体能力は、極めて高いに違いない）

【ライトブレイド】は、自身の体力にも肉体にも自信を持っていない。そのため走って追いかけても相手に追いつくことはできまい、と彼は予測していた。だから校舎内で延々と駆け回ることになる危険性を、事前に摘んでおいたのだ。

階段を一つ残しておくのは、上の階に【スカー】が隠れていたのを見落としていた場合、交戦できなくなるのでは……という危惧による。

どちらが先に飢え死にするかという不毛な我慢大会は、【ライトブレイド】の望むものではない。

「さて戦場も作り終えたし、改めて【スカー】を探すかな」

この階段は下から落としつつ上ってきたため、今、彼がいるのは普通教室校舎の最上階。四階の廊下だ。つまり窓からは反対側の三階建て校舎の、青い金属屋根が見えている。

いわゆる、切妻型という形状か。屋根の中央が一直線状に一番高くなっており、そこから建物の端に向けて斜めに傾いていた。断面で見れば、三角に見えるだろう。そんな屋根が向こうの校舎だけでなく、連絡棟の上まで続いている。

ふと、並ぶ窓を見る【ライトブレイド】。構造的にどうしてもそうなるのだろう、今少年が立つ廊下の一部は、連絡棟との接続部分を開ければ屋根へと飛び移れるようになっていた。

「こういうのはイタズラっ子がヤンチャで乗ったりして、騒ぎになりそうだよな……小学校なら、きちんと対策すべきだろうに」

いや子供でも、こんな露骨に危ない場所へは乗らないか。そう小さく笑った【ライトブレイド】が視線を廊下へ戻そうとした時……彼は見つけたのだ、向かいの屋根の上に立つ、あの人影を。

他の誰でもない、彼が求めた【スカー】である。

第八夜：０４【ライトブレイド】

ぞわりと全身の産毛が逆立つ感触とともに、【ライトブレイド】が彼女を見る。

【スカー】の外見は、想像とはまるで違う。長身で筋骨隆々のスポーツマンや、日々喧嘩に明け暮れる大柄な不良だと彼は勝手に思い込んでいたが……実像は真逆であった。

身長はかなり低い。セーラー服を着ていなければ、小学生と勘違いしそうだ。

一本おさげの三つ編みに眼鏡、長めのスカート。こんな殺し合いの場にいるよりは、図書館で静かに本を読む姿がしっくりくるだろう。彼女は、そんな大人しそうな外見をしていた。

しかしその少女は屋根の上で、包丁とカッターナイフを両手にこちらを睨《にら》みつけている。

間違いない、間違いあるまい。彼女こそが【スカー】なのだ。【ライトブレイド】の口から、「おお」と感嘆の息が漏れる。

見るからに非力な、闘争とは無縁に見えるあの小柄な少女が！　特殊能力を持たぬ身で立ちふさがる強敵を打ち倒し、勝ち残って来たのだ。

「すごいな」

そのことに思いを巡らせ、目の端に涙すら浮かべる【ライトブレイド】。

「今行くよ」

そして彼は嬉々《きき》とした表情を浮かべながら窓を開け、枠を乗り越え……【スカー】と同じ、屋根の上へと降り立ったのである。

◆

足場は極めて悪い。少しの油断が足元を危うくするだろう。

だからおそらく【スカー】は能力の有無や身体性能の差を補うため、ここで待ち構えたのだと思われる。隙を突き、彼を突き落とすためか。あるいはフットワークを殺すためか。

そしてもし【ライトブレイド】がこの屋根へ現れなければ、それこそ飢えて倒れるまで待ち続けたに違いない。

そんな覚悟と執念が、この距離から見ただけで伝わってくるようであった。

（ここが彼女の戦場なんだな）

だがそもそもこの【ライトブレイド】、彼女の歓迎を無下にするつもりは、毛頭ない。

（全力でこちらを迎え討ってくれるというわけだ……嬉しいなぁ）

じわりじわり、と足を滑らせぬよう注意しつつ、距離を縮めていく【ライトブレイド】。

それなりに近付いたところで彼は【スカー】の足下に、タイツが脱ぎ散らかしてあると気が付いた。

（そうか。少しでもこの足場で動きやすくするため、裸足《はだし》になったのか。なるほどこのように細かい配慮と工夫を重ねて、彼女は不利を補っているわけだ）

自分もそうしておけば良かった……と思いつつも。今更敵の眼前でのんびり靴と靴下を脱ぐわけにもいかず、彼は光刃を【スカー】に向けて構えたまま、歩幅を狭めることで注意を増しつつ近付いてゆく。

（だが幾らこちらの足を封じようと、僕には全てを焼き切る武器がある。これをそちらへ向けている限り、そうそう動けまい）

そして【ライトブレイド】はリーチの差を生かして徐々に、少しずつ、文字通り相手を削っていけば良いのだから。

（身動きのとりにくいこの環境は、諸刃《もろは》の剣《つるぎ》だぞ、【スカー】！）

ついに両者の距離は三、四メートル程度に。踏み込んだ一瞬が決着をつける、まさにそんな間合いまで迫った時だ。

【スカー】が右手に持っていた包丁を持ち上げ、【ライトブレイド】へと向けたのは。

（どう来るんだ【スカー】！　投げてくるのか!?）

しかし彼女はそのまま左側へと、武器を放り捨てたのである。

「は!?」

あまりに突拍子もない、予想外の行動。思わず【ライトブレイド】の視線が、放物線を描き落ちる銀色の刃に吸われていく。

だがその瞬間突如としてしなる、【スカー】の右手。

ぶわっ。

【ライトブレイド】に浴びせられる、多量の細かい粉末。顔に、口に、そして目にまでそれは叩きつけられた。

目潰しを受けることとなった【ライトブレイド】が、怯んで姿勢を崩す。

「うぐっ⁉」

欺瞞《ぎまん》である。

【スカー】は包丁を投げ捨てる腕の動きを予備動作として、掌の中に隠した、不織布を割いた使い捨てカイロ……その中身である細かい鉄粉を、手首のスナップをきかせて投げつけたのだ。

そして素早く踏み込み一気に距離を詰めた少女は、左手に持ったカッターナイフを【ライトブレイド】の右眼球めがけて突き出す！

生物として当然の反射行動により、【ライトブレイド】は上体を反らすが間に合わない。

刃先が、まさに彼の目元へと迫った瞬間。

ぶぉん。

光が走り、【スカー】の左腕が宙に浮いた。

手で払いのけるかのように、本能的に少年が振るった光刃。左から右へと一閃《いっせん》したそれが、少女の左腕を焼き切ったのである。

（危なかった！）

だが彼が危機を乗り越えたと思った刹那だった。その身体に、何かが強く押し付けられるのを感じたのは。

「何だっ？」

視線を下げると、そこには小柄な少女。その彼女が、彼の胸板に額を付け抱きついているのだ。

「うおおおぉぉ！」

【スカー】の咆吼《ほうこう》。そしてその瞬間、【ライトブレイド】は理解したのである。

投げ捨てた包丁も、怯ませた目潰しも、そして斬らせるように突き出した左腕も……このための布石でしかなかったのだ。そう。全ては彼女が【ライトブレイド】の懐へ、全力で飛び込むための囮。

そして突き飛ばされる程度ならば……体格差も重量差もあることだ。あるいは少年は、踏ん張って堪《こら》えることができたかもしれない。

だが【スカー】は最初から考えてなどいなかったのだ。彼を突き飛ばそう、などとは。

そんな半端な覚悟では、なかったのだ。

「おおおぉっ！」

彼の腰へ右手を回し、足へも自らの足を絡ませて彼の体勢を崩し……【スカー】は【ライトブレイド】を押し倒すようにして、諸共《もろとも》に屋根から転落したのである。

◆

「……っ、げほっ！　げほっ！」

復活した少年の意識と視界の中で、片腕の少女がよろよろと立ち上がる……が、苦悶《くもん》の呻きと共に膝をついていた。

【ライトブレイド】もそれに倣い立ち上がろうとするが、身体が動かない。

「あれ……？」

手も、足も、首すらも。辛うじて目と口は動くようだが、それだけだ。

骨か？　肉か？　筋か？　何処がやられたのだろうか。

（いいや、違うな）

きっともっと大切な、決定的な何処かが壊れたのだ。【ライトブレイド】は、そう理解する。

そこまで認識したところでようやく直前の記憶が蘇り……彼は自分が三階の屋根から落下し、コンクリートへ背面から叩きつけられたのだと、把握した。

（【スカー】は……動けるようだな）

おそらくは【ライトブレイド】を下敷きにすることによって、彼よりも肉体の損壊が幾らか軽微で済んだのだろう。

しかしそれでも状態は深刻らしく、彼女は視界の隅でずりずりと這いずることで、【ライトブレイド】の「柄」を懸命に拾い上げようとしていた。

それで何をしようとしているかは、想像がつく。

「……なぁ【スカー】。教えてくれないか」

声を絞り出し尋ねる、【ライトブレイド】。

「……何よ」

苦しそうな呼吸の合間で、応える【スカー】。

「君は、何のために戦っているんだ？　生存欲求か？　未来で成功を望むからか？　勝利への願望か？」

やっと立ち上がった片腕の少女は、黙ったまま聞いている。

「教えてくれ【スカー】。君は何のために戦っているのかを。そして僕は、君の何のために死ぬのかを。教えて欲しいんだ。頼む」

【ライトブレイド】の切なる願いを聞かされた彼女は顔を逸らし、目を瞑《つぶ》り、逡巡《しゅんじゅん》しているように見えた。

だがしばらく後に彼の方へと向き直ると、一言。

「愛よ」

短く、だが噛み締めるように言い放つ。

それを聞いた【ライトブレイド】は一瞬大きく目を開いたが……じき得心したように瞼を閉じると、深く染み入った声色で呟いた。

「あぁ……なるほど……愛か」

そしてやがて、堪えきれなくなったかの如《ごと》く笑い出したのだ。

「ははは……はははは！」

「何よ、おかしいっていうの？」

「ははは……いや違う。そうじゃない。そういうつもりじゃあ、ないんだ。すまない、本当にすまない。ただ僕は嬉しいんだよ、嬉しいだけなんだ。そうか、愛か。愛なのか」

再び上がる、笑い声。

……だが、誰がこれを止められようというのか。

【ライトブレイド】。いや北村露魅王の人生は、たった今満たされたのだから。

【スカー】は少しの間黙ってその様子を眺めていたが……やがて思い出したかのように「柄」のグリップを握り光剣を伸ばすと、弱々しく振りかぶる。

その刃が振り下ろされる最後の瞬間まで、少年の心は幸福に包まれていた。

歓喜の笑い声を上げながら、彼は思う。

……ああ、そうだ。そうだよな。

愛なら、仕方ないな！

書き下ろし番外編　第八夜Ｂ：０１【ガンスターヒロインズ】

……どくん！

鼓動と共に復活する、恵梨香の視界。

（始まった）

既に七回の対戦を経た少女はこの異常にすっかりと順応しており、反射的に周囲を見回していた。

長く美しい黒髪がふわりと揺れて落ち着くまでの間に、「昼間」「屋内」「壁」「掲示版」「廊下」「引き戸」「教室」「窓」といった断片情報が頭の中で整理されていく。

（何処《どこ》かの学校？　それも大学……っぽい）

高校二年の恵梨香は、まだ大学へ足を踏み入れた経験を持たない。しかし掲示物の見出しに書かれた「ゼミ」や「サークル」という文言、そして法人名が推察を容易にしていた。

（小中高とは、雰囲気が大分違うんだなぁ。校庭が、グラウンドじゃなくて公園みたい）

窓から下に見えるのは、芝生の校庭やタイルの歩道、構内道路とその街路樹といった景色だ。

それらを挟んだ向こう側に、やや新しい校舎が建っている。

（色々な学部のある大学なのかな）

視線を横にずらせば、そこには空中廊下で繋がれた別の講義棟。そこもまた同様に、他の校舎へ屋根壁付きの連絡通路で繋がれていた。

渡り廊下は構内道路を跨《また》ぐためにどれもが二階に架けられており、新旧デザインばらつく建物群へ、奇妙な統一感を与えている。

「なんだか校舎の二階を歩くだけで、外に出なくてもキャンパス内をぐるっと回れそう」

呟きつつ、掲示板の隅に貼られた「大学構内ご案内」の地図プリントへ目を移す。

すると本当に各学部校舎や研究棟がぐるりと、校庭を囲む輪のように結ばれているではないか。図書館に校友会館そして二つの食堂が、輪の脇に独立して浮かんでいる構図だ。

建物を通路で後付け接続するのはよくある話だが、ここまで執拗《しつよう》に繋げるのは流石《さすが》に珍しいだろう。だが各棟の形状や位置から察するに、どうも元々このような輪にする構想で建てられているらしかった。

『空間複製完了。領域固定完了。対戦者の転送完了』

軽めの戦場分析を終えた恵梨香へ届く、聞き慣れてしまったアナウンス。

『Aサイド！　能力名【ガンスターヒロインズ】！　監督者【レジナルド＝ステップニー】！』

これもいつものように浮かび上がる表示。戦績は、三勝〇敗四引き分け。

忌まわしいその数字を睨《ね》め付けることで、恵梨香は自身の選択を再確認する。

『Bサイドォ！　能力名【ペロリスト】！　監督者【ギーゼラ＝アルムホルト】！』

(修子《しゅうこ》さんだ)

浮かぶ文字を見る。対戦成績は二勝〇敗五引き分け。少ない勝利数は、それだけ修子が一線を越えまいと粘った証左か。

(でも結局は、勝つことを選んだんだね……私と同じ)

唇を嚙《か》む。

『対戦領域は、渡り廊下でぐるりと一周繫がれた大学校舎内部！　ただーしッ！　戦場は二階に限定させていただきました！　建物外は水平方向一メートル、高さは上下階から場外判定となります！　確認の上、しっかりお気を付け下さい！』

ＡＩアナウンサーの声が、感傷から現実へと引き戻す。

(じゃあ、他の建物への狙撃はできないか)

建物から建物の間は場外バリアーで遮られ、銃弾は届かない。【ガンスターヒロインズ】の大きな優位性が潰れた、と認識する恵梨香。

(でも考えてみれば、これまでもそんな都合の良い戦場はあまりなかったな)

彼女の監督者レジナルド＝ステップニーは、『運営のＡＩは、極力双方に勝ち目がある戦場と条件を選ぶよう設定されているのさ。エンターテインメントの一環として、そして番組として放映した時の盛り上がりも考慮してな』と気楽そうに語っていた。

そのため近距離型の【ペロリスト】と中遠距離型の【ガンスターヒロインズ】双方がより激突しやすく、いかにも分かりやすい「映える」環境を整えたのだろう。準決勝ともなれば、なおさらか。

そう分析した少女の目は、なんとはなしに再び窓の外へと向いたのだが。

「……修子さん」

輪の反対側。その窓の一つに、覚えのある金髪娘が見えるではないか。向こうもこちらに気付いたらしく、急いで鍵を外そうとしていた。

恵梨香も慌てて窓を開け、縁へ身を寄せる。

『また今回からは時間無制限となりますので、相手の死亡をもってのみ、対戦終了となります』

決着を無慈悲に促す、人工知能の声。

その騒音を掻《か》き消さんとばかりに、二人の少女は強く叫ぶ。

「エリカーッ！」

「修子さーん！」

金髪の娘が手を振る。黒髪の少女も、振り返す。

距離がある。声はほとんど届かず、見える姿すら小さい。

しかし十分だった。それだけで十分だった。

互いの選択を認め合うことに、今更説明は不要であったのだ。

これからそのために、どちらかが倒れることについても。

『時間中は監督者の助言は得られません』

窓から身を離す恵梨香。

『それでは、対戦を開始します』

靴裏と床の擦れる音が、静かな廊下に小さく響く。

『ご健闘を！』

ぽーんという、間の抜けた開始音。

即座に恵梨香は、【ガンスターヒロインズ】を使用する。

「うくっ⁉」

直後に漏れる呻《うめ》き。口中で嚙み締めた奥歯が軋《きし》み、欠ける感触。

目を剝《む》いて苦痛に耐えた少女の手には、欧州製のブルパップ式サブマシンガンとマガジンが握られていた。

「よかった、これはイメージしやすいから呼べるとは思っていたけど」

書籍やインターネット、そして以前に小夜子から存在を教わった銃器組み立てゲームなどでイメージを蓄積してきた恵梨香だが……これまでの戦いで、既にそれなりの種類を使ってしまっている。

特に恵梨香は四回戦目の【スケルトンウォーリアー】や五回戦目の【クロコダイルエレガント】、七回戦目の【ドッペルゲンガー】といった傀儡《かいらい》召喚型能力者と戦う機会が多く、どうしても能力の使用回数が嵩《かさ》んだのだ。

【ガンスターヒロインズ】の「イメージできる銃しか呼び出せない」「一度呼び出した銃はもう呼び出せない」という制限を、彼女は記憶力の高さで強引に補ってきた。

だが、それにも限界はある。今となっては性能云々《うんぬん》よりも、呼び出せるかどうかが重要だろう。

「さあ行こう。【ガンスターヒロインズ】」

長い弾倉を押し込んではめ込み、レバーを引く。静かな廊下に小さく響く、嵌合音《かんごう》。

「私は、絶対に勝つって決めたんだから」

瞳に冷たい光を湛《たた》えた少女が、床を鳴らしながら歩き出す。

罪をまた一つ重ね、勝ち上がるために。

◆

第二回戦で既に、双方は能力をほぼ開示済みだ。

【ペロリスト】は明らかな近距離型であり、相手を倒すには接近する必要がある。ならば【ガンスターヒロインズ】は無闇に動いて奇襲を受ける危険を冒すより、射線を確保した場所で待ち構えるのが妥当だろう。円のように繋がれた、各校舎二階のどこかで。

だから恵梨香は通路の袋小路箇所を探し出すと、警戒方向を一方向だけに絞って待ち伏せることとしたのである。

そこは渡り廊下が後から接続されたために、アルファベットの「F」状に通路が分かれた地点。しかも「F」の下部は、小講義室一つを脇に置くだけで行き止まりとなっている好都合な場所だ。

この行き止まりならば背後を気にすることなく、かつ相手が廊下をどちらから進んできたとしても射界に捉えられる。また身を低くしていれば、他の建物から窓越しに発見される恐れもない。

（ここで待っていればいつかは向こうの曲がり角か、手前の渡り廊下から姿を現すはず）

息を殺し、耳を澄ませ、呼吸を整え……恵梨香はじっと、その時を待つ。

相手は校舎内を荒らしながら、こちらを探しているらしい。「べきり」「ばきり」という破壊音が、しばらくの間遠くから小さく聞こえていた。

……そうして何十分、いや一時間は経《た》っただろうか？

時折身体《からだ》をほぐしながらも、辛抱強く前方を警戒し続ける恵梨香の耳へ。

がっ、ずさっ。がっ、ずさっ。

と、微《かす》かに届く音。

（来た！）

先程まで聞こえた破壊音とは異なり、遠くまで届く類の音ではない。ならば敵……「敵」が接近していると見なすのが、妥当だろう。

凍った身体へ一息に熱が巡るような感触と共に、前方へ集中されていく恵梨香の全知覚。

（姿が見えた瞬間、一気に撃ち込む）

最大速度で、そして正確にその行動を行うため、彼女はどれほど微かな動きも見逃すまいとする。

……だが意外なものが、その集中を掻き乱した。

ばりん！　べきい！

少し、ほんの少し後方からの破砕音、破壊音。

「……っ!?」

ここで振り返らず立ち上がり、咄嗟《とっさ》に前方へ駆け出したことが命運を分けた。

さらに跳ねるように距離をとり、振り返って銃を構え直した恵梨香の瞳に映る異様。少女が先程まで屈《かが》んでいた場所のやや後ろの窓は、ガラス窓が枠ごと壁から引き剝がされていたではないか。

それだけではない。そこからセーラー服少女がロングスカートを翻して廊下へ飛び込み、着地と同時に虹色の触手を右から左へ薙《な》いだのだ。

ぶおんっ。

恵梨香の三歩前で空振りしたそれはそのまま壁へ衝突し、コンクリートに「ぼこり」と鋭くめり込んでいる。

もし彼女が走らずその場で振り返っていたなら、今頃はあの力で頭部を引き千切られていたはずだ。

「ひくっひっはッ!」

「しくじった」と言いたいのか。相手を間合いに収め損ね、悔しがるのはショートカットの金髪少女。他の誰でもない。【ペロリスト】廻修子《めぐり》だ。

彼女は彼我の能力内容から【ガンスターヒロインズ】が待ち伏せを選ぶと見抜き、校舎の外壁を這《は》い伝ってきたのである。雨樋《あまどい》パイプに庇《ひさし》や、壁の起伏を頼りにあの「舌」の助けを借りて。身を低くして窓ごしの発見を防ぐ恵梨香の工夫も、上方から覗《のぞ》き込まれれば見つかって当然か。

何という機転、応用、そして大胆さ。一度でも動作に失敗すれば、場外バリアでの即死は免れないというのに。

この第八回戦に至るまで、彼女も幾つもの死闘をくぐり抜けたに違いない。廻修子は対戦者として、明らかな順応と成長をみせていた。

（裏をかかれた！）

すっ。

驚嘆しつつも、狙いを定めるべく恵梨香の身体は反射的に動く。

ばばばばばっ。

次の瞬間にはもう、銃口が連続で火を噴いていた。彼女もまた同様に、正常の枠を踏み外した対戦者【ガンスターヒロインズ】なのだから。

しかし標的の肉体を穿《うが》つはずの弾頭は、全てが意外な形で防がれることとなる。

かかかかん！

これまでの戦いで恵梨香も何度か聞いた、銃弾が金属のような硬い物へぶつかる音。

見れば射線を遮るように、修子の前には人間一人を軽く覆い隠すほどの壁が出現しているではないか。それが、サブマシンガンの連射を弾《はじ》いたのだ。

「えっ？」

やや丸みを帯びた表面に浮かぶのは、七色の光沢。そしてその輝きが、一瞬で恵梨香を正答へと導く。

(変形した「舌」だ!)

その通り。これは修子が「舌」を広げ、硬質化させたもの。

修子は【ペロリスト】の「舌」が伸びるだけではなく、肥大化や変形も可能だと学習した上で発展、応用。対【ガンスターヒロインズ】特化の「盾」として投入したのである。

そしてその「盾」は、床を擦りながらずんずんと迫ってくるではないか。

見た目はユーモラスだが、あれに追いつかれればお終《しま》いだ。あの膂力《りょりょく》である。「盾」のままでも、人間一人殴り飛ばすなり押し潰すなりは容易《たやす》いだろう。

(この鉄砲じゃ駄目だ!)

撃ち抜けないとみるや、恵梨香は銃口を相手へ向けたまま速やかに後退し始める。

(とにかく、離れないと!)

たったたっ、ばばっ、たったたったっ、ばばっ。

装弾数の多い銃であることが幸いした。

ただ後退するだけではなく、射撃を挟んで牽制《けんせい》を絶やさぬ恵梨香。

そのため修子は防御を解くことができず、また印象通り前が見えないせいか……壁と柱の起伏に「盾」の端をぶつけ、もたつく姿をみせていた。

恵梨香はその隙のおかげで渡り廊下へ繋がる角まで退くと、そのまま全力で走り去ったのである。

◆

……五度。あれから、五度もだ。

（またダメだった……！）

荒い息を吐きながら、恵梨香が廊下を走って行く。

サブマシンガンの射撃を防がれた彼女はその後、アサルトライフル、狙撃銃、大型拳銃、スラッグ弾ショットガンなどの銃で攻撃を試み……そして五回に及ぶ攻勢全てを、【ペロリスト】の「盾」で防がれていた。現在は、離脱しての仕切り直し中である。

「はぁ……はぁ……はぁ……」

駆ける恵梨香の脳裏によぎる、第二回戦での言葉。

「……これ大変なんだ。気合い入れないとフニャフニャなだけでねぇ。結局カエルかカメレオンみたいに、『舌』をペロペロビヨーンと伸ばせるだけよ……」

あれは【ペロリスト】の能力が実用性を持つには、高度な集中力を必要とするという意味であったのだろうが……逆に術者の精神力が高ければ高いほど「舌」をより厚く、より硬質化できる成長性を秘めていたらしい。

（その気力を引き出すほどの思いが、修子さんにはあるんだ）

唇を噛む。

恵梨香はその思いを打ち倒し、踏みにじらねばならないのだ。自分の、願いのために。

「あの『盾』を、どうにかしなきゃ」

小休止で足を止めた黒髪少女が、壁に体重を預けながら呟く。

「と言っても、さっき使った鉄砲より強いのなんて……」

大威力の対物ライフルや非小銃系機関銃は、【ガンスターヒロインズ】では召喚できない。

つまり恵梨香が知る限り、彼女はこれ以上の貫通力も衝撃力も用意できないのである。

「せめてオプション装備で、アサルトライフルのバレル下へグレネードランチャーが付けられれば良かったのに」

【ガンスターヒロインズ】は術者のイメージ次第で、スコープやストックなど付属品カスタマイズも可能である。これは以前に小夜子とゲームで遊んだ思い出からの着想だが、残念ながら爆弾の類は、小銃榴弾《りゅうだん》を含め何度試みても召喚に成功していない。

もし使えていたならば、【ペロリスト】の「盾」でも全身を守ることは難しかっただろう、と残念がる恵梨香。

「やっぱり部屋や物陰に隠れて、側面から不意打ちするしかないのかな」

だがそんな作戦は、当然相手も真っ先に警戒するものである。

だから修子は逃げた恵梨香をそのまま追うことよりも、教室や講義室を虱潰《しらみつぶ》しに荒らし回ることで奇襲を防いでいる様子であった。

（いや……もし伏兵作戦を採っていたら、きっともう負けていた気がする）

逃げ場のない室内で捕捉されれば、【ペロリスト】相手に【ガンスターヒロインズ】の勝ち目はないのだから。

しかし修子のあの慎重さは結果的に追撃速度を著しく落としており、おかげで恵梨香は攻撃に失敗する度に走って逃げ、銃を再召喚する余裕を与えられていた。

輪を描くこの戦場ならば、サーキットレースのように周回し続けることができる。体力が続く限りは、仕切り直しを許されるだろう。

体力が、続くならば。

（もしかして修子さんは、私の自滅を狙っているのかもしれない）

廻修子は【ガンスターヒロインズ】最大の弱点、「増しゆく苦痛」を知っている。八回戦まで能力を使い続けた結果、その痛みが相当なものとなっていることも見抜いているはずだ。

実際、召還時の激痛による恵梨香の体力消耗は著しい。相手が【ガンスターヒロインズ】の自滅を狙っている可能性も、十分にあるだろう。

「げほっ！　げほっ！」

心身の衰弱が、呼吸までも覚束《おぼつか》なくしたのか。不意に咳《せ》き込む少女。

口に当てた掌《てのひら》の隙間から零《こぼ》れるのは血と唾液、そして苦痛を耐える際に噛み砕かれた奥歯の欠片《かけら》だ。

【ガンスターヒロインズ】による激痛は、既に気絶の危険を孕《はら》む段階まで達している。

長野《ながの》恵梨香は勝利への執念だけで、常人では耐えられぬ苦痛と恐怖に抗《あらが》い続けてきたのであった。

「とにかく今は逃げ続けて、何か対策を考えないと」

時間はまだある。それだけが救いだ。

倒れそうな心身に鞭打《むちう》ち、壁へ手をついて進み続ける恵梨香。

だが廊下の角を曲がった時、その猶予は錯覚だと思い知らされたのである。

「渡り廊下が、塞がれてる……？」

先の校舎へ繋がる唯一の連絡通路。そこへ、大量の机が押し込まれているではないか。

おそらくは、大講義室を擁する次の学部校舎のものだろう。相当の膂力で床から引き剝がされた固定式長机は、やはりかなりの力で詰め込まれて損壊し、複雑に絡み合うことで渡り廊下の床から天井までをみっちりと塞いでいる。

厚みもあり、これを生身の女子高生が手作業で排除するのは極めて困難と思われた。

「修子さんが作ったんだ」

【ペロリスト】による最初の奇襲、そこに至るまでの時間を思い出す。

あの間遠くから小さく届いていた音の正体は、このバリケードを作る音だったのだ。

「私の、逃げ道を塞ぐために」

恵梨香の逃走を何度も許したことも、追う足が鈍かったことも……今となっては納得がいく。

修子にとってはここへ追い込むことが目的なのであり、相手が逃げていけば逃げていくほど、都合と効率が良かったのだから。

恵梨香は首にかかった縄を、知らぬ間に自分の手で絞め続けていたのである。

「私はとっくに、修子さんの罠《わな》にかかっていたんだ」

逃げ場無し、時間無し、打つ手無し。

冷たいものが、背筋を流れていく。

廻修子の、異能力対戦への驚異的な順応力。そして能力【ペロリスト】の成長性と応用性に、
恵梨香は戦慄と敬意を覚えていた。

そしてあの少女をここまで振り切らせた「思い」。その質量と熱量にも。

しかしそれでも。

だからこそ。

「ごめんね、修子さん」

深呼吸。

吸って、吸って、吐く。

もう一度。さらに一度。

「……私は、絶対に勝つって決めてるんだ」

瞼《まぶた》を開けた瞳には、消えかけた冷たい光が再び強く灯《とも》っていた。

書き下ろし番外編　第八夜B：02【ペロリスト】

後退し、廊下の角へ身を隠す修子。

「舌」を引き込み、深呼吸。酸素不足を訴える身体へ、空気を急ぎ送り込む。

「……はぁ……」

【ペロリスト】展開中は口腔《こうこう》が塞がるため、どうしても苦しさがある。そのため修子は追撃の手を緩めてでも、時折このように息を整えるように心がけていたのだ。

無理をすれば、心身がもたない。

「……思ったよりもずっとキツいな……」

【ガンスターヒロインズ】の攻撃を一蹴した、【ペロリスト】の「盾」。

長野恵梨香を戦慄させた鉄壁の防御はしかし、術者には綱渡りの連続であった。

「盾」は防御力と引き換えに、とにかく前方視界が悪い。加えて展開中は移動速度も低下し、相手が走れば容易く逃げられる。また正面は無敵でも後ろは無防備であり、一発そこを撃たれれば全ては終わり。そのため修子は背後を取らせない立ち回りを終始強いられ、かつ、恐れねばならなかったのだ。

もし最初に通路を塞いで追い込む作戦を思いつかなければ、恵梨香に延々と逃げ回られた挙げ句……何処かで集中力を切らし、隙を突かれていただろう。

「エリカはすげえや。あんな根性入ってる奴、見たことねえよ」

二回戦で語られた【ガンスターヒロインズ】の制約について、廻修子は一切疑いを抱いていない。奇妙な話だが、彼女は現在殺し合っている相手の人格を全面的に信用しているのだ。

あの夜、あの短い邂逅《かいこう》。だが二人の間にはそう信じさせる、あやふやだが確かな何かが生まれ、育っていた。

「準決勝まで戦い続けて来たんだ。痛みはもう、相当キツいだろうに」

喧嘩《けんか》に明け暮れもした自分とは違う。闘争とは無縁なはずの、善良で美しい娘。

そんな彼女が、激痛を捩《ね》じ伏《ふ》せ戦い続けているのだ。その精神の強さに、修子は畏敬の念を禁じ得ない。

そして、何よりも。

「……戦い続けて来たんだものな」

穏やかで優しい少女が、人を殺《あや》めてでも勝ち抜くことを選ぶ。

「辛《つら》かっただろうな……エリカ」

どれほどの苦しみであったのだろう?

彼女にとって肉体の苦痛よりも、その決断と実行のほうが遙《はる》かに過酷であったはずだ。他者を犠牲にするより自分が死ぬほうが、余程容易かったに違いない。

何があったのか。何がそうさせたのか。何がそうさせてしまったのか。

そこへ至った経緯に思いを巡らすだけで、修子の目は潤みを帯びる。

だが。

「……でも譲れないものがあるのは、アタシも同じなのさ」

それでも自分は、恵梨香を倒す。

むしろ自分が倒し、手を汚すべきなのだ。

自分の願い、思いのためなのだから。

「待ってなエリカ。もうすぐ、もうすぐ終わらせてやるから」

ひゅうぅ、ふぅぅぅ、と深く長い吐息。

短い休息を終えた修子は、恵梨香を追い詰めるべく再び進んでいく。

◆

修子がここから恵梨香を追い詰める手は、二つ。

一つは【ガンスターヒロインズ】を使わせ続け、恵梨香の気絶もしくは衰弱を誘うこと。

もう一つは、最初に作ったバリケードの校舎へ追い込んで逃げ場を奪うことだ。

窓外からの奇襲に失敗した直後は自滅狙いが本命だったが、今では「追い込み漁」のほうが有力となっていた。

(正太郎《しょうたろう》の自由研究を手伝った時に調べた地元伝統漁法が、インスピレーション？になるなんてなぁ)

などと考えつつ、ポケットからプリントを取り出す。道中で掲示板から剥がしておいた、キャンパスの案内図だ。

現在修子がいる位置は、最初に作ったバリケード……いわば追い込み漁の「網」……から一つ手前の校舎まで来ている。逃げた恵梨香が「網」へ既にぶつかっていたなら、逆進し起死回生の反撃に出てくる可能性もあるだろう。

（よし……いねえな）

バリケード作りの最中に入手した、女学生の荷物らしき手鏡。それで曲がり角の向こうを確認すると、修子は「盾」を展開して注意深く歩き出す。

（この時間が一番おっかねえや）

「盾」をややずらして前方を窺いつつ、ゆっくりと進んでいく金髪少女。足音、そしてロングスカートの衣擦《きぬず》れだけが、静かな空間でやけに大きく聞こえていた。

決して油断してはならない。いつ曲がり角や講義室から恵梨香が飛び出し、銃口を向けてくるかは分からないのだから。

顔の露出は極力控えており、素人の恵梨香に狙えるとは思えないが……当たらないとは当然言い切れない。

（ちょっとの油断が、これまでの全部を無駄にしちま……）

刹那、前方講義室の入り口から飛び出す何か。

（来た！）

極限集中。

ドーパミンを代表とする脳内物質が、修子の反応を最大まで引き出していく。

スローモーションの視界に映るのは、長野恵梨香だ。カーテンか何かで覆い隠した長い筒を手に、躍り出ながら狙いを定めている。

ばん！

しかし修子の反射と【ペロリスト】の動きは、それを上回った。「盾」は速やかに動くことで射線を遮り、銃弾を弾いたのだ。

ぎん！

自らの「盾」で完全に塞がれた視界の中、音と衝撃だけが修子本体へ伝わってくる。

被弾箇所は先程まで顔を覗かせていたあたりであった。もし反応が遅れていれば、彼女は顔を撃ち抜かれていたかもしれない。

（おいおい⁉　キッチリ狙ってきてるじゃねえか！）

続いて二発、三発と撃ち込まれる銃弾。

（でも……ッ！）

その一つ一つを弾き、一歩一歩進む度に、相手を追い詰める実感が強くなる。

（アタシの【ペロリスト】には、ゼンッゼン効かないね！）

間を置いての四発目も、問題なく弾く。

だが防御を解いてはいけない。それが許されるのは、弾切れを確信した時だけ。

（とはいえ、そんな隙を見せてくれるエリカじゃないだろうしな）

油断と同様に、焦りは禁物。

（慎重に、慎重にいく）

五発目の弾丸を防御した修子が、心の中で自らを諭す。

（だから迂闊《うかつ》に、この時点で仕留めようとしちゃダメだ。アタシはゆっくり、追い詰めていけばいい）

ばん！　ずん！

（ん？）

六発目の音は、「盾」が弾いたものではない。これはおそらくコンクリートが穿たれた音。

ふと修子が左脇を見れば……やはりその通り。壁に、小さく穴が開いているではないか。

普通なら、狙いを外しただけと思うだろう。普通ならば。

しかし問題は、そのすぐ近くに消火器が置かれていたことであった。

（あっ）

息を呑んだ瞬間、その赤い外殻へ七発目が突き刺さる。

ぷしゅん！

想像とは異なる音を立て、微かに浮かび上がり回転する消火器。

「うおっ!?」

ゲームや映画と異なり、消火器を撃っても実際は大爆発などしない。ただ猛烈な勢いで穴から内容物を噴き出し、周囲に粉末をばら撒《ま》くだけだ。その薬品も勿論、人体に無害なものが選ばれている。

しかし不意の衝撃、そして荒れ狂う白煙は修子を怯《ひる》ませるに十分であり……一瞬、【ペロリスト】の能力を解除させかけたほどであった。

【ペロリスト】の使用には、精神力と集中力が必要とされる。それは彼女が、自らあの夜明かしたことだ。恵梨香は、そこを逆に突いたのだろう。

ならば精神集中を乱せば良い、と。

(そんな発想でくるとはな！)

だがそれでも、廻修子は持ち堪《こた》えた。「舌」の硬質化が解ける前に集中力を蘇らせ、「盾」を維持し続けたのだ。

結果、未《いま》だ彼女の前には無敵の防御が展開されており、射線を遮り続けている。

(大丈夫、大丈夫だ。ビビらされはしたが、それだけだ)

激しく脈打つ胸を押さえながら、修子は後退を始めていく。

(防ぎきった……でも)

恵梨香の奇策はどうにか凌《しの》いだものの、こちらが受けた動揺も大きい。

(クソ、息が苦しくなってきた)

乱れた呼吸を整えたければ、顔にかかった粉もどうにかしておきたい。このままでは、目も満足に開けないのだ。

攻撃を失敗して既に逃げているであろう【ガンスターヒロインズ】を追うのは遅れてしまうが……ここは慎重に、一度態勢を立て直しておくべきだろう。

修子は彼女の基本路線に従い、そう決断した。

(エリカの銃だって、弾は減ってるはず。なら距離を取って、新しいのを呼び出したいだろうしな。双方、仕切り直しだ)

そう考えつつ、「盾」を構えたまま引きずるように退いていく。

じきに先程の廊下角まで辿《たど》り着いた修子は、身を晒《さら》さないよう慎重に後ろ歩きで曲がり……そして曲がりきった。

(ふー、危なかった……)

鼻で小さく溜《た》め息《いき》をつきながら、「盾」を解く。

もたつきながら口の中へ飲み込まれていく「舌」。付着した粉末が、吐き気を伴って修子を咽《む》せさせかけた、その瞬間だ。

「……へっ?」

「盾」が塞ぎ続けていた視界が、解除されることで開けていく。だがそこには、長野恵梨香の顔があるではないか。

冷たくも苛烈な決意の光を瞳に湛え、まさに目の前、吐息すら聞こえるような距離に!

「エリ……」

ずぐり。

交差する視線。腹部を抉《えぐ》る感触。やや遅れてくる熱さ、痛み。

「ぐあ!?」

見れば恵梨香が両手で持っているのは、先程の七発を撃ったと思われる旧型のライフル銃。その先に取り付けられた刃物が、修子の腹を貫いていたのだ。

そう、銃剣である。

(消火器を吹っ飛ばしたのは「盾」を解除させるためじゃあない! 近付くための、囮《おとり》だったんだッ!)

【ガンスターヒロインズ】は正面から【ペロリスト】の「盾」を抜くことはできない。

【ペロリスト】に近付かれれば、【ガンスターヒロインズ】に打つ手はない。

それらは事実であり、双方の認識だ。

しかし同時に、思い込みでもある。

長野恵梨香はそれを逆手にとり、むしろ危険な「盾」へと肉薄。【ガンスターヒロインズ】の能力で召還時に取り付けた銃剣を用い、廻修子を直接刺突したのだ。

ぐるり。

捻《ひね》りを加えられた刃が、内臓を抉る。

「あぐぅあぁぁ!?」

悲鳴。

だがこの時既に修子は、別の発想へ至っていた。

（でもここはな、アタシの距離なんだよーッ！）

受けた一撃は確実に致命傷だ。

しかし、自分が死ぬ前に相手の頭を叩き落としたならば！

（問題はない。何もないッ！）

槍《やり》となった銃身を支える恵梨香の左手を、両手で摑む修子。そしてようやく飲み込んだ「舌」を再展開すべく、気力を振り絞る。

再びの、極限集中。

（捕まえたッ！）

「……捕まえた」

片方の心ともう片方の唇が、同じ言葉を呟いた瞬間だった。

ばん！

恵梨香の銃に残された、最後の一発が火を噴いたのは。

「おご……!?」

零距離からのライフル接射。

音、衝撃、熱、そして破壊。

精神集中も何もかもが打ち消され、修子は吹き飛ばされるように床へ倒れていく。

こーん。

からんからん、からん。

ライフルから弾かれた金属クリップが床を転がっていく音が、決着した戦場に小さく響いていた。

書き下ろし番外編　第八夜B：03【廻修子】

「あーあ……ダメだったかぁ……」

傍らに跪《ひざまず》く恵梨香を見上げ、虚《うつ》ろになりつつある瞳で呟く修子。

だがその顔には何処となく、安堵《あんど》の色がある。

「修子さん……」

冷たいあの光はもう、恵梨香の瞳にない。

「……なあ……エリカ」

「うん」

「あと一戦……絶対に……勝てよ」

それは純粋な励ましであった。心から贈る、とても純粋な。

しかし黒髪の少女は首を縦に振らず、ただ寂しげな顔で見つめ返している。

「……？」

答えない彼女に、怪訝《けげん》な声を漏らす修子。

だがやがて、納得したようにゆっくりと息を吐く。

「……あぁ」

それは今際《いまわ》の際《きわ》にある感覚が導き出した、奇跡に近い解答。いやむしろ死に瀕《ひん》していたからこそ、確率や整合性を排して辿り着けた共感ともいえる。

「そっかぁ……」

修子は微かに顎を動かし、恵梨香を見上げていたが。

「ぐぶっ！」

いよいよ限界が訪れたのだろう。口から溢《あふ》れる、体液。

咳き込むことでそれをどうにか排した修子へ、いつの間にか拳銃を召喚していた恵梨香が呼びかける。

「楽に……しようか？」

しかし修子は、今度は顎を微かに横へ振って拒む。

「いや……いいんだ」

「でも」

「後は一秒でも長く……正太郎のことを……思い出していたい……」

「うん……分かった」

返事を聞き、瞼を閉じる修子。後は彼女だけの、彼女と弟だけの時間であった。恵梨香ももうそこへは踏み込まず、ただじっと側《そば》に座っている。

……それから、数分も経ったころか。

「ああ……ごめんよ……正太郎……」

絶え絶えの息で、修子がか細く呟いたのは。

「お姉ちゃん未来で……偉くなって……お前を……迎えに行く……つもりだったのに……」

そうして言い終えた唇はもう、二度と動くことはなかった。

……ぱんぱかぱぱぱぱーん。

やがて鳴るファンファーレ。

『Bサイド【ペロリスト】の死亡を確認！　勝者はAサイド【ガンスターヒロインズ】！』

ＡＩアナウンサーの告知も耳に入らぬまま、亡骸《なきがら》の傍らで恵梨香が天井を見上げている。

零さぬように、零れぬように。

その意識が黒い水面へ飲み込まれるまで、少女は滲《にじ》んだ視界で天井を見続けていた。

第八夜：05【御堂小夜子】

どくん！

鼓動。そして小夜子に意識が戻ってくる。

直立状態で復帰した彼女は精神消耗から姿勢を保持できず、崩れるように部屋の床へ座り込んだ。

「……帰ってきた……わ」

見回すが、部屋の中にキョウカはいない。やはり一緒に寝ている間に、今日の面談時間は全て使い果たしてしまったのだろう。次の正午で面談時間が回復するまで、話をすることはできないようだ。

「……キョウカ……私、やったわよ」

相棒のことが気にならぬわけではない。ないが小夜子はまず、確認せねばならないことがある。これは彼女にとって自身の生死などよりも、遙かに重要なことなのだから。

「【対戦成績確認】」

目の前へ投影される画面、それに視線を走らせる。

目当ては白地に黒文字の枠だ。一つ目は、すぐに見つかった。

能力名【スカー】。監督者キョウカ＝クリバヤシ。対戦成績、六勝〇敗二引き分け。

これではない。こんなものはどうでもいい。

鼓動を抑え込み、深呼吸。五指で掻くように画面をスクロールさせる。ページごとにいちいち止まる動きが、今はひどくもどかしい。

ない。

ない。

ない！

あった！

能力名【ガンスターヒロインズ】。監督者レジナルド＝ステップニー。

対戦成績……四勝〇敗四引き分け。

両膝をつき、四《よ》つん這《ば》いで画面へぐっ、と顔を寄せる小夜子。

見間違いではないかと何度も瞬《まばた》きを繰り返しては、やはり何度も見直していく。

「あぁ」

だが間違いない。これは白地に黒の文字、生存の枠だ。

そしてその色が、急激に滲んだ。

「よがっだ」

眼《め》の裏が痛む。両の頬を、熱いものが伝っていく。喉が、胸が、震えて正常な呼吸を妨げる。

漏れた鼻水も、顎まで垂れていた。

「いぎでででぐれだ」

鼻声でそう言いながら。幾度も幾度も呟きながら……小夜子は崩れるように顔を伏せ。そのまま床を濡《ぬ》らし、汚し続けていた。

◆

何分経った頃だろうか。

ゆっくりと顔を上げ、上体を起こす少女。そしてそのまま床の上に、ぺたん、と座り込む。

その顔は歓喜と達成感、そして誇りで満たされている。

(やった。やったんだわ。私はえりちゃんを守りきったのよ)

戦いは終わった。

(ああきっと。私の「生」は、このためにあったんだわ)

深い満足感に包まれる小夜子。

(後は私が死ぬだけ)

明日の午前二時。次の対戦で小夜子が自ら命を絶てば、それで恵梨香は救われるのだ。

……システム的な問題で準決勝以降は、対戦者が現実空間で自殺を試みることはできなくなるらしい。埋め込まれたバイオ人工知能を経由した航時船のメインフレームによって、寸前でそれは妨害されるのだ。小夜子はそのように、以前キョウカから聞かされていた。

【教育運用学】としては被験体の自殺すらも重要な教材ではあるが、用意した対戦者が番組のクライマックスを盛り上げぬまま死なれては困る、というのがテレビ局側の主張とのこと。寸前で意識を絶つか、動きを止めさせるのか。まあ例の神経干渉を平然とこなす未来技術だ、いくらでもやりようはあるのだろう。

それ故に小夜子は複製空間へと転送された後……恵梨香と遭遇する前に、自決せねばならないのである。

(とはいえおかげで部屋を血で汚したり、どこかで人様に迷惑をかける心配もないわね)

それにもし、小夜子が自殺したなどと恵梨香が知ってしまったら……それは、優しいあの子を悲しませてしまうに違いない。

(あの子はこれから未来で頑張らないといけないのよ、しかもたった一人で！　そんな無駄なストレスを、与えるわけにはいかないわ)

だからそれでいい。対戦開始後、接触前に死ねばいい。今までの対戦を振り返れば、その程度の時間的余裕は作れるだろう。

それに恵梨香の性格から考えても、【モバイルアーマー】戦のように最初から全速力で走ってきて襲いかかるとは思えない。

とそこまで考えたところで、銃を担いだまま「突貫《とっかん》！」と叫びながら全力疾走する恵梨香がコミカルなSD姿で脳内再生され、小夜子は思わず吹き出した。勢いで、唾と鼻水が一層床を汚す。

「とにかくこれで、終わり」

満足げに呟きつつティッシュで顔を拭い、ベッドへ向かう。

「明日、いや正確には今日か」

これが小夜子にとって、人生最後の一日だ。

恵梨香が現代最後の一日を過ごすのに、家族でも吹田先輩でもなく、自分を選んでくれたことを光栄に思いつつ……少女は身を横たえる。

「明日は、ずっと一緒」

だから明日は、いっぱい甘えよう。

(何をしようか)

どこかの娯楽施設に行ってもいいし、美味《おい》しいものを食べに行ってもいい。

映画を観《み》たと恵梨香は言っていたが、他に何か面白そうな上映があれば、観に行くのもいいだろう。

それを二人で話し合う時間すら、楽しみであった。

「ふふふ」とどうしても漏れる笑いを、枕に顔を押し付けて抑え込むうちに……小夜子の意識はいつのまにか、眠りの中へ溶け込んでいたのだった。

第九日：01【御堂小夜子】

ぱーぱーぱ、ぱっぱー。

耳元で鳴るマーチ調の音楽のせいで、小夜子《さよこ》は睡眠世界から追放された。

「もう、朝……？」

いや、これはアラームではない。通話着信の音だ。そのことに気付いた彼女は慌ててスマートフォンを手に取り、通話に出る。

『あたしメリーさん』

「ごめんなさい。すぐ開けますです、ハイ」

ベッド脇の時計を見ると、時間は「午前十時八分」と表示されている。十時に連絡を取り合うと二人は決めていたが、小夜子は見事に寝過ごしていたのだった。

通話を切ったスマートフォンを見れば、ＳＮＳメッセージが五件ほど未読表示で通知されているではないか。

「あわわわ」

パジャマのまま慌てて玄関へと向かい、ドアを開けると……そこには、小夜子の女神が立っていた。

「お、は、よ」

「あわわわ」

休日なので、もちろん制服ではない。上は深い緑のニット、下には黒のスキニーを穿《は》いている。シンプルだが、足が長くスタイルの良い恵梨香《えりか》によく映える組み合わせだ。

「思いっきり寝てたでしょ」

バスケットを置き、ショートブーツを脱ぎつつ……半目で小夜子を見ながら、恵梨香がチクリと刺す。

「いやホント、マジすんません」

「許さない」

「お詫《わ》びは私の身体《からだ》でしますから」

「それ、『むしろご褒美』っていうやつでしょ？」

「見抜かれたか」

ふふふ、と笑い合う。

「じゃ、お邪魔します」

「はい、いらっしゃい」

階段を上り、小夜子の部屋へ入る二人。

「ねえ、えりちゃん。今日はどうする？　何処《どこ》か行きたいトコとかある？　何か食べに行きたいものとかあったりする？」

小夜子に問われると、恵梨香は「うーん」と顎に人差し指を当て、考え込む素振りを見せ。

「私は、さっちゃんの家で遊びたいな。久しぶりに、一日ゲームで遊んだりとか、ブルーレイ観《み》たりしようよ。昔は二人でよく、そうやって過ごしたじゃない？」

「いいのえりちゃん？　そんなので」

「そんなのだから、いいのよ」

「そう……じゃあ、そうしよっか」

「お昼もサンドイッチ作ってきてあるからね、後で一緒に食べよう」

「ありがたくいただきマッスル」

「うむ、苦しゅうないぞ」

手を擦《す》り合わせて拝む小夜子。恵梨香が、腕を組んでふんぞり返る。

「ついでに、晩ご飯も何か家から材料持ってきて作るよ」

「何か、悪いなあ。材料くらいは私の家で用意するよ」

「……さっちゃんの家にまともな食材があるんですかねえ……？」

「すいません、強がりました」

「ふふふ、気にしないで。いいのよ、材料今日使っちゃわないと無駄になっちゃうしね」

そう恵梨香は言い、一瞬、寂しげな顔を見せた。だがそれに何と言葉をかけていいか、小夜子には分からない。仕方なく、話題を変えていく。

「何して遊ぶ？」

「久しぶりに、あれやろうよ。オメガドライブの【ガンスターヒロインズ】」

恵梨香の口からその固有名詞を聞き、一瞬身体を震わす小夜子。だがすぐに気を取り直し、何食わぬ顔をして会話を続けた。

「オッケー。じゃあ箱ごと居間にもって行こっか。あ、先に着替えてからでいい？　私、パジャマのままだったわ」

「どうぞ」

「外に出掛けないから、今日はジャージでいいや」

「さっちゃんは家だと、いっつもジャージじゃないの……」

「ばーれーたーかー」

「はいはい、早く着替えちゃって」

「らじゃー」

いそいそとパジャマを脱ぎ、ジャージに着替え始める。

恵梨香に着替えを見られているかと思うと、湧き上がる興奮を抑えきれない小夜子であったものの……ちらりと振り返ってみれば、恵梨香は漫画雑誌をパラパラとめくって流し見をしていた。

これが逆の立場ならば、小夜子は視覚と記憶領域を最大稼働して凝視せざるを得ないだろう。しかし恵梨香は違うのだからまあ、当然といえば当然である。

着替えを終えた小夜子は、恵梨香と共に居間へと向かう。そして液晶テレビにゲームを接続し電源を入れると、ソファーに並んで座り、遊び始めるのだった。

「難易度どうしよう」

「久しぶりだから、ノーマルでいいんじゃない？」

「オーキードーキー」

何でもない、日常。

大切な最後の一日にやることとは思えない、ありふれた過ごし方。

だが彼女らにとって、これこそが何よりも心地よく。

そして、かけがえのない時間なのであった。

◆

その後ゲームをクリアした二人は、サンドイッチを食べながらブルーレイで懐かしの映画を鑑賞。さらにもう一本映画を観たところで、夕食の支度へ移ることとなった。

恵梨香が自宅に食材を取りに行っている間を見計らい、キョウカへ呼びかけを行う小夜子。

「キョウカ、今、見てる？　聞いてる？　もし聞こえてたら、返事をして。最小単位の十五分刻みだけでいいから、アバターを出して」

正午はとうに回っているため、面談時間は回復している。彼女がまだモニターを続けているなら、アバターを投影させて応じるはずだ。

……だが、キョウカは現れなかった。

とはいえ精神状態を考えれば、それも無理ないだろう。この場のモニターすら、していない可能性だって高い。

募る、小夜子の不安。

「キョウカ」

映像で見た、あのか細い金髪の娘。その彼女が、膝を抱えて泣きながらうずくまる姿……それが、脳裏に浮かんだ。

小夜子の胸は締め付けられるように、激しく痛む。

「……滅多なこと、考えないでね」

そう呟《つぶや》いた時だ。小夜子の前へ、ひらりと一枚の紙が舞い降りたのは。

きらきらと光の粒子を放つそれは、妖精のアバターを思い出させる。おそらく実物ではなく、視覚に投影されたものなのだろう。触れてみると案の定指をすり抜け、摑《つか》むこともできない。

『じゃまはしない』

その上にはそう短く、日本語で書かれていた。そして読み終えて少ししたところで、紙はふっと消え去ってしまう。文面通りの気持ちが込められた、メッセージである。

「キョウカ……」

おそらく、まだ満足に喋《しゃべ》ることも敵《かな》わない精神状態なのだろう。何かを伝えようとするだけでも、苦しいはずだ。だがそれでも小夜子のことを案じ、キョウカはどうにかこの言葉を贈ってきたのである。

だから小夜子は、その気持ちに報いることにした。

頷《うなず》き、視線を天井へと向けると……ゆっくり心を込め、見えぬ彼女へ告げる。

「ありがとう、相棒」

第九日：０２【御堂小夜子】

夕食支度中の、御堂《みどう》家台所。

家事技能の著しく低い小夜子には任せておけぬということで、恵梨香が腕まくりにエプロン姿で張り切っている。むしろ小夜子は火の元や包丁へ近寄ることすら許されず、完全に子供扱いでテーブルにて待機を命じられていた。

仕方なく、恵梨香の後ろ姿をじっくりねっとりと視線で嬲《なぶ》る小夜子であったが……まな板を置いたりパックから肉を取り出したりする恵梨香に対し、耐えきれずに声をかける。

「ねえ、えりちゃん。一生のお願いがあるんだけど」

「なぁに？　何か合わせて作って欲しいものとかあったの？」

「折角だから裸エプロンってやってもらってもいい？」

「……眠いのならソファーで寝てなさい」

「えー、やってよー、裸エプロン、裸エプロン。きっと似合うよー」

小夜子が不満の声を上げると、恵梨香はわざわざ手を洗ってから親友へと歩み寄り、三連チョップを繰り出した。しかも、かなり強めの。

ぐべえ、と蛙《かえる》のような悲鳴を上げて潰れる狂信者。

「六十度くらいの角度で叩《たた》くのがコツよ」

「私は壊れたテレビじゃないよ!?」

今時のテレビは、叩いても直らない。

「だったら変態発言は慎みなさい。大人しく待っててね？」

「うう……はーい」

そうして、夕食ができ上がるまで……二人は他愛もない会話を交わしながら、時間を共有し続けていた。

◆

一緒に洗い物を済ませ、また少し別のゲームで遊んでいると。

ちゃらららん、らーんらーんらららー。

風呂に湯が張られたことを知らせる通知音が、居間にまで聞こえてきた。

「あ、お風呂沸いたね。えりちゃん、先入ってきなよ。私は後で、出汁《だし》がきいたお湯をいただくから」

「お味噌汁《みそしる》じゃないんだから……別に、一緒に入ればいいじゃない」

予想外の提案。そのまま恵梨香に引っ張られるように、小夜子は風呂へと向かうこととなる。

「懐かしいなあ。昔はしょっちゅう一緒に入ってたのにね」

「ささ流石《さすが》に小学校の頃とは違うわよ」

「そうねえ。ほら冷えるから早く入って入って。ほれほれ」

女神の脱衣を凝視する小夜子であったが、恵梨香に促されあっという間に裸にならざるを得ず……早々に風呂場へと押し込まれてしまう。

残念と思いながらも風呂マットを敷く。風呂の蓋をくるくると丸めて風呂場の隅に立てたところで、恵梨香が入ってきた。

その裸身に、目が釘付《くぎづ》けになる。

張りのあるきめ細やかな肌、豊かな双丘と形の良い尖端《せんたん》。同い年とは思えない、くびれた腰。すらりとした脚。

小夜子の鼓動が強く、速くなっていく。

「ヘアバンドとゴムも持ってきたよ。ここ置いておくからね」

「ん、ああ、ごめん。あ、ありがと」

「やだもー、何照れてるのよ」

恵梨香が小夜子の頬を、ツン、とつつく。

「ねえ、えりちゃん。お願いがあるんだけど」

「なぁに?」

「おっぱい揉《も》んでいい?」

「全然照れてないじゃん!」

呆《あき》れたという顔をして、恵梨香が溜《た》め息《いき》をつき答える。

「生は却下です」

「ぬぅ!?」

「ぬぅ、じゃないよ、まったく」

そして小夜子を風呂椅子に座らせ、髪を洗うためにシャワーをかけて、すすぐ。

髪に湯をかけられながらの小夜子が、鏡越しの恵梨香に再度声をかけた。

「じゃあ、おっぱい吸っていい?」

「良いわけあるかあああ!」

後ろから右頬をつねられ、小夜子が悶《もだ》える。

「あばばばばば」

加えて、顔にシャワーが浴びせられた。

自業自得ではあるが、今日のおしおきは厳しい。

◆

髪も身体も洗い終えた二人が、湯船に浸《つ》かっている。

初めは向かい合うように入ろうとしたが、「エロすけの視線がいやらしい」という理由で小夜子が恵梨香の足の間へ入り、背中を抱かれるような姿勢で浸かることとなった。

温かく、柔らかい。

体重を預けると、恵梨香は小夜子が傾きすぎないように加減して、彼女の身体を抱きかかえるように支えてくれた。

「んー、よき背もたれじゃ」

「さっちゃんはちっちゃいから、この姿勢で丁度具合いいね」

「……小学校二年生までは、私のほうが背が高かったのに」

膨らんだ小夜子の頬を、恵梨香が指でつつく。空気が押し出され、ぷっと音を立てる。

「ホント、どうしてこうなったんだろうねえ」

くすくす笑う声を聞きながら……小夜子は柔らかさと温《ぬく》もりに、身を預けていた。

(ああ私は。この温もりを守れたんだわ)

後悔は無い。後悔する要素が、無い。

ただこの温もりも、この柔らかさも、この優しい声も……今日を最後に自分はもう感じられなくなるのだ、想《おも》うこともできなくなるのだ。

小夜子はそう考えると、涙が溢《あふ》れそうになる。

「んしょ」

相手を圧迫しないように気をつけつつ湯船からやや上体を出し、ぐるり、と向きを変える小夜子。そして恵梨香の頬へ、猫のように自分の頬を触れさせた。

しかし恵梨香は小夜子が体勢を崩さぬよう手で支え続け、決して拒みはしない。「ふふふ」とくすぐったそうに笑うだけだ。小夜子も「ふふふ」と笑い返す。

しばらくして小夜子が頬を放し、身体を起こす。

目の前に、恵梨香の唇があった。

しばしの逡巡《しゅんじゅん》の後、口を開く小夜子。

「ねえ、えりちゃん。お願いがあるんだけど」

「なぁに?」

「……キス、してもいい?」

恵梨香は少し驚いたような顔を見せたが、すぐに穏やかな表情へ戻り、

「いいよ」

と優しく答えた。

ゆっくりとふれあう唇。

小夜子の閉じた瞼《まぶた》から湯よりも熱いものが頬を伝い落ち、水紋を作っていた。

そしてそれが消えた後、静かに小夜子が恵梨香から離れる。

二人の間で糸を引いた唾液が、つぅー、と伸び、切れ、湯船へと落ちた。

沈黙が流れる。

「ごめんね」

小夜子は小さく言った。

分かっているのだ。

小夜子の口づけと、恵梨香の口づけと。

似てはいるが、異なるものであるということは。

そう、分かっているのだ。

恵梨香は小夜子の謝罪に対し、ただ微笑《ほほえ》んでいるだけ。

耐えきれず、目を逸《そ》らす小夜子。

ようやくそこで口を開いた恵梨香が発したのは、それもまた問いであった。

「ねえ、さっちゃん、私もお願いがあるんだけど」

「……何かしら」

「キス、してもいい？」

小夜子は驚いた顔を見せたが、すぐに穏やかな表情へ戻り、

「……いいよ」

と優しく返した。

再びゆっくりと、近付く唇。

先程、小夜子から求めた時よりも。

何倍も。そう、何倍も。

長い時間、二人は唇を重ね続けていた。

第九夜：01【御堂小夜子】

ぴぴぴぴぴぴぴ。

アラームの音が、二人を微睡《まどろ》みより引き戻す。

風呂から上がった小夜子《さよこ》たちはソファーでじゃれあっているうちに、いつの間にか眠ってしまっていたらしい。

部屋のデジタル時計には、「十一月三日　火曜日　午前一時」の表示。

スマートフォンのアラームをかけておいたのは、恵梨香《えりか》である。

「じゃあ、帰るね」

「……送ってくっ」

「うん」

隣家である。本来、全く不要の行為だ。

だが小夜子はそうした。恵梨香も、拒まなかった。

三十秒もかからぬ距離を、三分以上かけて……二人は手を繋《つな》ぎながら、ゆっくりと進み、立ち止まり、そしてまた少しだけ進む。

そうして言葉も交わせぬまま、彼女らは長野《ながの》家の玄関まで辿《たど》り着いてしまった。

「またね」とも言えず。

◆

「さようなら」と言うのはあまりにも悲しく。
「おやすみ」とだけ言って小夜子は手を振り、別れた。
歩きながら、唇に指を当てる。あの感触がまだ残っているかのように、切ない。
（えりちゃん）
恵梨香は思い出をくれたのだ。
最後の戦いへ向かう前に、小夜子へ思い出をくれたのだ。
（ありがとう、でもね）
大丈夫よ、えりちゃん。
あなたの戦いは、もう終わっているの。
だからそんなに、気負わなくてもいいのよ。
あとは私が、死ぬだけだから。
私？　私は、大丈夫よ。
もうずっと前から、心積もりはできているの。
あなたのおかげで、ちっとも怖くなんかないわ。
（だから安心してね、えりちゃん）

パジャマに着替え、家中の戸締まりをして、火の元は特にしっかりと確認して、電気の消し忘れにも気をつけて……そうして部屋に戻って来た小夜子は、ベッドの上にキョウカのアバターがうずくまっているのを発見した。

「キョウカ……」

呼びかけるが、彼女は返事をしない。少しだけ頭を動かし小夜子を見るも、すぐに顔を伏せてしまう。

小夜子は黙ったまま、キョウカの隣に座る。そしてアバターの背中を撫《な》でるような仕草を続け、ただ時間が経《た》つのを待った。

……二人が無言のまま並んでいるうちに、時は過ぎ。部屋の時計はついに、「午前一時五十八分」を示すに至る。

ベッドから立ち上がり、キョウカの前に向かい合うようにして床へ座り込む小夜子。

「色々ありがとうね、キョウカ」

キョウカがようやく顔を上げ、小夜子と視線を合わせた。

「アンタ、多分、これからも、ものすごく大変だと思うけど……その、頑張ってね。何ていうかね、うまく言えないけど。ほら私はこれで、お別れだから」

無表情に小夜子を見つめるキョウカの目から、つつつ、と涙の筋が頰を伝う。

「馬鹿ねぇ、何でアンタが泣くのよ。私はこれから本懐を遂げるのよ？　笑って、見送りなさいな」

いやいや、というように首を振るキョウカ。そしてベッドから飛び降りると、小夜子の膝下に駆け寄っていく。

小夜子がそれを撫でようと、優しく手を伸ばす。しかし位置調整が上手《うま》くいかず、指はアバターを突き抜けていた。

「……ごめんね、そろそろ時間だわ」

そうキョウカへ微笑《ほほえ》みかける小夜子の視界は突如暗転し、意識は闇の中へと吸い込まれるように落ちていった。

◆

鼓動とともに、小夜子の意識が復活する。

(最後の複製空間か)

視界は暗く、見辛《みづら》い。だが目を凝らせば、建物らしき物の中にいることだけは理解できた。

とはいえ周囲には窓もなく、照明も点《つ》いていない。見回しても、何も分からない。

(何にも、見えないわね)

首を竦《すく》める。

(まあいいわ。どうとでもなるでしょ)

今回は戦いに来たのではない。ただ、自らの命を絶ちに来たのである。

（どうやって、死のうかなー）

とりあえず明かりのあるところを見つけて、刃物を探してもいいだろう。

ここが建物の中なら、高い場所を探し飛び降りてもいいだろう。

ロープなり電気コードなりがあれば、首を吊《つ》るのもいいだろう。

（おっ、そういや場外バリアにぶつかれば、一発で即死できるんだっけ）

それが一番手っ取り早いだろうか、などと掌《てのひら》を打ちつつ、自殺方法について検討する。ふふふ、と声を漏らしながら。

（きっとこんなにも愉《たの》しげに、満足げに、誇らしげに……幸せな気分で自殺の方法を探している人間なんて、人類史上、私が初めてなんじゃないかしら？）

小躍りすらしたくなるような気分で、そう考える。

本懐を遂げたという万感の思いとともに、深く息を吐く。

『空間複製完了。領域固定完了。対戦者の転送完了』

九度目の声。

小夜子は開始のアナウンスを待ちながら、暢気《のんき》に思索を続けている。

（さてさて。開始されたら、とりあえず壁伝いに歩いてみようかしら）

……だが運命は小夜子を裏切ったのだ。

声が告げたのは、いつもと同じ開始の告知ではない。

『いよいよこの試験、この番組も最終戦となりました。そこで今回は特別に！　ファイナリストのお二人に、決勝戦に向けての意気込みを語り合っていただきましょう！　まずはAサイド、能力名【スカー】！』

ぱっ！

と、小夜子の頭上から、光が差す。

それはまるでスポットライトの如《ごと》く、暗闇の中から彼女の姿を暴き出した。

「なっ!?」

予想外の事態に、小夜子が狼狽《ろうばい》する。

「おい馬鹿！　止《や》めろ！　止めなさいよ！　このクソが！」

だがそんな彼女を無視して、アナウンスは言葉を続けていく。

『続いては、Bサイド、能力名は【ガンスターヒロインズ】！』

「止めてよ！　お願いだから！　止めてってば！　ねえ！　止めてよ！」

小夜子の懇願も虚《むな》しく、もう一つスポットライトの如き光が差す。

そしてやや離れた場所に立つ人物を、闇の中からはっきり照らし出した。

そこに立つのは、【ガンスターヒロインズ】と呼ばれた少女。

御堂《みどう》小夜子の想《おも》い人《びと》、長野恵梨香である。

第九夜：02【御堂小夜子】

「えり……ちゃん……」

光の中に立つ恵梨香と目が合い、小夜子がたじろぐ。

そんな親友に対し恵梨香はにこやかに笑い、ひらひらと手を振った。

「やっほ～、さっちゃん。先程ぶり～」

「そんな……」

……知られてしまった。最も、知られてはならぬ相手に。額に手を当て、がくりと肩を落とす小夜子。嘘《うそ》よ、嘘よと。熱病でうなされている患者のように、繰り返し呟《つぶや》き続ける。

だが恵梨香は彼女に対し、予想外の言葉を続けたのだ。

「頑張ったね、さっちゃん。私もここまで、何とか頑張ったよ」

「え……何で……？」

「私もね、あの晩、あの駐車場で……分かったから」

三回戦目の遭遇時。あの時に既に、気付いていたというのか。

「どうして……？　あんなに、真っ暗だったじゃない」

あの駐車場は、ほとんどが闇で隠されていたはずだ。小夜子が恵梨香を認識できたのは、たまたま事故で恵梨香が光の中へ飛び出してきたためである。

その後にずっと暗闇の中にいた小夜子を、恵梨香が判別できるとは思えなかった。

「私の【ガンスターヒロインズ】って、知ってる鉄砲を選んで一定時間ごとに呼び出せる能力なんだ。まあ呼び出すごとにどんどん強い痛みが走るとか、制約も結構キツいんだけど……これね、付属品までカスタマイズできるの」

「カスタマイズ？　銃の？」

「そう。だから暗視スコープ付きのライフルとかも出せるの、すごいでしょ？　ってこういうの昔ゲームで教えてくれたの、さっちゃんだったよね」

「そんな」

「……ほんとはね、さっちゃんだって、あの声だけで気付いたんだけど。でも、確証が持てなくて。だから、探して、見つけて、良く見て、それでやっぱりさっちゃんなんだな、って分かったの。本当は、信じたくなかったけど。さっちゃんが対戦者に選ばれただなんて。未来に繋がらないなんて、認めたくなかったけど」

ああ、と小夜子から、息とも声ともつかぬものが漏れ出す。

「次の日から、明らかに様子も変だったし」

息を詰まらせる恵梨香。

「でもね」

首を少し傾け、話し続けた。

「またその次の日にね、励ましてもらった時にね。私、さっちゃんが何を考えてるのか、ようやく分かったの」

　また、息を詰まらせる。

「あれからさっちゃん、ずっと、ずっと。私のために戦ってくれたんでしょ？　私が生き残れるように、毎晩頑張ってくれてたんだよね？」

「どうして……」

「分かるよ。分かるに決まってるじゃない！　だってさ、さっちゃんだよ!?　さっちゃんのことなんだもの！」

　恵梨香の目から、涙がこぼれた。

「ごめんね、泣かないつもりだったんだけど、ごめんね」

「えりちゃん……」

　涙を流し鼻を啜《すす》りながら、恵梨香が口を開く。

「分かっちゃったから。だから、私も頑張ることにしたの。さっちゃんだけに、辛《つら》い思いはさせられないって。なかなか、うまくできなかったけど」

　セーラー服の袖で、目をこする。

「でも良かった。さっちゃんが生きててくれて。ここまで、勝ち残っていてくれて。私、本当に、そう思う」

　恵梨香が弱々しく微笑む。拭ったばかりなのに、また一筋が頬を伝った。

「ありがとう、ずっと一緒にいてくれて」

小夜子は言葉を見つけられないでいる。

思考が働かない。感情が制御できない。

心臓の鼓動だけが、無意味に速まっていく。

「さっちゃん……一番大切な、お友達。ありがとう。大好きよ」

そして小夜子が口を開くより早く……恵梨香は、言葉を続けた。

「さようなら」

その時小夜子は、全てを理解したのである。

ガガガガガガシャン！

小夜子と恵梨香の間を、遮る何か。

スポットライトのような光源が消失し、建物本来の非常灯が作動する。代わって周囲が、微《かす》かな光で照らされ始めた。

その薄明かりが、通路にいる二人を遮断したのは金属シャッターだと教えている。それが、通常ではありえない速度で下りてきたのだ。

『それでは、対戦準備に移って下さい！』

そう、小夜子はようやく分かったのだ。恵梨香の最近の言葉、行動の理由を。

握られたあの手も、結ばれたあの指も。いつもと違う、強引なあの姿勢も。

『Aサイド！　能力名【スカー】！』

あれは、苦しさから小夜子に縋《すが》っていたわけではない。

あれは全て恵梨香が小夜子の心を支えるために、励ますためにやっていたことなのだ。

『監督者【キョウカ＝クリバヤシ】！』

恵梨香が何のために戦ってきたのかも、何のために人を殺してきたのかも……ずっと、小夜子は勘違いをしていた。

恵梨香が自らのために、人を殺すはずがなかったのだ。恵梨香はただ小夜子のためだけに何もかもかなぐり捨て、禁忌を犯したのである。

『Bサイド！　能力名【ガンスターヒロインズ】！』

あの口づけも、恵梨香が思い出をくれたのではない。

『監督者【レジナルド＝ステップニー】！』

恵梨香は自ら、小夜子の思い出になろうとしたのだ。

『対戦領域はこの半導体工場の敷地全てです』

そして彼女が、今から何をしようとしているのか。

『領域外への離脱は、即、場外判定となりますので、ご注意下さい』

小夜子は操作盤へ駆け寄りスイッチを押すが、反応が無い。

シャッターに手をかけ持ち上げようとするが、びくともしない。

『今回も対戦時間は無制限となりますので』

「駄目よ！　えりちゃん！」

シャッターを叩《たた》く。

『対戦相手の死亡で対戦は終了となります』

「駄目よ！　駄目よ！　駄目よ！　ねえお願い！　止めて！　止めてっ！」

小夜子は殴り続け、叫び続けた。

『時間中は監督者の助言は得られません』

「お願いだから！　えりちゃん！　返事をして！　話を聞いて！　えりちゃん！　えりちゃん！」

小夜子の拳で揺さぶられたシャッターが、がしゃんがしゃんと狂ったように鳴る。

『それでは、対戦を開始します』

「私、今からそっちへ行くから！　待って！　待ってて！　ねえ！　ねえ！　ねえ！」

半狂乱で叩きつけられ続けた手。小指と中手骨が折れるが、それにも気付かず彼女は叩き続けた。

『それでは、良い戦いを！』

「駄目よ！　お願いよ！　お願いだから答えて！」

……ぽーん。

間の抜けた、いつもの対戦開始音。

「えりちゃん！」

小夜子がそう叫んだ直後である。


ぱん！


という、破裂するような音。

すぐに防火シャッターが、がしゃん！　と揺らぐ。

歪《ゆが》んだシャッターを見て、何かがもたれかかったのだ、と小夜子は理解した。

がっ、がっ、がっ、がっ、がっ。

と「何か」が引っかかりながらずるずると下へずり落ちていく。ずり落ちていくのだ。

そしてその音と動きが……止まった。

見開かれる、小夜子の目。

床とシャッターの隙間から、じんわりと。

溢《あふ》れてはならないはずの液体が、滲《にじ》み出てくる。

唇を震わせつつ、小夜子はただそれを見ていた。

ぱんぱかぱぱぱぱーん。

ファンファーレが鳴る。

『Bサイド【ガンスターヒロインズ】死亡！　勝者はAサイド【スカー】！　キョウカ＝クリバヤシ監督者の勝利です！　おめでとうございます！』

息も瞬《まばた》きもできぬまま。

小夜子はその温かく赤い液体の上に、力無く膝をついた。

第九夜：03【長野恵梨香】

向こう側から聞こえる、小夜子の悲痛な叫び。

がしゃがしゃと、シャッターが揺さぶられ続けている。

その音に背を向けた恵梨香は一人涙を拭い、鼻を啜った。

「ごめんね、さっちゃん」

いきなりこんなことにならなければ、黙って逝くつもりだったんだけど。

余計な心配、かけちゃったね。

でも本当のことを言うとね、最後にもう一度会えて、嬉《うれ》しかった。うん、嬉しかったの。

さっちゃんを泣かせるつもりは、無かったんだけどね。

私ね、決めてたんだ。

さっちゃんを、助けるんだ、って。

私があなたの未来を作るんだ、って。

でも私、駄目ね。

本当なら、あの駐車場の夜から、すぐに頑張るべきだったのに。

怖くて、悲しくて、どうしたらいいか分からなくて。

次の晩も結局、動けなくて。

すぐに覚悟を決めたのは、さっちゃんだったね。

そういうトコ、やっぱりすごいんだよねえ。

昔からいつも、そうだった。

だから私、対戦相手に勝てるようになった時、嬉しかったの。

変よね？　人殺しになったのに、喜ぶなんて。

……でもね、嬉しかったんだ。

これで私も、あなたと同じになれたんだ、って。

さっちゃんだけに辛い思いをさせずに済むんだ、って。

だからそれからはちゃんと、頑張れたの。

さっちゃん。私の一番の友達。

昔から、あなたはずっと、私のために色々してくれたよね。

私が落ち込むと、あなたはすぐに慰めてくれた。励ましてくれた。

いつも、私を見ててくれたものね。

小学校に入ったばかりの頃、私がお漏らししちゃった時も、助けてくれた。ごめんなさい。

あの後で物凄《ものすご》く先生に怒られたんだって？

私のお父さんが事故で死んじゃった後も、あなたはずっと一緒にいてくれた。さっちゃんだってお母さんがいなくなったばかりで大変だっただろうに、そんなことは一言も言わずに、ずっと私のことだけ気にしててくれたね。

犬に噛《か》まれた時も、やっつけてくれた。あれは、ちょっとびっくりした。あの犬、あの後大丈夫だったのかな？

中学の時に怖いスカウトのおじさんに付きまとわれた時も、追い払ってくれた。お巡りさんには怒られちゃったけど。

さっちゃんは覚えていないでしょうけど、他にも沢山、あなたは私を助けてくれたの。

ありがとうね、さっちゃん。

結構すごいよね。

今思い出した分だけじゃない。私があなたを好きな理由なんて、数え切れないくらいあるんだもの。

でも。

私、思うんだ。

きっと。

きっとね。

その好きな理由を全部消したとしても、やっぱり私はあなたが好きだと思う。一番大切な、友達よ。

だって、あなたは、さっちゃんなんだもの。

だから、これでいいの。

私、後悔なんて全然してないからね。

……そりゃあ、悲しいし、寂しいけど。
でもあなたが生きていてくれるなら、それでいいの。
それじゃあ、元気でね。
私、待ってるから。
のんびり、待ってるから。
七百年くらい経ってから、ゆっくり迎えに来てね。

第九夜：04【御堂小夜子】

どくん。

小夜子の意識が復活する。

糸の切れた繰り人形のように彼女は床へ跪《ひざまず》き、そして蹲《うずくま》った。

「うっ……うっ……ううう――……うう――っ！」

荒れ狂う感情が溢れ出す。

声を押し殺すこともできず、ただ、ただひたすらに、少女は涙を流し続けていた。

(私、馬鹿だ)

自らを犠牲にするだけなら、恵梨香の人格からすれば必然ともいえた。

だがあの恵梨香が、あの優しい恵梨香が。

他者をその手にかけてでも、良心も誇りも、今までの自分の生き方を、全て捨ててでも。

願ったのだ。

ただひとつ。たったひとつだけを。

恵梨香は小夜子が生き残ることだけを、願ったのだ。

愛。

それは優しさではなく、愛であった。

小夜子が求めていたものとは、違う愛。

だが確かにそこには、愛があったのだ。

世の全てと交換しても惜しくはないという、愛が。

長野恵梨香は、御堂小夜子を愛していたのだ。

そのことを理解した小夜子の目から、涙がなおも流れ落ちていく。

温かくて、悲しくて、嬉しくて、悔しくて、切ない感情の雫《しずく》。

心が全て溶け込んだかのようなそれは……強まる嗚咽《おえつ》と共に、床へ広がり続けていた。

◆

『起きてくれ、サヨコ』

その声で小夜子は目覚めた。

どうやら子供のように、泣き疲れて眠ってしまったらしい。

「ん……」

顔を上げると、そこにはキョウカの姿。

『サヨコ＝ミドウ』

妖精ではなく、あの時に映像で見た少女の姿だ。

ただやはり実体ではないらしく、アバターの時と同じような感覚がそれからは伝わっていた。

『本日の午前二時、本試験優勝の瞬間をもって、君の監視は永久に解かれた。そしてユナイテッド・ステイツ・オブ・ノーザン政府の特例措置により、君にはこれ以降人権が適用され、国籍も与えられる』

淡々と伝えるキョウカ。

立体映像ではあるが、やつれた顔の瞳はまだ虚《うつ》ろだ。当然だが、立ち直れてはいないのだろう。

『あと六時間……今日の正午をもって、君は僕たちが現在滞在している南方の島へと転送される。それまでに身辺整理を済ませ、準備を整えておいて欲しい』

小夜子はそれを、黙って聞き続けた。

『僕らのいる航時船……まあ、大型のタイムマシンさ。宇宙船みたいな奴《やつ》……への転送後、教授との面談やテレビ局ディレクターとの打ち合わせが予定されている。休憩の後はこの試験と収録の終了を祝して、学生や番組関係者を集めたパーティーの開催だ。君もそれにゲストとして出席してもらうことが、決まった』

キョウカが、壁にかかった小夜子の制服を指差す。

『パーティーというが、服は制服でいい。むしろこの時代を感じさせるために制服で来て欲しい、と頼まれている。だから靴も部屋まで運んでおいてくれ。その格好のまま、君を船へと転送する』

手がゆっくりと下りる。

『パーティーの後、翌日には撤収。僕たちは君を連れ、二十七世紀へと帰還だ。二十七世紀に着いた後は、君は一旦テレビ局の預かりになる。その後の予定を僕は知らない。彼らから、改めて知らされることになるだろう』

そこまで説明したキョウカは目を逸《そ》らし、唇を噛んだ。

『……最終戦の記録は、僕も見たよ』

小夜子が、微かに頷《うなず》く。

『……すまない。こういう時、何て声をかけたらいいのかまるで分からないんだ。人間を効率的に管理する【教育運用学】が笑わせるよな、ホント……本当……ごめんよサヨコ』

目を合わせることもできずに、肩を震わせながら呟くキョウカ。

二人の間を、長い静寂が流れていく。

だがしばしの後に沈黙の支配を打ち破り、小夜子が問いかけたのだ。

「単刀直入に言うわ。キョウカ、力を貸して」

それは意外な言葉であった。

驚いたキョウカが、振り返るように小夜子の顔を見る。

その瞳には、強い意志の光が灯《とも》っていた。

「アンタには受け入れ難い話だわ。そしてアンタが弱っているところに付け込んで、私はこの話をするの。最低よね？　断って当然だと思う。だから私は、一人でもやる。でも……一度話を、聞いてくれる？」

小夜子からまっすぐ見つめられ、キョウカが頷く。

「ありがとう、キョウカ」

……そう小さく言った後、小夜子は計画をキョウカへ語ったのだ。

そして全てを聞いた後にゆっくりと首が縦に振られ、同盟者は共犯者となった。

『そうか、サヨコ……いや。今の君は、【スカー】なんだな』

「ええそうよ。私は【スカー】」

赤く、黒く、粘りを持った熱い「何か」。小夜子の中の、もう一人の小夜子。

恵梨香を守るために小夜子が宿した、悲しくもおぞましき精神。

残酷で、冷酷で、獰猛《どうもう》で、そして想いに身を焼いた怪物【スカー】。

その【スカー】へ向け、キョウカが意を決したように口を開く。

『分かった、協力しよう【スカー】。ただし僕にも、条件がある』

「何かしら。あまりアンタにしてあげられそうなことって、私、無いけど」

『大したことじゃない。今の君なら、片手間でできることさ』

キョウカは一息ついて目を瞑《つぶ》った後……途切れた言葉を続け直した。

『一緒に僕のことも、殺して欲しいんだ』

第十日：01【ミリッツァ＝カラックス】

各部屋のロックが解除され、波打ち際での短い自由時間が終わった後……テレビ局スタッフにより会場が設けられた砂浜では、試験と収録終了を祝う打ち上げパーティーが開かれようとしていた。

スタッフが運び込む食肉を見た水着姿の学友らが、口々に驚嘆の声を上げている。

「見ろよ、合成たんぱくでも培養物でもない、本物の牛の肉だぜ……」

「ああ。この時代はまだ、汚染の少ない屋外で家畜を育て肉にして食べるという、非効率的な贅沢《ぜいたく》が庶民にまで許されていたらしい」

「えっ？　まさか船内の調理システムじゃなくて、こんな網に乗せて肉を焼くの？　煙はどうするのよ？」

「だから屋外でやるんだろ」

「屋外で料理するなんて、不衛生よ。野蛮だわ」

「ここは中世だぜ。野蛮でいいのさ」

「おっほ！　本物の肉が焼ける臭いって、結構クセーんだな!?」

「あー、あー、オホン」

最後の声は、特設ステージに立つレイモンド教授のものだ。彼は咳払《せきばら》いの後にマイクを持ち上げてから、整えられた豊かな髭《ひげ》をもぞりと揺らす。

「今回の食事は、この時代のホームパーティーを模して『バーベキュー』という形式をとってみたが、どうかね？　我々の時代からすれば粗野で不衛生極まりなく感じるだろう。だがこの中世では親睦を深めるための集まりや気さくな宴《うたげ》、家族のレクリエーションとして、ありふれたものだったらしい」

おお、というどよめき。環境汚染の酷い二十七世紀では、既に廃れた風習なのである。

「もちろん今回特別にこの時代で調達した肉は、衛生面のチェックと処理を万全に済ませてある。調理も講習を受けたスタッフが対応するから、大丈夫だ。そしてこれが一番大事なことだが……」

レイモンド教授はそこで言葉を溜《た》め、片目をつぶった。

「……この肉を食べても、未来には影響を及ぼさない。安心してくれたまえ」

どっ、という笑い声が、学生たちの間から上がる。

「また後ほどディレクターからの挨拶とゲストのスピーチがあるので、それまで新鮮な体験を楽しもうじゃないか」

ぱちぱちぱちぱち、と巻き起こる拍手。

そんな彼らを横目で見ながら、ミリッツァは一人不満げに溜め息をついていた。

「結局、見られなかったな……」

彼女の【ライトブレイド】を倒した【スカー】が、【ガンスターヒロインズ】とどんな最終戦を繰り広げたのか。それについて興味を抑えきれなかった彼女は、テレビ局側に対戦記録を見せてもらえないかと頼んだものの、断られていたのである。

二十七世紀に帰ってから編集し、放送するまで……番組のクライマックスが事前に流出しないよう、ディレクターが「映像記録を漏らすな」と徹底させているらしい。保存領域も個人端末の階層深くに移されており、不正侵入も困難だ。

残念だが、どうしようもない。かといってその程度でヴァイオレット＝ドゥヌエに頼んで圧力をかけるのも、借りを作ることになり気が引けた。

ただミリッツァが交渉したそのスタッフは、

「いいドラマが撮れて、ディレクターは大喜びでしたよ」

と話していたので、テレビ局としては満足のいく収録だったらしい。

（まあ、ジョーク枠扱いの【能力無し】が優勝するのだから、彼ら好みのドラマチックな展開ではあるだろうな）

そう考えつつ、グラスをあおるミリッツァ。贅沢品ではあるが、本物の肉の臭気を彼女はどうも好きになれない。今夜は、飲み物だけで済ますつもりだ。

ふと見れば、少し離れた卓ではヴァイオレットがとびきり不機嫌そうな表情を浮かべ、つまらなそうに肉を頬張っていた。彼女ほどの富裕層になると、本物の肉も別段珍しくはない。特に、何の感動もないのだろう。

（いちいちあの馬鹿娘を慰めるのも、面倒だな）

だが近くにいては、その役を強いられるのは間違いない。捕まる前に、ミリッツァはそそくさと距離を置いておくことにした。

ヴァイオレットの馬鹿げた計画が頓挫したのはミリッツァとしても不本意ではあるが、元よりあまり乗り気で手伝っていたわけでもない。これ以上の面倒は、御免被りたいものだ。

(あいつにはまた今度、もう少しまともなプランで自立してもらおう)

ミリッツァはそう思いながら、歩き出す。避難した先では級友のレジナルド＝ステップニーが、焦げ野菜の載った皿を持て余しつつ周囲と歓談していた。

(こいつは、決勝まで勝ち進んだ【ガンスターヒロインズ】の監督者だったな)

一位は逃したものの、それでもクラスメイトたちを抑えての堂々二位なのだ。成績にもしっかり加点されるし、当然番組でも大きく扱われるだろう。本人もそれを期待してか上機嫌で、試験について周囲と語っている様子。

「いやあ参ったよ。まさか最終戦で担当対戦者が自殺しちまうなんてな」

(……自殺？)

聞き耳を立てていたミリッツァは、怪訝《けげん》な表情を浮かべる。

「オイオーイ！　何でまた、そんなことになったんだステップニー？」

「どうも優勝した【スカー】と俺の【ガンスターヒロインズ】は、友人だったみたいでな。最終戦で【スカー】に勝ちを譲るために、自分で自分の頭を撃ち抜きやがったのさ」

「はぁー？　友人なら、日頃のモニターで分かるだろ？　何でお前、気付かなかったんだ。そうならないように誘導するのが、監督者の仕事だろうが」

「眼鏡をかけた中世モンゴロイドの顔なんて区別つかねえし、毎日違う対戦相手をイチイチそんなマメに見てねえよ」

「それで自殺されてんだから、世話ないよな」

「しょうがねえだろ。アイツ、そんな素振りなんて俺に全然見せなかったんだよ」

「ハッ、お前のことだ。どうせモニター観察も面談もロクにやってなかったんだろ？」

「デキのいい対戦者にお任せで、自分はヴァーチャルドラッグ三昧だったんじゃない？」

「そそそ、そんなコトねえよ！」

学友らと話を続けるステップニーに背を向け、ミリッツァはまたテーブルを移っていく。

（一体、何があったんだ？）

行き場を失った好奇心を苦い思いで押し殺すミリッツァ。返す返すも、記録を見られないのが残念である。

（放送を待つしかないのか……）

と思いつつ次のドリンクを手に取り、口をつけるミリッツァ。すると壇上に再び、マイクを持ったレイモンド教授が戻ってくるのが見えた。

彼は二、三度周囲を見回して学生らが静かになるのを待つと、

「ディレクターがなかなか来ないので仕方がないね。先に進めてしまおうか」

と語り、また咳払いをする。

「ではこれから、今回の試験で優勝した【スカー】ことサヨコ＝ミドウ君より皆へ挨拶をしてもらおう。諸君、盛大な拍手で迎えようじゃないか」

拍手が鳴る中、脇で待っていた【スカー】が壇上へ上がっていく。ミリッツァが【ライトブレイド】戦の記録で見た時と同様、紺のセーラー服を着た小柄な少女だ。

彼女はゆっくり教授の側《そば》まで歩いてくると、ミリッツァたち学生のほうへと向き直る。

「本来であれば、監督者のクリバヤシ君と一緒にここへ立ってもらう予定だったが……彼女は体調不良のため、残念ながら今日のパーティーには出られないという申告があった」

学生らの一部から聞こえる、下卑た笑い声。

「ディレクターがいれば、代わりに付き添ってもらおうと思っていたのだがね。まだ来ていないから、悪いが一人だけで挨拶してもらおう。すまないねミドウ君、簡単でいいから頼むよ」

【スカー】が、にっこりと微笑《ほほえ》んで頷《うなず》く。

「では全ての戦いを終わらせ、見事勝ち抜いた【スカー】君からの挨拶だ。諸君、もう一度彼女へ拍手を！」

学生やテレビ局スタッフたちから、再び巻き起こる拍手。【スカー】は彼らに向かって一礼すると、マイクを口元に近付け「あ、あ」と試すように声を発した。

「皆さんこんばんは、【スカー】です。教授も、ご紹介ありがとうございます」

バイオ人工知能の補助により、流暢《りゅうちょう》な英語で喋《しゃべ》る【スカー】。

「でも大丈夫です。元々これは、一人でやるつもりでしたから」

ほう、と呟《つぶや》いて教授が【スカー】を見返した。

「ただ、教授は間違えてらっしゃいます。『全ての戦いを終わらせ』と仰《おっしゃ》いましたが……実は私、もう一戦だけ残っているんですよ」

ふふふ、と小さく笑う【スカー】。

教授は彼女の言葉に首を傾《かし》げたものの、何か気を利かせたスピーチのネタ程度にしか思っていない様子である。それを見てもう一度微笑む、【スカー】。

「二十七世紀の皆さんは、『蠱毒《こどく》』っていう言葉をご存じですか？　中国の、古い呪術用語なんですけどね」

しかしその言葉を知るものは、ここにはいない。

「大きな壺《つぼ》の中に、毒蟲《どくむし》を沢山入れるんです。餌を与えずに。そうすると中で蟲たちは、自分が生き残るために殺し合い、互いに食い合います」

【スカー】が口にした語句のおぞましさに、祝宴気分を害され静かになる一同。

「そして最後に生き残った一匹は、壺の中全ての毒蟲の毒をその身体《からだ》に集め……強力な怨念と猛毒を持つようになるんです、モンスターとなって。魔法使いはそれを使って呪いをかけたり、怪しい儀式を行ったりしたそうですよ。ま！　とはいっても、迷信なんですけどね。ふふふっ」

（こいつは、何を言っているんだ!?）

周囲の学友たちには、「中世人の戯言《たわごと》か」と軽侮の表情を浮かべる者すらいる。

だがミリッツァは背筋に、冷たいものが伝うのを感じていた。

「皆さん、何かに似ていると思いませんか？」

ステージの上から学生たちを見回す【スカー】。だがその問いに、応じる者はいない。

「まあ、魔法使いが蠱毒を作るのは勝手でしょうけど」

彼女はくるりと教授の方へと向き直り、自身のセーラー服の上着へ手を差し入れる。

「最後に残ったその一匹が、魔法使いに噛《か》みつかないなんて」

そして取り出したキッチンナイフを、

「誰が決めたんでしょうね？」

教授の首へと突き立てたのだ。

第十日：02【ミリッツァ＝カラックス】

【スカー】が教授を引き倒してもう一度キッチンナイフを突き立てた瞬間、パーティー会場は騒然となった。

「うわあああ!?」

「ひ、人殺しよ！」

「ディ、ディレクターを呼んできます！」

「馬鹿、セキュリティボットが先だ！」

「何でだ!?　何でこんなことになったんだ!?」

「おい、運営に繋《つな》がらないぞ！」

蜂の巣を突いたように皆が狼狽《うろた》え、喚《わめ》き散らしている。

そんな光景を尻目に、ぐりんと手首を回す【スカー】。そして痙攣《けいれん》する教授から血と粘液塗《まみ》れの刃を引き抜くと、再びマイクごしに聴衆へ呼びかけたのだ。

「はいはい皆さん。静粛に静粛に」

そう言われて静まるはずもない。だが騒ぎ続ける彼らに向け、【スカー】は構わず語り続ける。

「えーと、残念ながらディレクターはお見えになりません。私が先程殺しました。船に残っていたスタッフの皆さんも、全員ですね。あとセキュリティボットも出てきません。何故《なぜ》なら航時船のコントロールはこちらが握っているからです。ハッキングされて奪われても困るので、もう少ししたら電源も落とします」

まさかと思ったミリッツァが、携帯用端末経由でメインフレームの状態を確認する。が、アクセス自体が拒まれた。構築しておいた裏経路でも、同様だ。

「つまり皆さんが生き残るためには、自力で私を排除する必要があるのです。頑張って下さいね、応援しています」

両掌《てのひら》を重ねて右頬につけ、【スカー】はにこやかに言った。ざわめいていた学生らが、水を打ったように静まり返る。

この言葉で、ようやく一同は気付いたのだ。彼女は、【スカー】は……ここにいる全員を、殺すために来たのだと。

(……あいつは何処《どこ》だ)

ミリッツァは素早く周囲を見回し、ヴァイオレットの位置を確認した。遠い。そして間に、人が多過ぎる。

それにこの状態で駆け寄るのは、悪手だろう。【スカー】を刺激するのは避けねばならないうえ、なによりここでミリッツァが慌てて動けば、皆が恐慌状態へ突入するきっかけとなりかねない。

それだけは、絶対に避けねばならなかった。

「ふざけるな！　この人殺しが！」

声を上げたのは、ゴメスか。

（低脳が！　【スカー】を刺激するな！）

そろそろとヴァイオレットへ向けて移動しつつあったミリッツァが、胸の中で毒づく。

「お前に何の権利があってそんなことを言うんだ！　こんな非道が許されると思っているのか!?」

【スカー】は彼の顔を見ながら、首を傾げた。

「あ、そう思います？」

「当然だ！　こんな理不尽！」

「奇遇ですね、私もそう思うんですよ」

「はあ!?」

「ああやっぱり、やり返される覚悟もなしにやっていたんですね。知ってたけど」

「何を言っているんだ、お前？」

（やめろゴメス！　今はそれ以上、刺激するな）

急ぎながら、でも決して目立たぬように。ミリッツァは、ヴァイオレットへ向けて足を進めていく。

しかしその間に今度は、別の人物が声を上げた。あれは、マーキュリーだ。

「【スカー】、対戦で優勝したからといって勘違いしていないか？　ここは複製空間じゃない、通常の空間だ！　【能力】も何も使えないお前が、この場にいる五十名以上を相手に勝てるとでも思っているのか⁉」

　おお、と学生らがどよめく。

「……そ、そうだ、そうだ！」

「お前に何ができる！」

　気を取り直した者が、口々に叫ぶ。会場がまた、騒然となる。【スカー】に飲まれかけていた場が、マーキュリーの言葉でやや持ち直した。

（やるなマーキュリー、その発言は良しだ。この人数なら、【スカー】相手でも取り押さえられるからな）

　そう、大事なのは人数差を活《い》かすこと。恐慌状態にならないこと。これができるなら、十二分に対応が可能なはずだ。

（大丈夫、大丈夫だ。【スカー】さえ大人しくさせれば、航時船のコントロールを奪い返す機会はいくらでもあるだろう）

　しかし。

「駄目よ！　皆！　気をつけて！」

　悲鳴に近い声が上がったのだ。聞き慣れた声、ヴァイオレットの叫びである。

　ミリッツァの顔から、血の気が引く。

「ヴァイオレット、やめるんだ！　それを言うな！　言ったらおしまいだぞ！」

　慌てて怒鳴るがその声は周囲の騒音に紛れ、届かない。

そして事態は、ミリッツァの予測する最悪の方向へと転がり出す。

「【スカー】は、あいつは！　【能力無し】なのに！　何の力もないのに！　他の対戦者を殺し続けて優勝した、バケモノなのよ！」

その一言でまた、場が凍りつく。

どうしてヴァイオレットが知っているかという説明も、真偽の証明も必要ない。

【スカー】の瞳が、笑みが、血塗《ちまみ》れの手が。どんな言葉よりも雄弁に、それが事実だと語っていたのだから。

先程までとは違いこれが決定的なものになったことを、肌で理解するミリッツァ。

(あの馬鹿娘！)

歯ぎしりする。だが、もう遅い。

とっ。とっ。

【スカー】がゆっくりと壇上から降り、歩く。

恐怖に怯《おび》え悲鳴を上げながら、まるで波が引くかのように学生たちが後退《あとずさ》った。

「じゃあ、そろそろ始めましょうか」

にこにこと笑いながら、【スカー】は高く掲げた指をパチン、と鳴らす。

『空間複製不要。領域固定不要。対戦者の転送不要』

ナノマシンを通じ、ミリッツァの頭の中に聞き覚えのある声が届いた。試験の司会進行用に使われていた、ＡＩによるアナウンスだ。

それは他の学生にも聞こえていたらしく、皆一様に愕然《がくぜん》とした表情を浮かべていた。

『Aサイド！　【スカー】！』

皆が知っている流れ。

『Bサイド！　【二十七世紀チーム】！』

そう、対戦の開始と同じ流れである。

『対戦領域はこの島全体です。泳ぎ切る自信があれば、領域外へ離脱しても構いません』

そして流れが同じならば……この告知が終われば、待っているのは殺し合いだ。

『時間は無制限になりますので、対戦相手の死亡で対戦は終了となります』

誰かの絶叫。恐ろしさに、耐えきれなくなったのだろう。

『助けは、得られません』

その叫びを引き金に混乱は伝播《でんぱ》し、会場は恐慌状態へと突入した。

『それでは、対戦を開始して下さい！』

ぽーん。

間の抜けた音が響く。だがこれは最早《もはや》、対戦の開始通知などではないだろう。

では何か？　決まっている。

処刑執行の、短い宣告であった。

第十四日：01【ミリッツァ＝カラックス】

洞穴の中で、ミリッツァがうなだれながら疲れた息を吐く。

(あれから四日目か。生き残っている連中は、どのくらいだろうか)

学生の四分の一程度は、初日で狩られたらしい。

そう……文字通り「狩られた」のである。

二日目に会ったヘンネバリは、【スカー】がパーティー会場のあたりで死体を埋める穴を掘っているのを見た、と話していた。近くに転がる級友やテレビ局スタッフの死体は、十を軽く超えていたらしい。

最初のうちは【スカー】に挑む度胸がある学生もいたそうだが、セキュリティボットも暴徒鎮圧装備もない彼らが、無策であの怪物に敵《かな》うはずもない。そもそも生身で闘争を行った経験がある人物など、ここの学生にいるとは思えなかった。

おそらく彼らは既に埋められているか、埋められるのを冷たく待つだけの肉塊になっていることだろう。

ミリッツァとて、手をこまねいていたわけではない。逃げ回りながらも、閉ざされた航時船へのアクセスを何度か試みていたが……【スカー】の宣言通り、電源自体が落とされていてアクセスは不可能であった。いくらミリッツァにハッキングの知識があろうとも、メインフレームに細工してあろうとも、物理的に繋《つな》がらないのではどうしようもない。

中世人の【スカー】にそんな真似《まね》ができるとは思えないので、おそらくはキョウカ＝クリバヤシが内部に籠もって協力しているに違いないだろう。

強引に船内へ入れないかとも試したが、深海の水圧にも耐えうる強固な外壁には傷一つ付けることもできなかった。石で殴られ剝げた塗装がナノマシンで自動修復されていくのを、虚《むな》しく眺めていただけだ。

……二日目の昼頃だったか。【スカー】が携帯食料や水を適当な場所へ放置し、学生らに拾わせ始めたのは。

無論、慈悲ではない。悪辣な罠《わな》だ。そして皆は、彼女の目論見《もくろみ》通り踊らされていく。

三日目あたりからその物資、特に水を巡って学生同士で醜悪な奪い合いが発生するようになった。中には極限の精神状態から、殺し合いへ発展してしまった例すらも。

現在ミリッツァがヴァイオレットと二人きりでいるのは、そのためである。もう、誰も信用できなくなっていた。

この場にいない幼馴染《おさなな》《じ》みのアンジェリークは、初日の夜にはもう殺されていたらしい。それは一昨日《おととい》までミリッツァらと行動を共にしていたうちの一人、ブルイキンから聞かされた。

好色なあの幼馴染みは早々に見切りをつけ、有志を募って最期の乱交に興じていたのだという。どうもそこを、【スカー】に襲われたというのだ。

（どういう神経の潔さだ、まったく。まぁアンジェらしいといえばらしいけど……）

溜《た》め息《いき》をつきながら、こめかみを指で押さえる。

（こうやって考えてみると、あいつは昔から一度もブレたことがないよな……）

おそらくは小学校の時にそれを覚えてから、ずっと、アンジェリークの行動原理は常に、肉欲に基づいていたのだ。その点において彼女は、実に真《ま》っ直《す》ぐな生き方をしていた。

（逆に考えると、いや逆に考えなくても、あいつ、すごい奴《やつ》だったんじゃないのか？）

男女様々な人物と精力的に交わりながら、交友関係も幅広く持ち、ミリッツァやヴァイオレットとの付き合いもしっかりと維持して……それでいて学業は上位の成績を維持し続けていたのだ。ヴァイオレットと違って、下駄《げた》も履かせずに。

（姉妹同然の長い付き合いなのに、私はあいつのことを何も見ていなかったのかもな）

ひんやりとした岩壁に背を預けながら、自嘲するミリッツァ。

……なお、そのアンジェリークの消息を伝えたブルイキンは、昨日ミリッツァらに見捨てられている。

食料を巡る争いが起きた時にかすり傷を負っていたのだが、ずっと「痛い痛い」と泣き叫ぶため、邪魔なので置き去りにしたのだ。

あれでは襲われた時の盾にもならない。今頃はもう、【スカー】から嬲《なぶ》り殺《ごろ》しにされているだろう。

（邪魔と言えば……）

視線を上げ、向かいを見る。

洞穴の反対側の壁で、ヴァイオレットが膝を抱えて泣いていた。

「アンジェが死んじゃうなんて……アンジェぇぇ……」

「ヴァイオレット、涙の分だけ水分がもったいない。気をしっかり持つんだ」

ミリッツァの言葉に、ヴァイオレットが鼻を啜《すす》りながら反応する。

「……ミリッツァ。助けは来るよね？　お父様が、助けを寄越《よこ》してくれるわよね？」

「ああそうさ。きっと来るさ。だから、それまで持ちこたえるんだ」

嘘《うそ》だ。

ミリッツァは、助けが来るとは最早《もはや》思っていなかった。

救助とて時間航行なのである。来るのならば、もっと早く来ているだろう。

来られないのではなく、来ないのだ。おそらくは、何か理由があるのだ。

（そして多分、この惨劇にも意味があるのだろう）

そうミリッツァは確信していた。理屈による分析ではない。ただの直感である。

（どうもここのところ、計算しないで物事を感じるようになってしまったな）

この心境の変化は【教育運用学】に興味を抱いたせいなのだろうか、はたまた【ライトブレイド】という損得嫌いの少年を担当したせいなのだろうか。ミリッツァにも、分からない。

（だが何にせよ、今は凌《しの》がないと）

生き延びて機会を窺《うかが》うのだ。連中が航時船を再起動する瞬間を狙い、何とかハッキングを行ってアクセス。コントロールを奪い返す。

(まだ可能性はある)

航時船の中にいるキョウカとて、いつまでも隠れ続けてはいられないだろう。メインフレームを起動しなければ、食料合成や水の精製装置も動かせないのだ。

航時船は旅客機と異なり、学術調査機の範疇《はんちゅう》である。多数の予備を含めた全電源の喪失や、複数あるサブフレームまで同時ダウンするなどの想定はされていない。そのため非常用備蓄の量もたかが知れており、あの中で何年も洞穴生物のように生きていけるとは到底考えにくかった。

(それにどうせ、キョウカは二十七世紀へは帰れない)

これだけのことをしたのだ。帰れば極刑は免れまい。また他の時代へ逃げようにも、本来の時間軸と異なる未来への航行は不可能だ。

それは「未来人」の「打診し、指導し、監視し、警告し、攻撃する」システムにかからないための仕組みで、現行のタイムマシンは全て、政府の承認キーが無いと新たな時空座標を設定できない仕組みで作られているからである。

時間移動を諦め、単純に航時船で移動されてしまったら困るが……そこまではもう、ミリッツァの側でどうこうできるものではない。

(とにかく、生き延びることを考えるんだ)

少しでも体力を回復させよう、とミリッツァが目を瞑《つぶ》ったところで。

「あぁぁあぁぁあああ!」

おぞましい叫び声を、二人は聞いたのだ。

誰の断末魔かは、分からない。男のものか、女のものかすら。だが問題は、その声がさほど離れていない場所から聞こえてきたということである。

「いやあああああ！　もう嫌よ！　何で私がこんな目に遭わなくちゃいけないの⁉」

「何でってお前……」

ヴァイオレットの呻《うめ》きに、唖然《あぜん》とするミリッツァ。

（そもそもが、お前のせいじゃないか）

下らない計画を立てたのも、キョウカを制裁してこんな事態を招いたのも、余計な一言で学生らを恐慌状態へ陥らせたのも。全て、全てお前が発端ではないか。

背中から肩にかけてが焼けるように熱くなる感覚に、ミリッツァは襲われる。

（駄目だこいつ）

やはりこいつは、置いていこう。足を引っ張る。役に立たない。ミリッツァはそう再確認した。

ヴァイオレットを囮《おとり》にすれば、【スカー】を幾らか引き付けることも可能なはずだ。その間に何とか逃げ延びて、機会を窺う。

もう一度、生き残った学友達を集めるのに賭けてみるのもいいだろう。説得は困難だが、「まともな戦力」は多いほうが良いに決まっているではないか。

（だから、こいつは置いていく）

捨てていく。囮にする。ヴァイオレットは体力的にも精神的にも、これ以上逃げ続けられまい。もうその程度しか、彼女に使い道は残されていない。

大体そもそもが、こいつのせいなのだ。こいつの自業自得なのだ。尊大で我《わ》が儘《まま》で、自意識ばかり肥大化した、いけ好かない小娘。面倒事ばかり起こすくせに、自分の尻拭いもできぬ大馬鹿娘め！

そう、この女はここで見捨てるべきなのだ。見捨てて良いのだ。

だから……！

……ミリッツァは、はぁー、と一際大きく溜め息をつく。

（……ただこんな阿呆《あほう》でも、友達なんだよなぁ……）

どんなに馬鹿でも。いくら腹が立っても。

どんなに下衆《げす》でも。いくら手間をかけさせられても。

それでも。

ヴァイオレットやアンジェリークと過ごした時間は、嘘ではないのだ。

（……私はもっと早くそれを認めて、本気でヴァイオレットと向かい合うべきだったのか。そうすれば何処《どこ》かで、もしかしたらこいつを止められていたかもしれない。もっと、もっと早くに）

「ミリッツァ？」

ぱん！

鼻水を垂らし怪訝《けげん》な顔で問いかけてきたヴァイオレットの顔を、勢いよく両手で挟むミリッツァ。

「しっかりしなさい！　ヴァイオレット！　そうよ、お前はヴァイオレット＝ドゥヌエ！　尊大で、我が儘で、プライドばかり高い低脳の大馬鹿娘！　だからもっと、気を強く持ちなさい！」

目を見つめながら、彼女の栗毛《くりげ》を指でわしゃわしゃと弄ぶ。

「何か私、めちゃくちゃ言われてるぅ……」

泣き笑いの表情で、ヴァイオレットがミリッツァに応えた。

「ヴァイオレット」

「うん」

「【スカー】はきっと、じきにこの洞穴を見つけるだろう」

「うん……」

「だから奴が入ってきたらこの石で、全力で殴りつけろ。私がまず、奴を引き付ける。お前は、それに合わせて思いっきり殴りつけるんだ」

自分用に石を持ちつつ、ヴァイオレットにも渡すミリッツァ。

「でも私、人なんか殴ったこと無い」

「私だって無いさ。だが【スカー】だって人間だ。殴れば倒せる。何とかなるはずだ」

ぎこちなく、頷《うなず》くヴァイオレット。

「さあ、そっちの窪《くぼ》みに隠れるんだ。私が合図したら、同時に殴り掛かるんだぞ」

「う、うん。分かった」

「よし、しっかり隠れておけ」

……しばしの時間を置いて。

何が楽しいのだろうか、【スカー】の鼻歌が聞こえてくる。そしてそれが、近付いて来るのも彼女らにはよく分かった。

息を潜める二人が、それぞれ手に持った石を握りしめる。

「やるぞ」

「……うん」

ミリッツァとヴァイオレット。

彼女らの最初で最後の闘争が、始まろうとしていた。

第二十四日：01【キョウカ＝クリバヤシ】

ぷしっ。しゃー。

航時船の乗降口が開き、そこから夢遊病患者のように歩き出てくる一人の少女。

あれからずっと船内に、穴居人の如《ごと》く籠もり続けていたキョウカ＝クリバヤシである。

燦々《さんさん》と照りつける日差しに目を細めつつ、彼女はゆっくりと歩いていく。

周囲に人影はない。耳に入るのは熱帯林から聞こえる鳥の声と、波の音だけだった。

進む先の所々には、土や砂がやや盛り上がったような場所が見受けられる。奇妙なのは、それぞれに木の枝が目立つよう刺してある、ということだ。

（ああ、そうか）

すぐにキョウカは、その下にクラスメイトが埋められているのだと気付く。

そして突き刺さった枝は墓標を模したものというよりは、どうやら「この下は死体が埋まっているから、うっかり掘り起こさないように気をつけよう」という目印らしい。

それらからは、そんな雑さが感じられた。誰の仕業かも、容易に見当がつく。

……見回しながら歩くキョウカ。そうこうしているうちに彼女はやがて、打ち上げパーティーの会場とおぼしき場所まで辿《たど》り着く。

そこには演壇のようなセットが設けられているのに加え、いくつものバーベキューコンロ……二十七世紀の少女はそんな名前を知らないが……が並べられており、そのうちの一つからは、何かが焼ける匂いが漂ってきていた。

「ふんふんふん〜はんはんは〜ん」

そこに立っていたのはキョウカの共犯者、御堂小夜子《みどうさよこ》である。

彼女が何やら色彩豊かな魚を、コンロで焼いているのだ。全裸に、エプロンだけ着けた格好で。

「お、アマテラス様が出てきたか」

キョウカの存在に気付いた小夜子が、掌《てのひら》を振りつつ声をかけてくる。

「……やあ、【スカー】」

二週間ぶりに声を発するキョウカ。舌がうまく回らず、たどたどしい。

「ううん小夜子よ。私は、小夜子」

「そうか」

小夜子の中に宿っていた、暗く、悲しく、獰猛《どうもう》な精神。

恵梨香《えりか》を守るため目覚めた狂気は小夜子本人を飲み込みかけ、そして飲み込む寸前で眠りについたのだ。

(エリ=チャンのおかげだな、きっと)

小夜子を狂気へ踏み込ませたのは恵梨香への想《おも》いである。だが小夜子を正気へ繋《つな》ぎ留めたのは、恵梨香からの想いに違いない。

恵梨香の愛を知ったことで、小夜子は小夜子のままここにいるのだ。長野《ながの》恵梨香は最後に御堂小夜子の命だけでなく、心をも救っていたのである。

寂しげな目を伏せることで隠し、キョウカは一人頷《うなず》く。

「じゃあ、もう終わったんだね【サヨコ】」

「ええ。終わったわ」

屈託の無い笑顔。

「自分からサメの餌になりにいった連中までは面倒見きれないけど、死体ももう、全部埋めてある。あ、アンタも魚食べる？」

キョウカは魚の焼ける独特の臭気に眉をひそめながら、「いらない」と断る。

「あらそう？　まあ未来の連中って、本物の魚とか食べなそうだものねぇ。でも意外と淡白で食べやすいのよ、これ。料理とか知らないんで、丸焼きしかできないけど」

「ていうか、何で裸にエプロンだけなんだよ……」

「赤道付近かどうか知らないけど、暑いのよ！　この島！」

「だからって裸にならなくてもいいだろ……それにエプロンだけって、どういうチョイスなんだよ」

「脂とか飛んできたら、熱いじゃない」

「……いや、もういい」

がくりと肩を落として、キョウカが溜《た》め息《いき》をつく。

そして力が抜けたのか俯《うつむ》いたままの姿勢でいたが、しばらくして顔を上げた。

「全部終わったなら、協力の見返りをくれないか。サヨコ」

「何？　やっぱり魚食べるの？　いいわよ」

「そうじゃない」

一息おいて。

「僕も殺してくれ、ってあの時言っておいただろう？　僕にはもう何も無い。帰るところも、待っている人も、戻る時代すらも、何もかも無いんだ。だから……」

聞いた小夜子が、目をぱちくりとさせている。

そして思い出したかのように「ぽん」、と掌を打った。

「あー、あれね」

「おいまさか忘れていたのか？」

「あれ、却下」

左手を軽く振って、拒否する小夜子。

「何でだよ！」

キョウカが彼女の返答を聞いて、声を荒らげる。

それに対し小夜子は、

「来るのがおせーんだよ！　全員始末してからもう一週間近く経《た》ってるのよ!?　ネトゲのデイリークエストだったら時間終了でとっくにクエスト失敗になってるわ、このボケ！」

と猛烈な剣幕で言い返すのだった。

「えええ……」

「おまけに、水も食べ物も無くなったから自力調達しないといけなかったし。水は雨水沸かして飲んだけど、魚捕りなんか、一回サメに齧《かじ》られそうになったんだぞテメー」

「そんな無茶苦茶な……」

肩を落としたキョウカを尻目に、小夜子は焼けた魚を皿へ移す。

そして骨を取り除いて塩胡椒《こしょう》を適当に振りかけながら、フォークで焦げ魚をつっつき始めていた。

「ん、悪くない」

ちまちまと食事を続ける小夜子。だがやがてキョウカへチラリと視線を向け、ぼそりと。

「……それにアンタがいなくなったら。私、寂しいわ」

そう、口にした。

キョウカはそれを聞いて、驚いた表情を浮かべながら顔を上げる。

だがすぐに「ふっ」と小さく息を漏らし、

「……そうか。うん。そうなら、いい」

納得したように呟《つぶや》くのだった。

小夜子は魚をつつきながら、黙ってうんうんと頷いている。

「やっぱり僕もそれ、分けて貰《もら》おうかな」

「いいわよ、あっちから皿とフォーク持ってきなさいな」

「ああ、分かったよ」

晴れやかな顔をしたキョウカが、砂の上を歩いて行く。

◆

「なあサヨコ、これからどうするんだ?」

砂浜に並んで座る二人。キョウカが、小夜子へ問いかける。

「へ?　生きるわよ?　だってそれが、えりちゃんの願いなんだもの」

「……そうだよな」

軽く瞼《まぶた》を閉じながら、キョウカが頷く。

ざっ、ざっ、ざっ。

立ち上がり、砂を鳴らして波打ち際まで足を進める小夜子。

彼女は青空を見上げると、背中を向けたままキョウカに語り続けるのであった。

「えりちゃんはね、私が生きることを望んだの」

「ああ」

「自分を犠牲にしてでも、全てを犠牲にしてでも、私が生きることだけを、あの子は望んだのよ」

「そうだな」

「あの子はね、私を愛してくれていたの」

「うん」

「そりゃあ、私があの子に抱いていたものとは違うけれども。でもえりちゃんは確かに、私を愛してくれていたのよ」

空を見上げたままの小夜子の背と肩が、震える。

キョウカは静かに「僕もそう思う」とだけ、告げた。

「だから私は、あの子の願いを無駄にはしない。あの子の想いを終わらせない。あの子がそう願うなら、あの子がそう想うなら……それは私の願いでもあり、想いでもあるわ」

目をひとしきりこすった後、振り返る小夜子。

「だから私、精一杯生きるわ。未来人も、えりちゃんも、ぶったまげるような無茶をして、思いっきり生きてやるわ」

彼女は満面の笑みを浮かべ、キョウカを見た。キョウカも、その瞳を見つめ返す。

「だからキョウカ。アンタも一緒に来なさい。きっと、楽しいわよ」

「未来から、追っ手が来るかもしれないぞ?」

楽しげに言うキョウカ。

「大丈夫よ」

小夜子が、右掌を左の拳で打つ。パシン、と威勢の良い音がした。

「私はね、愛した人に、愛されていたの」

「うん」

「その記憶があれば私は何処《どこ》でだって生きていけるし、その想いを知っていれば、私はいつだって最強よ」

「うん」

「未来人の雑魚が何人来ようが、全部返り討ちにしてやるから。安心しなさい」

「……ああ、そうだな。君の言う通りだ」

ふふふ、と笑い合う二人。

そして小夜子はゆっくりとキョウカへと歩み寄り、

「だからこれからも。よろしく頼むわね、相棒」

右手を差し出した。

「いいからとりあえず、服を着ろよ」

軽口を叩《たた》きながら、キョウカも手を伸ばす。

そして触れ合った手と手が……固く、固く握られたのであった。

2647年：01【ロランド＝ドゥヌエ】

予定日を過ぎ、誤差を考慮した予備日が過ぎても……ヴァイオレット＝ドゥヌエは二十七世紀へは帰ってこなかった。

史上初のタイムトラベル未帰還。前代未聞の異常事態に騒然とする保護者らの要請により、提出されていたスケジュールに基づいて政府による緊急調査が行われる。そして停泊予定地であった赤道付近の島をこの時代で調べたところ、島からは多数の人骨が発掘されたのだ。

数十体に及ぶ遺体の鑑定を行った結果、その中にはヴァイオレット＝ドゥヌエと判定されるものも含まれていた。彼女やミリッツァ、アンジェリークの遺体は、異常に損壊が酷《ひど》かったのだという。

鑑識によって遺体は皆、六百年程度の昔に死亡したものと鑑定された。

そのどれもが刺し傷であったり、打撲であったり、様々な外的要因にて死亡した痕跡を残しており……明らかに、試験中に何か重大事件が起こったことを告げていたのである。

また、彼らの航時船が何処《どこ》にも発見できなかったことも問題視された。

そのためこの事件はサスペンスめいた学生の諍《いさか》いから国家間の陰謀までがまことしやかに噂《うわさ》され、近日のネット界隈《かいわい》やゴシップメディアを賑《にぎ》わせている。

……そんな中。

（何故《なぜ》だ！）

ヴァイオレットの父親でありドゥヌエ家当主でもある、ドゥヌエ航宙社長のロランド＝ドゥヌエ。彼は怒気を漲《みなぎ》らせながら、ユナイテッド・ステイツ・オブ・ノーザン大統領官邸へと歩を進めていた。

新たな航時船は用意した。

救出チームも、揃《そろ》えうる限り最高の人材を集めた。

装備だって、最新鋭のものを十二分に用意したのだ。

金に糸目はつけない。手間も、惜しまない。

なのに政府から時間航行の許可が、下りないのである。

時を超えての人命救助。前例の無いこととは言え、対象は現在の二十七世紀人なのだ。法的にも、道義的にも、問題があるとは思えなかった。

また現大統領のイジドーロ＝スカルキはロランドとは大学からの友人であり、かつドゥヌエ航宙グループはイジドーロの、ひいては彼の所属する政党においては、ギーレングループやスカー財閥と並び、重要な支援者なのである。

イジドーロ大統領が、政府が、省庁が……好き好んで妨害するとはとても考えにくい。

（なのにどうしてだ、イジドーロ！）

そんな中でロランドは、日付と時刻指定の上で大統領府からの呼び出しを受けたのである。

それまで大統領は、再三にわたる面会希望を躱《かわ》し続けてきていたのに、だ。

無論、今のロランドがそれを断るはずもない。

(今日はこの場で認めさせるぞ、イジドーロ!!)

苛立《いらだ》ちを隠そうともせず、彼は歩き続ける。

◆

官邸のロビーにおいて、ロランドは意外な人物と遭遇した。スカー財閥の現総帥、ブレイド=スカーである。

齢《よわい》九十を超える老体でありながら、未《いま》だに現役の代表者として精力的に活動を続けている人物だ。ナノマシンによる抗老化医学が進んだ二十七世紀においても、それはやはり驚嘆に値すべきものであった。

「お久しぶりです、ブレイドさん」

ロランドとて、知らぬ間柄ではない。

ビジネスでも、政治上の付き合いにおいても、プライベートにおいても。ドゥヌエ家とスカー財閥との関係は、深いのだ。

「久しぶりじゃな、ロランド君。ご息女のことは……心配じゃのう」

アフリカ系のルーツを持つであろうその黒い肌と声は、とても百を目の前にした老人のものとは思えない艶と張りがある。ロランドが社会に出た頃から、彼はずっと老人であったのにだ。

見る度に、いつも「怪物だな」との感想を禁じ得ない。

「ご厚情、痛み入ります……ところでブレイドさんは、今日はどうしてこちらに？」

「おそらくは、君と同じ理由じゃよ」

ぴくり、とロランドの眉が震えた。

「我がスカーグループの関連組織の間でも、現在三件の時間航行申請が出されておる。そのどれもが政府の側で止められており、様々な計画や調査に支障が出ておるのだ。儂《わし》らも何度もイジドーロ君にお願いしていたのだがね……梨の礫《つぶて》さ。だが今回、いきなりこうしてこの老体を招待してくれたのでの。ひいひい言いながら、やって来たわけじゃ」

「そうでしたか……」

時間航行を止められていたのは、ロランドの案件だけではなかったのだ。そのことは理解したが、やはり納得はできない。

「おそらくイジドーロ君は時間航行の件について、儂らになにか話そうとしているのじゃろう。それも、内密に」

「一体どんな理由があって、妨げているのでしょう」

「わからん。何にせよ、彼の話を聞くしかないのう」

そう話す二人へ官邸のセキュリティガードが歩み寄り、一礼してから声をかけた。

「大統領閣下の準備が整いました。ご案内致します。どうぞ、こちらへ」

2647年：02【ロランド＝ドゥヌエ】

大統領であるイジドーロは、疲れきった顔をしてデスクに座っていた。

そんな彼へ向けてロランドは早足で詰め寄り、襟首を摑《つか》む。

「イジドーロ！　どういうつもりだ！　私の娘の、ヴァイオレットの命がかかっているんだぞ！」

摑んだまま、激しく揺さぶる。

見かねたブレイドがロランドの肩に手を置き、それを制止した。

「すまないロランド……だが許可は出さない。いや、出さないんじゃない。出せないんだ」

「何故だ、イジドーロ！　別に未来へ行くわけじゃない、過去へ戻って自国民を救出するだけだろう!?　何の問題がある！」

ロランドの手をゆっくりと外しながら、イジドーロが苦々しげに口を開く。

「未来から、あらゆる時間航行について禁止するよう連絡が来たんだ。勿論《もちろん》、君の案件も含めてだ」

「なんだと……!?」

未来からの干渉。それが何を意味するかは、ロランドも理解している。

……かつて中央革新人民共和国に大きな被害をもたらした、未来からの攻撃。それは、現人類が決して抗《あらが》うことの敵《かな》わぬ脅威である。

目を剝《む》きながら、彼は後退《あとずさ》った。

「ロランド、君は私の大事な友人だ。私だって、ヴァイオレットのことは心が痛むさ！」

どん、とデスクに拳を振り下ろすイジドーロ。

「何とか君の案件だけでも許可を願えないかと交渉はしてみた。だが……駄目だった」

首を左右に振る。

「その代わりに【システム】が提案……いや命令したのは、【システム】が直接君とブレイド＝スカー氏に説明を行うということだったんだ。名指しでな。それで今日、この時刻を指定して君たちを呼び出したのだよ」

ロランドとブレイドが、顔を見合わせた。二人共、怪訝《けげん》な表情を浮かべている。

「イジドーロ大統領、【システム】からの説明とは……」

ブレイドがそう言いかけたところで、彼の言葉は遮られた。

『うむ、そこから先は』

いつの間にか執務室内に入り込んでいた、「それ」。いや入り込んだのではなく、どこからか突然現れたのだ。

ぼんやりとした光に包まれた拳大の人型、蝶《ちょう》のような半透明な羽を持つ、少女の姿をしたモノ。

まるで軍の儀典服のような衣装に身を包んだ「それ」が、光の粒子を撒《ま》き散らしながら、ふわりとデスクの上に降り立ったのである。

『……私が説明しよう』

おとぎ話から出てきたようなその外見に、ロランドとブレイドが呆気《あっけ》にとられる。

そのことに気付いたのだろう。「それ」は軽く右手を左右に振って、害意のないことを強調していた。

『これは単なるアバターだ。君たちの時代でもある技術だろう？　気にしないでくれ給《たま》え』

咳払《せきばら》いのような仕草をわざとらしくした後、言葉を続けていく。

『君たちがロランド＝ドゥヌエとブレイド＝スカーだな？　どうも初めまして。我々が「打診し、指導し、監視し、警告し、攻撃する」【システム】だ』

◆

『先日大統領には話をさせてもらったが、当事者であるロランド君と、各方面に多大な影響力を持つブレイド君にも直接説明をしておいたほうがいいと考え、君たちを呼んだのだ。来月ボンで行われる世界会議で提案を行うために忙しい大統領に、これ以上心労と余計な手間をかけさせないようにと、ね』

「提案だと？」

敵意を隠しきれない、ロランドが口を開く。

『そうだ。次の世界会議において、ユナイテッド・ステイツ・オブ・ノーザンが主導となり、時間航行の全面禁止条約が締結される。これは確定だ。何故なら我々が各国首脳に対し、既に根回し済みだからね』

「脅迫、の間違いじゃろう？」

『そうとってもらっても、構わない』

ブレイドの言葉に、【システム】は微笑《ほほえ》みながら返した。

『そのきっかけとなるのが、ロランド君。君の息女が時間航行先で巻き込まれた、あの事件……我々の時代では「ファイスト大学事件」と呼ばれている、その惨劇なのだよ』

「なっ……!?」

ロランドの表情が、驚愕《きょうがく》のまま凍りついた。

『悲劇だよ。実に悲しい話だ。そしてその痛ましい事件を背景に、この条約は世界のほとんど全ての人々から、支持を受けるだろう。いや、受けるのだ。受けるのを、我々は知っている』

「儂らの未来人じゃものな」

『いかにも』

一息おく【システム】。

『時間航行先におけるトラブルの危険性、そしてそれを救助する困難さ、それからくる歴史への悪影響、その危険性。そういったあらゆるものを憂慮して、いや、「そういう名目」で。時間航行は過去へも未来へも、今後全世界的に禁止される。ただ一つ、監視のための国際組織、その前身である【国際時間管理局】を除いては、ね』

「それがまさか」

『その通り。【国際時間管理局】がやがて名を変える組織が、我々だ。「打診し、指導し、監視し、警告し、攻撃する」機構なのだ。今日私はそのことを確定させるために、君らへ説明をしに来たのだよ』

ロランドの全身を、衝撃が走り抜けた。

「馬鹿な……!?　未来が、自分たちの存在を生み出すために、過去へと遡るというのか……!?

そしてそれが、歴史の本流になるというのか……!?」

動揺のあまり、ふらつくロランド。慌ててブレイドが、それを支えに入る。

そんな二人を見て【システム】はにこり、と微笑んでいた。

『歴史の川が未来だけに流れ進むものだと、誰が決めたのかね？』

「なっ!?」

呻《うめ》くロランド。

『知っているかな？　かつて人類は、太陽や他の惑星が地球の周辺を回っている、と考えていたという』

「天動説、というやつじゃな」

ブレイドの言葉を受けて、【システム】は頷《うなず》いた。

『そうだ。だが当時の人類の自意識が別段過剰だったわけでも、宗教的な理由でそう思い込んでいたのでもない。当時の観測技術とデータでは、地球が太陽の周りを回っているよりも、太陽が地球の周りを回っていると解釈するほうが、正しかったからなのだ。数字と理論に裏付けされて、な。だから私は、君たちが愚かであるとは思わない』

ブレイドは、腕を組んだままその話を聞いていた。

『「ファイスト大学事件」の犯人は、試験に使われた「現地人」だ。我々の時代の調査では、ロランド君の息女たちは、被験体の「現地人」らが二十七世紀までの歴史に何の影響も及ぼさない人間だと計算して、彼らを用いたとなっているが……大統領、合っているかね』

イジドーロが、無言で肯定した。

『その認識がそもそも大きな間違いなのだ。時の流れに繋《つな》がらないものなど、この世には存在しないのだから。この世界に存在するものは、あらゆる時の流れの中で、必ず何かに関係している。そして歴史の流れは、一方向ではない。未来に行ったものが過去へ遡り、また未来へと進み、そしてまた過去へと作用する。それすらも有り得るのが、時の流れだ。時代を紡ぐ、歴史の糸なのだ。ファイスト大学の者たちは、そもそもが間違った理論と公式を基に、計算をしていたのだな。出た結果など、出鱈目《でたらめ》もいいところだろう』

「じゃあヴァイオレットは。私の娘は」

『そうだ。言うなれば、歴史の必然で死んだのだ。こうなるべくして、こうなっているのだよ。間違った計算を基にその「現地人」らが選ばれたのも、その「現地人」が惨劇を起こすのも必然だったのだ。私がこうやって諸君を指導しているのも、事件を基に我々の機構が作られるのも。全ては歴史のあるべき流れ。必然なのだ』

変えられぬ。そして変えることを許されぬと悟ったロランドが、がくりと肩を落とす。
『ただ、人類社会の混乱を最小限に抑えるためにも、時間航行はやはり禁止しておくにこしたことはない。いくら歴史がこじれた流れの中で紡がれてきたとはいえ、今後もそのように複雑である必要性は、どこにも無いからな。そして今回の「ファイスト大学事件」のように、時代を超えた力で過去人を理不尽に虐げる必要も。そもそも人は本来、その時代のみで生きるべきなのだから』
【システム】の講釈を聞き続けていたロランドが、口を開く。
「その秩序を守るのが、制度化された過去への監視機構。時代の差による圧倒的な力を利用した、時間封鎖のための組織……」
ちらりと、【システム】の胸元に記された【A・L・i・c・a】というアルファベットを見ながら言葉を続ける。
「お前たち、「打診し、指導し、監視し、警告し、攻撃する」システム……」
A：approach（打診）
L：lead（指導）
I：inspect（監視）
C：caution（警告）
A：attack（攻撃）
「ALica機構……アリカ・システムというわけか」

ロランドが深く、溜め息《たいき》をつく。

この数分だけで十年分も老け込んだような、そんな疲れを彼は覚えていた。

『いや違う。そうではない』

「何が違うというのだ、【システム】」

『読み方だよ』

「読み方？」

ロランドとイジドーロが、怪訝な顔をしながら向き合う。

『機構の発案者によって、略称も決められているのだ。変則的であるし区切りもおかしいから、言われなければ確かにそうは読めないだろうがね』

「じゃあどう読むのじゃね？　教えてくれんか」

何処と無く喜色を感じさせる声で、ブレイドが問う。

『Aで一回句切るのだ。だから、A・Licaとなっているだろう』

そして【システム】は、ゆっくりと三人に言い聞かせたのだ。

『エー・リカ　システムと呼ぶのが正しい。そう、我々の名は【エーリカ機構】だ。間違えてくれるなよ？』

第二万五千五百日：01【キョウカ＝スカー】

アメリカ合衆国モンタナ州。フォート・ペック人工貯水湖からやや離れた場所に築かれた、スカー財閥の本拠地である企業都市、通称【スカー・シティ】。

その中央区には財閥運営の大病院が建っており、そして最上階には、スカー一族だけが利用できる病室があった。

……広く、清潔な部屋。

そこに置かれたベッドの上で、一人の老女が目を覚ます。

「あっ!?」

脇の椅子に腰掛けた年配女性がそれを見て立ち上がり、反対側壁近くのソファーに座るもう一人の老女へと、慌てて呼びかける。

「キョウカ母さん！　サヨコ母さんが目を覚ましたわ！」

タブレットでメールに目を通していたキョウカが、顔を上げた。

「あらそう。じゃあホムラ、皆を呼んできてくれる？」

「分かったわ母さん！」

ホムラと呼ばれた女性が、ぱたぱたと病室から出ていく。

キョウカはそれと入れ違いで娘の掛けていた椅子に座り、小夜子《さよこ》に話しかけた。

「具合はどうだい？　サヨコ」

「まあまあ……ね。キョウカはどう？　若くないんだから、無理しないほうがいいわよ？　もう八十でしょ？　アンタも」

「まぁ君と違って僕は、ナノマシンのおかげでアンチエイジングがかなり効いてるからね。下手をしたら、娘たちよりも元気なくらいさ」

「フフフ、久しぶりね、その喋《しゃべ》り方《かた》」

「そうかな？」

「そうよ」

微笑《ほほえ》み合う。

「ねえ、キョウカ」

「なんだい」

「楽しかった？」

「ああ、楽しかったよ」

「そう、良かったわ」

咳《せ》き込む小夜子。垂れた涎《よだれ》を、キョウカがハンカチで拭った。

「私が勧めた漫画やアニメも、面白かったでしょ？」

「ああ、最高だったさ。でもそのせいで僕はすっかりジャパニメーション好きのオモシロバーサン扱いなんだぞ？」

「あら、それって間違ってるの？」

「いやまぁ、大体合ってるんだが……」

また、笑い合う。

「私はちょっと先に失礼するけど、後はよろしくね」

「うん、大丈夫さ。子供たちもしっかりしているしね。正直社会人としては、君より遥《はる》かに有能だ。と言うよりむしろ君が社会人としてはその、あれだ……雑過ぎ」

「何も否定できぬ……」

ぐぬぬ、と悔しがる小夜子。

「……なあサヨコ」

「なぁに？」

「エリ＝チャンに会ったら、よろしく言っておいてくれ」

「ええ、分かったわ」

「僕もそのうち、お邪魔しにいくからさ」

小夜子の頭をゆっくりと撫《な》でるキョウカ。そしてその額に、優しくキスをした。

……ガー。

微《かす》かな機械音を立て、病室のドアが開く。

待ち構えたようにドタドタと駆け込んできたのは、中高年の男女たちだ。中には、子供や孫を連れた者もいる。

下

「サヨコ母さん！」

「お母さん！」

「サヨコかーちゃん！」

「ママー！」

「おばあちゃん」

「ババア！」

……彼らは小夜子とキョウカが育てた養子たち、そしてその子供らである。

航時船のメインフレームに記録された歴史データや技術を用い、莫大《ばくだい》な財を成した二人が各所で引き取った孤児を子供として育ててきたのだ。

その数は全部で、四十九名。

歌手になった者もいれば、画家になった者もいる。田舎でのんびりと農場を営む者もいるし、中には漁師になってカニを追いかけている者もいた。

そして半数ほどがスカー財閥に忠誠心厚き者として、キョウカの仕事を手伝い立派に成長していったのだ。今ではキョウカなしでも、問題なくグループは回っていくことだろう。

様々な都合で今日ここに来られない者もいるが、それでもどうやら大半は集まることができたようだ。

「こら、ロイン！　ホッパー！　バイル！　アクセル！　静かにしなさい！　もういい歳《とし》こいたオッサンじゃないか君たちは！　ほら、ハウンも、レイクも、こっち来なさい。まったく、君らは幾つになっても騒々しいのだから……」

溜《た》め息《いき》をつきながら、場所を空けるキョウカ。

（まあいいか、今日くらいは。あとは、子供たちに時間を譲ってあげよう）

小夜子に軽く手を振って、ソファーへ向かうキョウカ。そして再び、メール処理に戻るのだった。

……それから五時間後。

御堂《みどう》小夜子。いやサヨコ＝スカーは、眠ったまま目を覚まさず、そのまま息を引き取った。

享年八十六歳。

死因は、老衰である。

第二万五千五百日：０２【キョウカ＝スカー】

ベッドの周りに集まって泣く「子供たち」をよそに、キョウカは一人の若い女性を手招きすると、伴って廊下へと歩き出た。

彼女の名前はスター。ホムラの娘であり、小夜子とキョウカには戸籍上の孫に当たる。

若いが優秀で将来有望な女性であり、キョウカは秘書同然に連れ回しつつ教育を行っていた。

「何でしょう、総帥」

「今はおばあちゃんでいいわ」

「どうしたの、おばあちゃん」

「私は一度本社へ戻るから。後の手続きとか、お願いね」

「うん、分かった」

「あと、皆が落ち着いたあたりを見計らって、グループで働いている叔父さんや叔母さんに声をかけておいて。メールでもいいけど」

「うん、どうして？」

首を傾《かし》げるスターに、キョウカが向き直る。

「スター＝スカー！」

急に「総帥モード」へ入ったキョウカに、慌てて調子を合わせるスター。

「はいっ！」

「本日、サヨコ＝スカー副総帥の死をもって、我がスカー財閥は、エリカ計画を発動する」

「は、はい！」

秘密計画、エリカ。

数百年規模で行われる、遠大な計画だ。

以前にキョウカより構想を明かされていたスターの、顔が強張《こわば》る。

「葬儀が終わり次第本格的な行動へ移るが、財閥運営に関わる一族の者には、今夜のうちにその旨だけは伝えておきたい。だから手配を頼む。そうだな、場所は本社の最上階、特別会議室でいいだろう」

「かしこまりました！」

気をつけの姿勢で返事をするスターの頭を「ぽんぽん」と撫でると、キョウカは軽く手を振り、背を向けた。

コツ、コツ、コツ。

足早に歩くキョウカの頬を伝う、温かいものがあった。それを誤魔化すかのように、彼女は歩調を強めていく。すれ違った職員が驚いた顔で振り返っていたが、気にせず進む。

(そうさ。終わらせなんか、しないさ)

……サヨコ。

あれからずっと、エリ＝チャンを助けられないかと僕は考えていたんだ。

航時船のメインフレームで、長い時間かけて検討もさせたよ。

でも幾ら パターンを考えても、シミュレートしても、結果は「不可能」。

まあ、当然といえば当然だよね。

どれだけ金を注《つ》ぎ込んでも、手間をかけても。

この時代の基礎科学力と技術力、そして工業力では、時間航行装置を作ることは不可能なんだ。

航時船に関わる技術の解析すら、できないのだからね。

ならばということで。

タイムマシンが発明されるまで待って、その世代に願いを託すことも考えた。

しかしこれもシミュレートの結果は、バツ。僕個人の予測でも、やはりバッテンだ。

タイムマシンができるまでの六百年近い間、組織が個人の想《おも》いを維持し続けるのは不可能だろう。

数百年も巨大組織が存在すれば、健全であるほど必ず権力闘争や改革は行われる。そして幾度かのそれを経ていけば、いくら創立者のものといえども、個人的な願望なんか忘れられ切り捨てられていくんだ。

当たり前ではあるけどね。だってこの計画を実行できるほどの巨大な組織は、最早《もはや》個人の物とは言えないのだから。

だが。

その想いが、理念が。

個人的なものではない、と思わせられたならどうなる？　どうなると思う？

そうなれば、また話は別だ。

個人の願いではなく、一見まるでもっともらしい社会正義のお題目や一族の悲願でも掲げておけば……その理念は継がれていくのではないだろうか？

勿論《もちろん》その場合でも、権力闘争や組織の改革は行われるだろう。

だがその際には必ず、理念を維持できるかどうか、達成できるかどうかが争いの種として使われるはずだ。

何せそれを否定すれば、一族内の地位争いにおける攻撃材料にされかねないのだから。実際に彼らがお題目を信じるかどうかは、別としてね。

しかしスカー一族の継承者が必ず実現しなければならない「ノルマ」や「後継争いの具」として、それは使われ続けていくことだろう。

だから僕は、時間航行の全面禁止を計画のテーマにした。

理由は適当さ。人類社会の安定とかそんな感じだな。

「人はその時代で生きるべきなのだ」というフレーズにしてもいい。お、何かこれカッコよくないかい？　サヨコ。

ま、その辺はおいおい考えておくよ。

計画が実行に移されるまでには、おそらく九百年。早くて八百年程度かかるはずだ。

幾度かの核戦争や騒乱を経ても、その時まで財閥は世界的な影響力を維持し続けていなければばならない。

まあ二十七世紀までは、色々な歴史データもあるから楽勝だな。そもそも僕がいた二十七世紀に、スカー財閥はあったし。でもそれ以降は、当事者に頑張ってもらわないとね。で、八百年か九百年あたりまでいったら、後は【エーリカシステム】に二十七世紀まで遡らせて、例の事件を口実に【エーリカシステム】自身の設立を確定させる。関係者にとっては保身に関わることでもあるから、きっと真面目にやってくれるさ。

生まれたエーリカの掌《てのひら》は盾となり、未来の暴力と悪意から過去を守り続けていく。君たちのような悲劇が繰り返されることは、二度とない。

そしてシステムが存続する限り、もう僕らの過去には誰も関与できなくなる。【エーリカシステム】が機能しなくなるような遠い未来じゃ人類自体の存続が疑わしいし、そんな頃には大昔の事件なんて、誰も気に留めやしないだろう。

……まあざっくりといえば、こんなものか。

大丈夫かなー、大丈夫だといいなあ。心配だけど、流石《さすが》に九百年も先のことだと、どうしようもないな。

僕にできるのは、それまでを想定した組織づくりと家づくり、タイムスケジュールの作成、そしてお家騒動や計画遂行を監督するＡＩの構築に、【エーリカシステム】の起草と方針設定くらいさ。

勿論、その辺はキッチリやらせてもらうつもりだけどね。いい加減な君と、一緒にするなよ？

それこそ何万回もシミュレートしたけど。何千パターンも、考えてみたけれど。

僕には、エリ＝チャンを助けることはできない。

だがエリ＝チャンの想いを、願いを……繋《つな》げることはできる。確定させることは、できる。

そしてそれは、君の想いでもあったよね。サヨコ。

だから僕は、それを守ってみせる。

いや僕にこそ、それを守らせてくれないか。

なにせ僕は、君の相棒なんだからね。

複雑に絡まった糸のように。

時間を前後する歴史を確定させて、君たちの想いを守りきるよ。

サヨコ。

だから、僕は。

いいや、僕が。

君の想いを終わらせない。

第二万五千五百日：０３【長野恵梨香】

下

居間のソファーに掛けたまま、煎餅を齧《かじ》りつつ……セーラー服を着た恵梨香《えりか》が、漫画本を読んでいた。

ぱらぱら、ぱら。

今読んでいた巻が終わったので、カバーをめくって表紙を見る。

残念。この巻のカバー下はおまけ漫画ではなく、カバーイラストのモノクロコピーだけのようだ。

「んー」

唸《うな》りながらその巻を置き、続きの巻を手に取ろうとした時。

ぴんっ――――――、ぽーん。

聞こえてきたのは、家の呼び鈴を鳴らす音。

特徴的なチャイムの区切り方で、それだけで誰が来たのか恵梨香には分かる。

続けての、

「えー―り――ちゃん、あ――そ――ぼ――」

よく知った声。

「は――あ――い――」

と返事をしながら、恵梨香は玄関へと歩いて行く。

「今開けるねー」

扉の向こうへ聞こえるように大きめの声をかけながら、鍵を外し、ドアを開いた。

そこに立つのは紺のセーラー服を着た、一人の女生徒。眼鏡をかけた、三つ編みで一本結びの小柄な少女。

長野《ながの》恵梨香の親友、御堂小夜子である。

「早かったね」

優しい目をして、恵梨香が小夜子に語りかける。

「うん。未来には、行かなかったんだ」

小夜子が答えた。

「知ってる。全部、見てたから」

「そっか、全部見られてたか」

「そうだよー」

へへへ、と声を漏らす小夜子に目を細める恵梨香。

「お仕事はもういいの?」

「大丈夫、あの子たちは結構しっかりしてるし、キョウカもまだいるしね……あ、キョウカも後から遊びに来るってさ」

「お、それは楽しみだねえ」

顎に手を当てて、恵梨香はうんうんと一人頷《うなず》く。

「ところでえりちゃん、今日は何して遊ぶ？」

「あれやろうよあれ。オメガドライブで【ガンスターヒロインズ】。こないだはノーマルでクリアしたけど、次は難易度ハードでやろうよ」

「地下坑道の変形メカ、ハードで倒せるかなあ」

「まあまあ、やってみようよ。疲れたら映画でも観《み》ることにしてさ」

「オッケー。じゃあ、私の家に行ったほうがいいね」

「うん、さっちゃんの家に移動だね」

恵梨香が靴を履き、並んで立つ。

その手に触れる、小夜子の手。指が広がり、絡み合い、掌が重ね合わされた。

温《ぬく》もりを感じつつ二人は目を合わせ、微笑み合う。

「じゃあ行こうか、えりちゃん」

「うん行こう。さっちゃん」

歩調を合わせ、玄関の外へと歩み出る。

そこには暖かく眩《まばゆ》い光が、どこまでも広がっていた。

抑えきれぬ声を上げながら、二人はその中へと進んでいく。

ふふふ。

あはは。

と笑いながら。

「ずっと、一緒だね」

恵梨香の目を見つめながら、小夜子が楽しそうに言った。

その手を強く握り返しつつ、恵梨香も答える。

うん。そうだね。

ずっと、一緒だよ。

やがてその姿は輝きの中へ吸い込まれるように消え。

後には二人の笑い声だけが、響いていた。

Fin

あとがき

「あなたの未来を許さない」下巻、お読みいただきありがとうございます、作者のSyousa《しょうさ》．です！

小夜子《さよこ》と恵梨香《えりか》、そしてキョウカたちの物語はいかがでしたでしょうか？　皆様の心に傷跡を残せたら……もとい。お楽しみいただけましたら、創作者としてこれほど嬉《うれ》しいことはありません。

※あとがきはネタバレも含むため、できれば本編を終えた後にお読みいただければと思います。

○「あなたの未来を許さない」のキャラクターたち・下巻版

各キャラについての余談や、数少ない生存者のその後などを。

・キョウカ＝クリバヤシ

二十七世紀人から奪った航時船で小夜子と南米へ逃れたキョウカは、偶然出会った老婆の家へ置いてもらえることになります。

二人は船に搭載されていた多数のセキュリティボット（人間型武装アンドロイド）で身の安全を確保しつつ、航時船メインフレームによるハッキングで戸籍を入手。その後十年近くかけて株や通貨、各種先物取引で財産を成すと、老婆と共にアメリカのモンタナ州へ移住しました。キョウカが移住先をそこに選んだ理由は単純で、二十七世紀のスカー財閥本拠地がモンタナ州にあったため。航時船も、高度ステルス機能を用いてこっそりと移動。

またこの時期……「資産目当てに言い寄る男を避ける」と、キョウカは小夜子に婚姻を提案しています。

移民投資家プログラムを利用して永住権を得た彼女らは、地元州への投資に止《とど》まらず、強化外骨格製造会社やメディアサービス会社を起業、やがては国籍も取得。なおも各種取引で膨れ上がり続ける資産で買収や起業を繰り返し、メディアから重工業まで幅広く手がけるスカーグループを作り上げていきました。

キョウカには経営者としての才能があったようですね。また航時船メインフレームが搭載した二十七世紀のＡＩによる迅速で高度な補佐があったことで、彼女は急成長するグループ各社の舵《かじ》を巧みに取ることができました。

……小夜子とキョウカは試験で断たれた対戦者四十九名の未来を、グループが児童福祉事業を行っていくことで代わりに繋《つな》げようと決めており、そして実行していきました。また個人としても、二人は最終的に四十九名の乳幼児を養子として迎えることとなります。

やがて成長した養子たちの一部はスカーグループ各社の要職を担い始め、グループはスカー財閥と呼ばれていくようになりました。

わざわざ財閥化をキョウカが進めたのは、彼女が元いた時代のスカー財閥へ繋がる歴史をなぞっておくために止まりません。後々【エリカ計画】を発動し遂行していくために、グループ内権力の中心を忠誠心の篤《あつ》いスカー一族で占め、情報も寡占・隠匿しておく必要があったためですね。

こうして数十年経《た》ったのが、本編の終盤となります。

キョウカは小夜子の死後も十年ほど現役を続け、孫のスター＝スカーに総帥の座と【エリカ計画】を引き継ぐと、引退後間もなくして小夜子と恵里香のところへ合流するのでした。

・御堂《みどう》小夜子
ナチュラルボーンキラー小夜子ちゃん。気合いと覚悟で能力者相手に立ち回る彼女の姿は、お楽しみいただけましたでしょうか？　作者も思い入れの強いキャラですが、それだけに本編で色々描写していたため、ここでは逆に書くことが少なかったり。

さて南の島編終了後、キョウカとのコンビでは荒事を担当。南米時代の二人は財産狙いのギャングに狙われることも多々ありましたが、小夜子はセキュリティボット一個小隊を率いて過剰に反撃していたようです。「これがカチコミの正装よ！」と、メイド服を着て。何ならセキュリティボットたちにも着せていました。

アメリカ移住後は荒事での出番も少なくなり、最初期に起業したメディアサービス会社を経営。公私混同で世界各地のオタクコンテンツ支援に尽力しますが、経営手腕は皆無なので赤字を垂れ流し続けました。それでも彼女の会社はグループトップたるキョウカ肝煎りのため、財閥化した後も、キョウカ死後ですらもずっと聖域扱いされていたようです。

母親と違い、意外にも育児の適性はあった様子。キョウカだけでなく南米から一緒の老婆や使用人たちと力を合わせ、四十九名の養子たちを育てあげました。

なお【エリカ計画】についてはキョウカが秘密にしていたため、小夜子はまったく関知していません。

・長野《ながの》恵梨香

主人公から重い愛を向けられているヒロインと思いきや、主人公に向ける愛のほうが重かったヒロイン、エリ＝チャン。小夜子が物理的に過酷な戦いをしていたとするならば、恵梨香は精神的に過酷な戦いをしていました。

小夜子はキョウカという相棒が支え続けてくれましたが、恵梨香は担当監督者も敵であるため、孤独に戦い続けねばなりませんでした。むしろこの試験で苦しい戦いをしていたのは、小夜子よりも恵梨香のほうだったと言えましょう。

また元々凶暴な一面を秘めていた小夜子とは異なり、恵梨香は本当に優しく、心穏やかな少女でした。そんな彼女が大勢と親友一人の命を天秤《てんびん》に掛け、他者を生贄《いけにえ》にすべく手を汚すことを選んだのです。善性・道徳・良心の少女に、それはどれほどの苦痛、精神的な拷問であったことでしょうか。自身の死だけで小夜子を救えるならば、恵梨香は何一つ葛藤を持たなかったはずです。

生命だけではなく、精神をも犠牲とする。これまでの生き方や価値観を全否定してでも、恵梨香は小夜子を救いたかったのですね。それは決して恋愛感情ではありませんでしたが、本文の通り「世の全てと引き換えにしても惜しくはない愛」が彼女にはあったのです。その愛の質量と熱量を知った小夜子の心へ押し寄せた感情は、どれほどのものだったでしょう。

死後の恵梨香は、下界の様子を眺めながらのんびり小夜子の迎えを待っていた様子。

（あの世にて）

小夜子「……え、じゃあ南米時代の私が地元ギャングに『このトミーガンが許すかな！』とか言ってぶっ放してたのも見られてた？」

恵梨香「見てた見てた。ダメじゃない、さっちゃん」

小夜子「すんません、若気の至りで……」

恵梨香「あれトミーガンじゃなくてグリースガンのコピー品でしょ、アルゼンチン製の」

小夜子「……ツッコミそっちなんだ」

【ガンスターヒロインズ】は強力ながら、デメリットの「増しゆく激痛」があまりにも厳しすぎる特殊枠。デメリットが試験中通して累積していく、珍しいタイプでもありました。番組側運営AIとしては、対戦初期に場を掻《か》き回してエンターテインメント要素を高める、早期消滅のジョーカーとして投入した能力だったようです。

ただ能力のデメリットを「小夜子への愛で痛みを堪《こら》える」という力業で恵梨香が乗り切ったため、【ガンスターヒロインズ】は最強クラスのまま最終戦まで残りました。

・中田姫子《なかたひめこ》

未来人の試験により小夜子と恵梨香が失踪したことで、彼女たちの学校や周囲でも様々な噂《うわさ》が無責任に流れました。事故説、事件説、駆け落ち説、心中説。

社会的には事件説が有力でしたが、学校内外において最後数日の二人が見せていた親密な様子、そして佐藤《さとう》と本田《ほんだ》が小夜子にボコられた話を吹聴《ふいちょう》して印象を誘導したことにより……校内では「小夜子が恵梨香を巻き込んで無理心中した」という説がまことしやかに噂されることとなりました。

そのため小夜子と恵梨香の小学校時代からの知己である姫子は失踪事件に関し、警察や学校から何度か聴取を受けています。

十年近くも小夜子を憎んで妬み続けた姫子ですが……この件に関しては、「御堂小夜子が長野恵梨香に危害を加えることだけは、絶対にありえない」と警察や学校関係者へ断言しました。姫子は小夜子が恵梨香へ向ける愛情とその重さを理解していた、数少ない人間の一人だったのですね。昔に小夜子が起こした犬やスカウトの事件についても、本当は事情を見抜いていたのでしょう。

ただこのような証言をしたことや、失踪事件後は塞ぎがちになったこともあり、佐藤や本田とはじきに疎遠となったようです。

大学卒業後は出版社に勤め、結婚後にはライターとして活動しました。スカーグループの機械義肢部門が日本へ進出した際、工場建設記念パーティーへ地元誌依頼の取材で出席。その際キョウカ＝スカーと直接話をする機会を得ましたが、キョウカの妻サヨコ＝スカーとはニアミスに止まっています。

・【アクセレラータ】伊勢《いせ》フェオドラ

コミカライズ版の倫理きよ先生は「幸薄い子」と評して下さいましたが、まさにその通り！この娘を言い表すに、実に的確なコメントですよね。

線が細くて気弱な、だけど弟妹の面倒見の良い優しい少女でした。妹たちの髪を結んであげるのが好き。こんなことにならなければ、暴力とは無縁だったことでしょう。

父がドイツ系日本人で母がロシア出身という、国際色豊かなお家。家族は両親、弟一人に妹二人。隣家に父方祖父母。

能力【アクセレラータ】はシンプルながら汎用性が極めて高い、最強クラスの当たり枠。

・【ハウンドマスター】海堂竜二《かいどうりゅうじ》
性格が残念なイケメン。【ハウンド】たちのことをブサイクだのキモいだの散々なじっていたものの、気付かないうちに情が湧き始める頃合いだったりするツンデレ飼い主。

【ハウンド】は顎下を撫《な》でるとブヒブヒ鳴くとか、脇をくすぐると仰向《あおむ》けに腹を見せるとか知っているのは彼だけ。しかしやはりとてもキモいとは思っている。

家族は父と姉。裕福だが家族仲はあまり良くなかったらしい。

能力【ハウンドマスター】は本来、嗅覚探知だけが売りのイマイチ枠でした。ですが多数同時召喚を可能に改竄《かいざん》したことで、強い能力へと生まれ変わっています。対戦相手も、相性の良い相手だけが不正に組まれました。

・【ハートブレイク】河内樹里亜《かわちじゅりあ》
残虐お調子者ギャルのハートブレイクちゃん。イラストで一気にカワイイキャラになりました。漫画版アレンジもカワイイよ！　悪役ですけれども。

好きな動物はゴリラ。好きな異性はゴリラ。お気に入りパジャマや部屋着もゴリラ柄。未来で売れっ子芸能人になって、リッチな豪邸でゴリラを飼う予定でした。同じくゴリラ好きのヴァイオレットとは、ゴリラ談義で毎日盛り上がっていたり。

家族は両親と姉。姉は真面目かつ優秀であり、樹里亜は苦手意識があった様子。そのあたりも、ヴァイオレットと気が合った一因なのかも知れません。

なお「樹里亜にハートブレイク」なのは、書き終えて結構経ってから読者のかたの指摘で初めて気付きました。無意識のネタ。

能力【ハートブレイク】は本当なら、強力ながらも障壁展開の精神集中が難しいピーキー枠。それを容易にしたうえで自動防御とナビ機能を追加したことで、最高クラスの強さとなっています。対戦者には相性の悪い者も何人かいますが……そういう相手とは当たらず、また早期に負けるようヴァイオレットらが対戦表を操作していました。

・【ライトブレイド】北村露魅王《きたむらろみお》
普通の家庭、普通の生活、普通の愛情、普通の周囲。何不自由ない環境で育ったはずの【ライトブレイド】君でしたが、だからこそ自身が普通の感性を得られなかったことに焦り、恥じ、失望していました。環境ではなく、自分にこそ問題があるのだと。

自身の生に価値を見出《みいだ》せなかった少年は、やがて納得のいく死を欲するようになります。病気、事故、事件、災害、戦争。理不尽であろうと、彼自身が「仕方ない」と思える死を。

その「仕方ない」死を与えてくれる戦いが彼へ「熱」をも与えたのは、皮肉ですね。求める二つをもたらす夜毎《ごと》の対戦が、少年の中で神聖なものとなってしまったのも無理はないでしょう。

つまるところ彼の精神と適性は、小夜子以上に現代日本に向いていなかったのです。古代ローマの剣闘士にでも生まれていたら、傍目《はため》にはともかく当人は幸せだったのかもしれません。最後の「愛なら、仕方ないな！」の元ネタは某ネットミーム。ただし【ライトブレイド】君は愛に飢えていた訳ではなく、「愛のために戦う相手に敗れる」という、彼の予測を超えて納得のいく「仕方ない」理由と死の価値を得たことに歓喜していたのでした。満足できる死でよかったね、露魅王君。

能力【ライトブレイド】は攻撃力と持続力の高さに反し、遠距離戦に弱く発展性も低いイマイチ枠。

ただしプラズマ剣は【ハートブレイク】に対する特効武器でもあるため、当初ミリッツァはベスト8が確定したあたりで露魅王君の神経を焼き切っておくつもりだったようです。

・アンジェリーク＝ケクラン

未来人三人娘のお色気枠。三人のなかでは達観した感のある子。人生既にやり尽くした気分があるのか、南の島編でも諦めるのが早い。早すぎでしょ。

遭遇した【スカー】は「エロゲーみたいなことしてる……」とドン引き。でも惨殺。

アバターはトド（オス）。

・ミリッツァ＝カラックス

未来人三人娘のクール（ヒネてる）枠。最後の最後で腐れ縁のヴァイオレットを見捨てられなかった彼女には、読者の皆様から「そういうのもいい」「悪役としてどうか？」と賛否両方ございました。またナレ死に近いので、復讐《ふくしゅう》シーンとして物足りないとも。ごもっともごもっとも。ご意見、大変嬉しゅうございます。

ただミリッツァはあそこで多少感傷的になれたところで、結局その後【スカー】から惨《むご》たらしく殺される……というのがむしろ残酷なのではないかと作者は思っています。

惨殺描写については、あの後はエンディングへ向かうため流れが悪くなるかな……と思い詳細描写はやはり避けました。ごめんなさい。「三名は遺体の損壊が著しく酷《ひど》かった」というところで、【スカー】が丁寧に料理したのをお察し下さい。

アバターは白いフクロウ。

・ヴァイオレット＝ドゥヌエ

未来人三人娘のリーダー。全編にわたりワガママと稚拙さと性悪さを振りまいた彼女ですが、それでもアンジェリークやミリッツァに対しては率直な友誼《ゆうぎ》を感じていたようです。ただその労《いたわ》りを他の者に向けられない、想像できないというのが逆に醜悪でもありますね……まあこれはヴァイオレットのみならず、二十七世紀チーム全体がそうなのですが。

そんなヴァイオレットでありますが、各種所業のため、三人娘の中で【スカー】から一番ボコボコにされたのが彼女であることは言うまでもないでしょう。

やはりアバターはゴリラ。

超絶お金持ちの家ですが、本物のゴリラを飼う許可はパパからもらえなかったらしい。

・ブレイド＝スカー

戸籍上は小夜子とキョウカの子孫にあたる人物。スカー財閥待望の「約束の日」に立ち会うため、健康を必死に維持し総帥の座へ座り続けたおじいちゃん。大統領やヴァイオレットパパには悪いけれど、本人は内心ウッキウキ。

小夜子とキョウカはあの試験で未来を断たれた四十九名の対戦者の代わりに、孤児たちの未来が続くよう、養子として引き取った赤子四十九名へ、能力名に基づいた名前をつけました。スター＝スカーのような孫世代でも、一部が倣われた模様。

しかしそれはキョウカの死後、やがて財閥内での悪習となり……「四十九の名前を元にした命名をしなければ、その一家は財閥への忠誠心が薄いと見なす」などと権力争いのネタの一つにされてしまうのでした。ブレイド爺《じい》さんもその例に漏れず、【ライトブレイド】をベースとした名前を付けられています。

子供の頃は気弱でとても総帥の座を目指すような子ではなかったのですが、ある時キョウカが残した記録をみて「約束の日」に立ち会うことを目指したようです。そして「約束の日」を見届けてからは、一ヶ月もたたずに引退した模様。

・【ペロリスト】廻修子《めぐりしゅうこ》
重度ブラコンなスケバン風少女。WEB版でも名前だけは最初から出ていたベスト4進出対戦者を、書籍化にあたり上下巻の追加エピソードとして書かせてもらいました。

能力【ペロリスト】は一見ハズレながらも、成長・応用性が非常に高い大当たり枠。

能力内容の元ネタは、お察しの通り某名作寄生生物漫画です。触手で薙《な》いだり弾《はじ》いたり。「だからこうして斜めの角度で弾く」代わりに、作中では曲面装甲と肥大化で【ガンスターヒロインズ】の射撃を防ぎました。

喧嘩《けんか》慣れしていると作中で話したように、ちょっと荒っぽい地元でも名の知れた娘でしたが……家に帰ると小さな弟にデレデレベタベタだった様子。しかし最終的にはその愛情を監督者に付け入られ、『未来で出世して権力を手に入れれば、戻って来るか迎えに来られるかもしれない』と吹き込まれて手を汚すこととなりました。

家族構成は父母、そして目に入れても痛くない弟。

○お礼申し上げます
初期から協力いただいたパイセン方、書き手の戦友、投稿サイトで感想やレビューを下さった方々、WEB版時代からイラストを描いて下さった.j.i《じ》m《ま》a o《お》様、ネット小説大賞の運営様、漫画版あなゆるを描いて下さる倫理きよ先生、書籍化に拾い上げて下さった編集様、出版社の皆様。

そして何より……このお話を本として、または画面越しの電子書籍として手に取って下さっている読者の皆様へ感謝をこめて、もう一度。

ありがとうございました！

この本を読んでのご意見・ご感想・ファンレターをお待ちしております。
〈宛先〉　〒104-8357　東京都中央区京橋 3-5-7
　　　　（株）主婦と生活社　PASH! ブックス編集部
　　　　「Syousa. 先生」係
※本書は「小説家になろう」（https://syosetu.com）に掲載されていたものを、改稿のうえ書籍化したものです。
※この作品はフィクションであり、実在の人物・団体・法律・事件などとは一切関係ありません。

PASH! ブックス

あなたの未来を許さない　下
2023 年 11 月 12 日　1 刷発行

著　者	Syousa.
イラスト	jimao
編集人	山口純平
発行人	倉次辰男
発行所	株式会社主婦と生活社 〒104-8357　東京都中央区京橋 3-5-7 03-3563-5315（編集） 03-3563-5121（販売） 03-3563-5125（生産） ホームページ　https://www.shufu.co.jp
製版所	株式会社二葉企画
印刷所	大日本印刷株式会社
製本所	下津製本株式会社
デザイン	坂野公一（welle design）
編集	松居 雅

©Syousa.　Printed in JAPAN　ISBN978-4-391-15931-8